書下ろし

蝦《え》夷《ぞ》の侍

風の市兵衛 弐《に》㉞

辻堂 魁

祥伝社文庫

目次

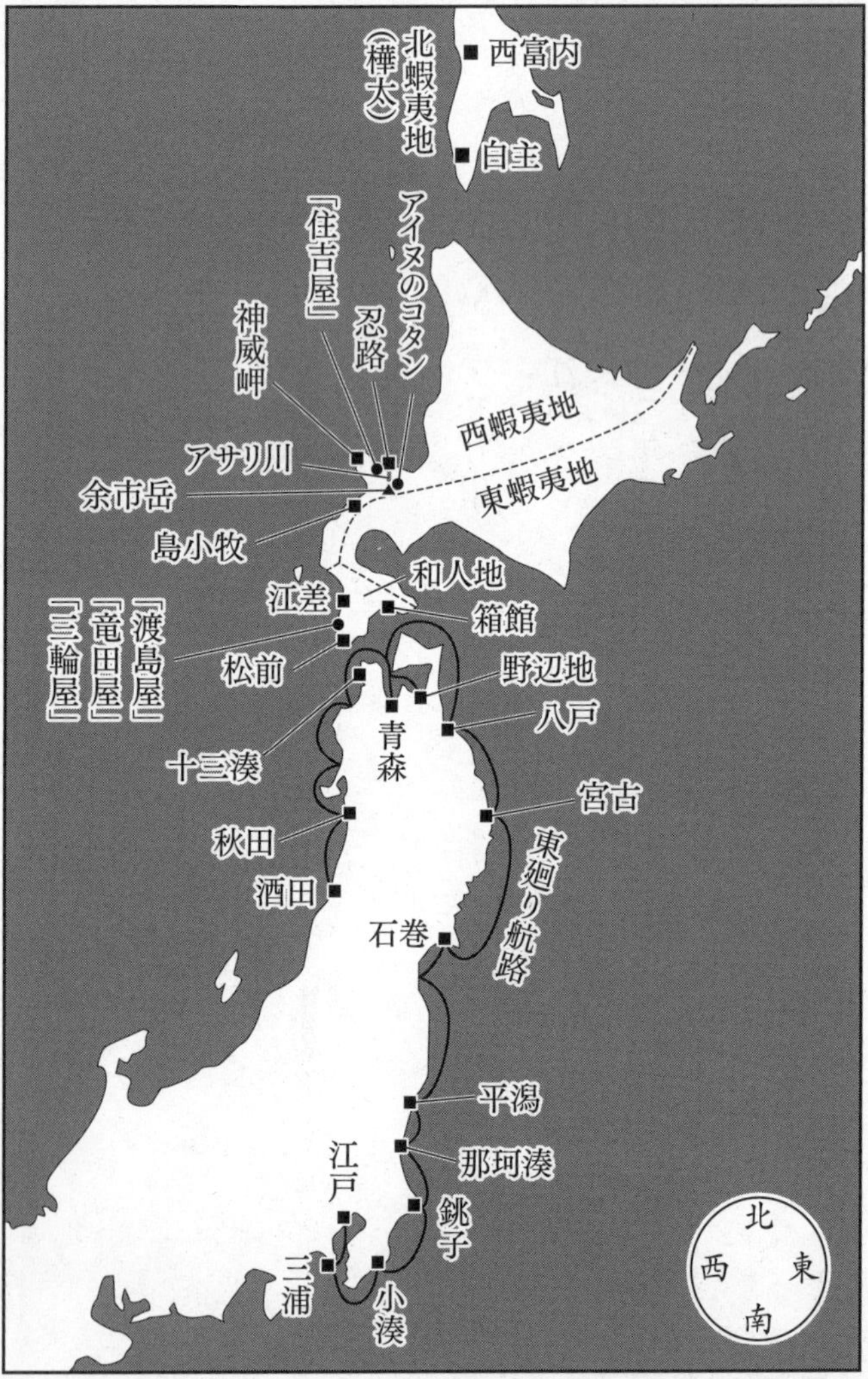
北蝦夷地（樺太）
西富内
白主
アイヌのコタン
「住吉屋」
忍路
神威岬
西蝦夷地
アサリ川
東蝦夷地
余市岳
島小牧
和人地
江差
箱館
「渡島屋」
「竜田屋」
「三輪屋」
松前
野辺地
青森
八戸
十三湊
宮古
秋田
東廻り航路
酒田
石巻
平潟
那珂湊
江戸
銚子
三浦
小湊
北
西
東
南

地図作成／三潮社

『蝦夷の侍』の舞台

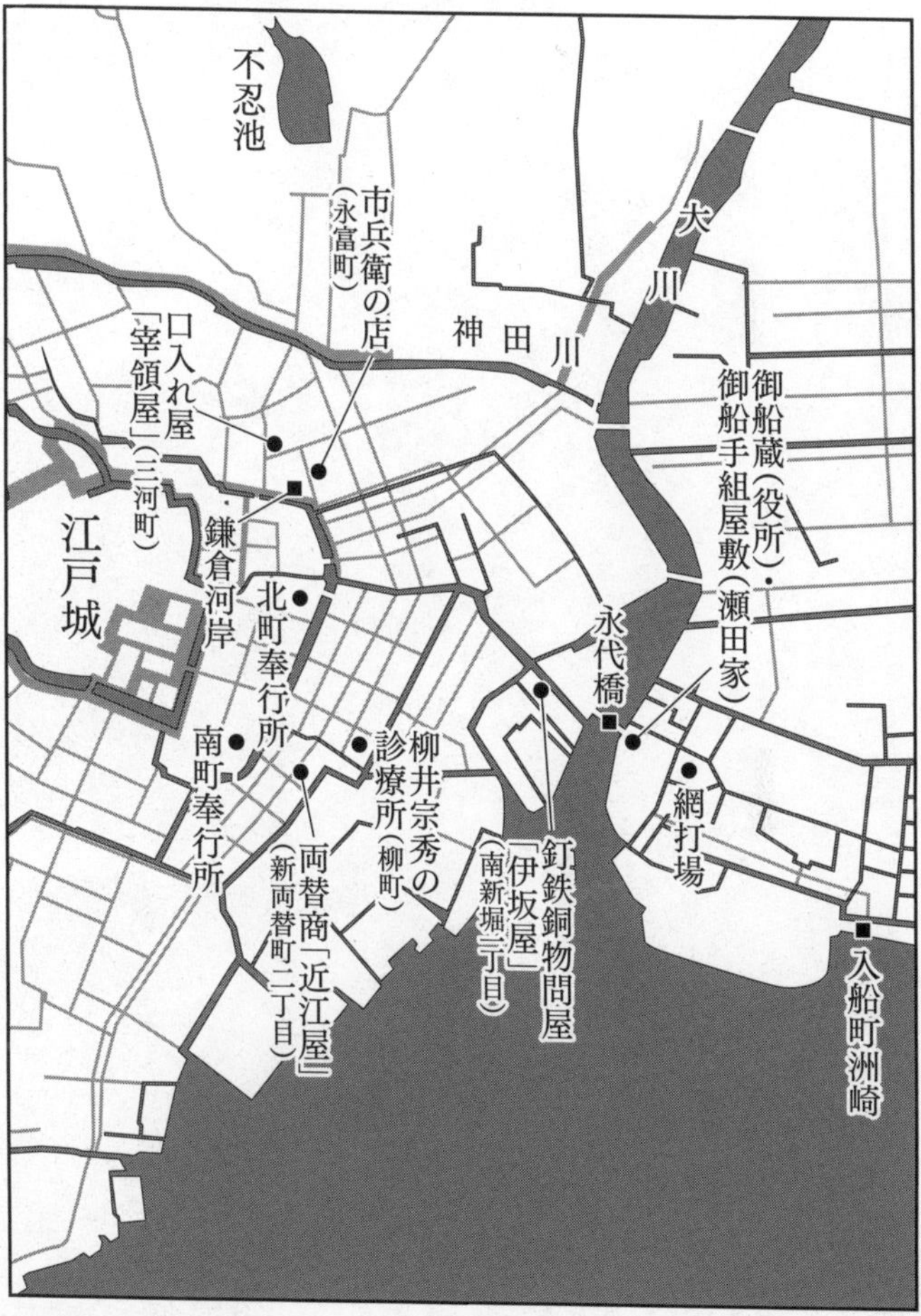

不忍池
市兵衛の店（永富町）
神田川
大川
口入れ屋「宰領屋」（三河町）
鎌倉河岸
江戸城
北町奉行所
南町奉行所
柳井宗秀の診療所（柳町）
両替商「近江屋」（新両替町二丁目）
釘鉄銅物問屋「伊坂屋」（南新堀二丁目）
永代橋
御船蔵（役所）
御船手組屋敷（瀬田家）
網打場
入船町洲崎

序章　忍路《おしょろ》海岸

江戸の浪人瀬田《せ》徹《たとおる》の、いつ果てるともない流浪《るろう》の年月が続いていた。

文化《ぶんか》四年（一八〇七）、奥州《おうしゅう》梁川《やながわ》へ転封《てんぽう》となっていた松前《まつまえ》氏が、渡島半島《おしまはんとう》松前に復領した文政《ぶんせい》四年（一八二一）の初冬、徹は初めて津軽《つがる》の小泊《こどまり》から地廻《じまわ》りの五大力船《ごだいりきせん》で北辺の海峡を越え、この松前城下の地を踏んだ。

瀬田徹は、流浪の身に頼るあてがあって松前にきたのではなかった。

流浪の浪人者に、武家への仕官など望むべくもないことはわかっていた。

江戸を出たときは二十五歳の年から七年がたち、徹はその年、早や三十二歳だった。

江戸を出たときは、五尺九寸（約一七七センチ）余の上背《うわぜい》に、よく肥《こ》えたふくよかな体軀《たいく》だった。

それが今ではほっそりと痩《や》せ細り、河原の葭《あし》のように一見ひ弱に見えた。

こうなったことに、後悔などなかった。

しようがない。自分で蒔《ま》いた種だ、と愛嬌《あいきよう》のある笑《え》みを浮かべて、ひとりで耐えるしかない。

とは言え、寄《よ》る辺《べ》ないわが身の置き処《どころ》を、あるいはそれは捨て処を、長い流浪の果てに見出せる希《のぞみ》を、徹はまだ捨てきれずにいた。

そしてまた、捨てきれない一片の希が徹をいささか苦しめてもいた。

北の果ての蝦夷地《えぞち》に、捨てきれない希を探しにきたと思えば、江戸を出てから続く流浪の年月の、北の果てのこの国まで流れてきた言い訳になった。

年が明けた春の初め、徹は松前の湊《みなと》に集まって蝦夷のはるか北の漁場《りようば》へ向かう出稼ぎの鰊船《にしんぶね》に乗るつもりだった。

鰊船は二月ごろより五月半《なか》ばにかけ、蝦夷の西海岸に押し寄せ群来《くき》する鰊漁で、《場所請負人《うけおいにん》》や漁業者が仕たてた漁船《りようぶね》に、奥羽《おうう》や越後越前《えちごえちぜん》各地の若衆《わかしゆ》ややん衆《しゆう》と呼ばれる出稼ぎ人が大勢雇われている、と聞いていた。

また松前城下には、場所請負人に雇われた出稼ぎ人らが、翌年の鰊船に乗るため郷里へは戻らず大勢住む博知石町《ばくちいしまち》がある、とも聞いていた。

松前城下博知石町には、鰊船の漁業者らに出稼ぎ人を請《う》ける口利きもいた。

その口利きは、長い流浪の果てに松前へやっとたどり着いたかのような、両刀を帯びた徹の、背丈はあってもひょろりとしてみすぼらしい侍風体《ふうてい》を見て、困惑を隠さなかった。

「お侍さん、確かに鰊が群来すれば稼げますよ。ですがね、船頭も漁師も気が荒いし、出稼ぎの若衆らの殆《ほとん》どが、文字も読めない者らです。相当柄の悪い者らもいます。そういう者らと四ヵ月かそれ以上、寝食をともにしなけりゃあならないんです。近ごろは不漁の年もあって、運悪く鰊の群来がないときは、鮭《さけ》や鱒《ます》やほっけに鱈《たら》などの漁で稼がなきゃあなりません。場合によっちゃあ、冬の海が荒れるころまで出稼ぎは続きます。出稼ぎの漁師に、腰の刀は役にたちませんよ」

しかし徹は言った。

「今わたしは仕える主《あるじ》のない身です。鰊船にお雇いいただければ、鰊船の船頭がわたしの主です。父より授けられたこの刀を捨てることはできませんが、しまうことはできます。主の船頭の指図に従い、精を出して働きます」

口利きは少々渋ったものの、徹の口利きを引き請けた。

鰊漁が始まれば、人手はいくらあっても足りないくらいだった。

徹は口利きの手配で、年明けの春の上旬に鰊船が松前城下に続々と入船し、出稼ぎ人らを乗せて蝦夷の場所へと出立するときまで、博知石町の店に寝起きすることができた。

松前の冬が深まり、城下に雪が積もったその年の瀬だった。

灰色の雪雲の下、松前城下の湊に停泊した廻船《かいせん》や漁船にもさらさらとした雪が舞う黄昏《たそがれ》どきの博知石町の四辻《よつつじ》で、徹は辻占《つじうら》の老婆に呼び止められた。

「そこを行く兄《あに》さん、おのれの行く末を占のうて見ぬか。値は四文でよい。どうじゃ、兄さん」

徹は辻占など相手にする気はなく、普段なら素知らぬ体《てい》で通りすぎた。だが、なぜかそのときは行きかけた足を止め、

「恋の辻占ごときに、一喜一憂する歳《とし》ではない」

と、頰《ほお》かぶりの下から老婆へすげなく投げた。

藁笠《わらがさ》をかぶり、擦《す》りきれた綿入《わたいれ》を羽織《はお》ったみすぼらしい老婆だった。

藁笠の下に、歯のない皺《しわ》だらけの老婆の不気味な相貌《そうぼう》があった。

「恋の辻占ではない。人の世の吉凶がわかる辻占じゃ。兄さんは無腰《むこし》じゃが、見るところ、元はお侍じゃな。食うために侍は捨てたが、まだ侍に未練があるのじゃな。途方に暮れておるのじゃな。そんな顔をしておる。おのれの行く末が、さぞかし気にかかるじゃろ」

「そんな顔をしておるだと。人の行く末が、おまえにわかるのか」

徹がつい質《ただ》したのは、老婆の言葉におのれの心底に秘めている愁《うれ》いを、言い当てられたからだった。

「そうじゃ。ここにそれを判ずる言葉が、記されておる。物は験《ため》しじゃ。値四文で一枚引いてみよ」

老婆は古びた木箱を、徹へ差し出した。老婆が蓋《ふた》をとると、小さな結び文《ぶみ》にした紙片がいく枚か入っていた。

辻占ごときと思いつつ、徹は老婆に四文を与え一枚を引いた。

北の国へ
紙片にはそれだけしか書かれていなかった。

徹は思わず、ふっ、と吹いた。これだけか。馬鹿にしおって。こんなもんだ、と徹は思って行きかけた。すると、
うむ？

と、老婆が首をかしげた。

「兄さんは、侍の奉公先を失い、女房も子も戻る家もない身なのじゃな。なんの当てもなく、蝦夷へ彷徨《さまよ》うてきたのじゃな」

「ふざけるな。当てはある。北の国の松前へきたのはそのためだ」

「ふざけてはおらぬ。北の国とは松前のことではない。もっとずっと遠い北のどこかじゃ。おまえが見つけるのじゃ。北の国しか、おまえの行く末はない。ここに書かれておるのはそういう意味じゃ」

徹は、老婆の辻占を信じたのではなかった。

北の国だと。童《わらべ》の戯事《ざれごと》のようなな。埒《らち》もない。

と、徹は思っていた。


年が明けた文政五年（一八二二）の春の初め、越前や越後、出羽《でわ》、あるいは陸奥《みちのく》の鰊船の船団が、松前城下枝ケ崎《えだがさき》の停泊地に連日続々と入船し、入港税を松前藩に収めて蝦夷地での操業の許可を得ると、早々に北の場所へと出立して行く。

どの船団にも、途中の寄港地で集め松前でも募《つの》った出稼ぎ人と、鰊漁だけでもおよそ四ヵ月余、また、鮭、鱒、ほっけ、鱈、長崎の唐人屋敷との交易で需要が高い昆布《こんぶ》や干海鼠《ほしこ》や干鮑《ほしあわび》の漁猟《ぎょりょう》にも従事し、冬がきて海が荒れ漁期が終るころまで場所で生活する物資を、たっぷり積みこんでいた。

また、松前城下に軒を並べる大商人より元手や物資の貸付を受けて場所へ向かい、漁獲物をもって返済に代える小前《こまえ》の漁業者の漁船も少なくない。

それら一獲千金を目論《もくろ》む漁業者は、場所請負人が場所に置いている運上屋《うんじようや》に漁獲物の二割を差し出し、八割を自分の漁獲物とする《二八取《にはちとり》》が決まりである。

場所請負人は、多くが越前の湊に廻船を所有する近江《おうみ》商人らで、むろん場所請負人の仕たてた漁猟船団もそれら中の一団であった。

その朝、越前小浜《おばま》の網元重兵衛《じゆうべえ》所有の、大中遣船《おおなかやりせん》二艘《そう》に中遣船三艘からなる鰊船の船団が、満載した物資と三十数名の出稼ぎ人らを乗せ、枝ケ崎浦の停泊地を出立した。

その三十数名の出稼ぎ人らの中に、瀬田徹が交《ま》じっていた。

徹は渡島半島沿岸から、はるか南の果ての海原を眺め、再びこの海を越えることはあるまいと思っていた。

小浜の網元重兵衛所有の船団は、大船団ではない中ほどの規模で、オタモイ海岸の忍路《おしよろ》場所を目指していた。

渡島半島の江差沖《えさしおき》を北上し、歌棄《うたすつ》、磯谷《いそや》、峨々《がが》とした断崖に白波が打ち寄せる神威《かむい》岬《みさき》と積丹《しやこたん》岬を廻って、美国《びくに》、古平《ふるびら》、上余市《かみよいち》、下余市《しもよいち》の場所をすぎ、数日後の昼、忍路場所に着船した。

忍路場所は、潮汐《ちょうせき》や海流に削られた崖と海が絡《から》み合うように続く海岸の、小さな入り江にあった。

小半島の崖と崖の間は二町（約二一八メートル）足らずながら、奥へ深く切れこみ、高い崖が外海の風波を遮《さえぎ》って、透きとおった海底には砂泥が見え、岸壁下の石ころだらけの狭い浜辺に、穏やかな波が寄せては引いていた。

浜辺より一段高い岸壁に、木々が蔽《おお》う丘陵地を背に、漁業者の番屋と作業場らしき小屋の板屋根がずらりとつらなって、その岸壁よりさらに一段高い段丘に、物見《ものみ》の櫓《やぐら》を屋根の上に構えた三層の大きな屋敷が、入り江を見おろしていた。

「あれが忍路場所の運上屋や。忍路場所の場所請負人は、近江商人の《住吉屋《すみよしや》》さんで、住吉屋さんの出稼ぎ人だけでも百人は下らんから、鰊漁が始まるころには浜も賑《にぎ》やかになるで」

中遣船の櫓《ろ》を漕《こ》ぐ、越前の漁夫《ぎょふ》が言った。

浜辺にずらりと並ぶ漁船が、舳《へさき》を入り江に向け帆柱を林のようにたてていた。

すでに忍路場所に先着している出稼ぎの漁業者や、アイヌとわかる衣装を着けた使用人らが、番屋から出て、大中遣船二艘に中遣船三艘が浜辺に着き、ぞろぞろと浜辺にあがる徹らを見守った。

船団の船長である船頭が、漁夫をひとり従えて運上屋へ着船の報告に行き、徹ら出稼ぎ人は、ほかの漁夫らに率《ひき》いられて、鰊漁を終えるまでの住居になる重兵衛の番屋へ向かった。

重兵衛の番屋は、間口が十間（約一八メートル）余、奥行も八間（約一四・四メートル）ほどあった。

広い前土間と大きな竈《かまど》が並ぶ炊事場、囲炉裏《いろり》に薪《たきぎ》が燃える板間の上だけが吹き抜きになって、板間の三方は船頭始め、越前の漁夫や雇いの出稼ぎ人らの居住部になっている。

囲炉裏のある板間から、居住部の天井の切落し口に段梯子《だんばしご》が屋根裏部屋に上《のぼ》っていて、屋根裏部屋は身欠きにしんや干数の子の乾燥場に使われていた。

番屋の廻りには鰊蔵と物置、鰊粕《にしんかす》の乾燥場の小屋などの作業場があって、どの漁業者の番屋も同じような構造だった。

そして、運上屋を中心にした番屋の集落の周辺に、笹《ささ》や萱《かや》、木皮で葺《ふ》いた数十戸の小屋が数えられ、そこは四季を通じて猟場を移住するアイヌの集落で、出稼ぎ漁業者の番屋や運上屋に雇われたアイヌらが暮らしていた。

徹らが重兵衛の番屋に入って数日のうちに、出稼ぎの漁業者の船団が続々と入船し、殊《こと》に場所請負人の住吉屋の百人を超える出稼ぎ人らが運上屋に入ると、小さな入り江の忍路場所は人で賑《にぎ》わった。

どこの番屋でも、鰊の群来と大漁を祈願した祝宴がたびたび開かれ、夜ふけまで続いた。

その一方、徹ら出稼ぎ人は、漁夫らによって鰊漁のやり方や手順、漁船に乗る者、陸働《おかばたら》きの者の配置を叩《たた》きこまれた。

また、乗替船《のりかえぶね》とか図合船《ずあいぶね》と呼ばれる漁船や汲《く》み船の整備、大網漁に使う身網《みあみ》と袖《そで》網《あみ》、鰊を汲《く》むたも網、沈み石や浮子《ふし》の積みこみなどの用意を済ませ、鰊が忍路海岸に群来するときに備えた。

冷たかった海風が少しずつ春めき出すと、二艘、三艘と漁船が入り江を漕《こ》ぎ出して行くのは、漁夫らが漁船で寝泊まりし、鰊の群来を見張るためだった。

それは、沖より生温《なまぬる》い風が忍路場所に吹き寄せ、沖の海原と青空の境に、岸壁のような白い雲の沸きあがった朝のことだった。

入り江の外の海原より、狂喜乱舞する無数の海鳥の鳴き声が聞こえてきた。

「鰊がきたぞ。急げ」

漁夫らの叫び声が聞こえ、番屋を飛び出した漁夫らが、喚声をあげて浜辺を走り次々と漁船に乗りこんで行った。

徹は漁夫らのあとを追い、身網を引く船頭の漁船に乗りこんだ。

「瀬田さんは痩せとるが、力がありそうや。網起《あみおこ》しを手伝え」

と、船頭に言われていた。

漁船は次々と浜辺から漕ぎ出し、艫《とも》の櫓が物《もの》の怪《け》のうめきのようにぎりぎりと軋《きし》り、白波を切って飛散する波飛沫《なみしぶき》が漁夫らの顔に吹きつけた。

漁船が入り江を出た忍路沿岸の群青の海原には、白濁した大きな海面とその上を舞う海鳥が鰊の群を教えていた。

徹がふりかえると、後続の漁船に乗りこんだ男らの誰もがとり憑《つ》かれたかのように、くっきりと瞠《ひら》いた目を沖へ向けていた。

ずっと後方になった入り江の海岸では、作業場へ走る人が見え、海岸端に建ち並ぶ番屋の作業場の上に、早くも煙がもうもうと上り始めていた。やがて、

「あれや。こっちへきよる。大漁や」

艫で櫓を操る船頭が叫んだ。

「囲いこめ」

船頭の声が飛び、身網の網頭を曳《ひ》く漁船が突入すると、漁船の周囲の白く濁った海

中に、立錐《りっすい》の隙《すき》なく満ち溢《あふ》れ、折り重なり絡まり、沿岸の底のほうまでを埋めつくした魚影がくっきりと見えた。

徹の背筋に戦慄《せんりつ》が走るほどの、鰊の大群だった。

夥《おびただ》しい海鳥は、猟場を侵《おか》す漁船の上空を怒りの声を浴びせ狂い廻っていた。

続いて、身網の網口の左右にとりつけた袖網を曳く二艘の漁船が、櫓をぎりぎりと鳴らして旋回し、大きく両腕を開くように鰊の群を囲いつつ、魚影を身網のほうへ追いこんで行った。

漁船の袖網に囲われた魚影は、逃げ場を失い、大きく開いた身網の網口に押し寄せ、身網の中へ後から後からなだれこんで行った。

船頭は障《さわ》り糸を垂《た》らし、身網に入った魚群を確かめ声を飛ばした。

「ようし。網をあげえ」

身網の底に繋《つな》いだ縄を引いて網口を海面へ揚げ、網起こしにかかる。

徹は力自慢の漁夫らとともに、暴れ狂う魚群の坩堝《るつぼ》を徐々に徐々に起こしあげて行った。

そうれ、そうれと、漁夫らは音頭《おんど》をとって声をかけ合った。

網口に姿を見せ始めた鰊の群が狂乱沸騰《ふっとう》し、海面を白く泡だたせた。

その鰊の群を、汲み船の漁夫らが幅三尺（約九〇センチ）のたも網で船上へ汲みあげて行く。

狂乱沸騰する鰊の群は、汲みあげても汲みあげてもつきなかった。

たちまち鰊であふれた汲み船は、一旦入り江へ戻り、浜辺で待ち構えている若衆らが陸揚げした鰊を持ち籠《かご》につめてかつぎ、鰊蔵へと繰りかえし運搬する。

運搬し終ると、汲み船はまた鰊の汲みあげに、沖の漁船へ戻って行く。

大中遣船と中遣船が、汲み船に使われていた。

番屋の作業場では、鰊蔵に運搬されたばかりの新鮮な鰊を、えらや内臓のとり出しと十数日をかけて乾燥などの鰊つぶしを施し、身欠き鰊や干数の子、えらや内臓や骨などは胴鰊とか笹目《ささめ》と呼ばれる肥料にする。

しかし、漁獲してすぐに鮮度を失って行く鰊のおよそ九割九分は、鰊油と鰊粕に加工される。

鰊油は、海水を沸騰させた大釜で鰊を煮つめて絞《しぼ》り、水分と分離した油を灯火の燃料などに使用し、鰊粕は絞った鰊を砕《くだ》いて、発酵するまで乾燥させて農作物の肥料にする。

殊に、鰊粕は主に西国《さいこく》を中心に、米だけでなく、野菜、菜種、木綿《もめん》、藍などの商品作物の重要な肥料として売りさばかれ、西廻り航路の北前船《きたまえぶね》との最大の交易品だった。

作業場は、絶えず炊《た》き続ける薪の煙や湯気《ゆげ》と熱気が充満し、鮮度が落ちた生魚や鰊粕や鰊油のそれぞれの臭気が交じった中で、出稼ぎ人らは休みもなく、汗まみれになり、夜を徹して働き続けた。

そんな重兵衛の番屋で、出稼ぎ人と働くアイヌの使用人の中に、平次郎《へいじろう》、と和人《わじん》名で呼ばれている男がいた。

重兵衛の番屋のみならず、ほかの漁業者の番屋でも、また忍路場所請負人の運上屋にも、アイヌの男女が雇われ、飯炊きや掃除《そうじ》に洗濯、荷物運びなどの下働きに使われていた。

運上屋と番屋が集まった周辺のアイヌの集落で、およそ七、八十人ほどのアイヌが暮らし、アイヌの労働力は運上屋や番屋の運営になくてはならなかった。

にもかかわらず、米に濁酒《にごりざけ》、莨《たばこ》、また漁猟の収穫物が報酬にすぎず、驚くほどの安い対価で雇われていた。

平次郎は濃い髭《ひげ》を生やし、頭頂で頭髪を二つに分け項《うなじ》で切りそろえ、独特の刺繍《ししゅう》をした鉢巻《はちまき》をつけ、衿袖《えりそで》背中《せなか》裾《すそ》も刺繍で飾った半纏《はんてん》に似た衣装に膝下《ひざした》までの股引《ももひき》を穿《は》き、跣《はだし》で働いていた。

平次郎は番屋の番人が勝手につけた名で、アイヌの名を徹は知らなかった。黒い頭髪に濃い眉《まゆ》と髭、くぼんだ眼窩《がんか》の黒い眼差《まなざ》しが思慮深げで、和人の言葉を巧《たく》みに話し、アイヌとの通辞役《つうじやく》を任されていた。

徹と平次郎が言葉を交《か》わしたのは、鰊漁の仕事が一段落したあと、出稼ぎ人とアイヌも交じり、この春最初の群来を祝う宴《うたげ》が開かれたときだった。

その祝宴で、徹の膳《ぜん》と平次郎の膳がたまたま隣り合わせた。

賑やかに宴が開かれているさ中、徹は何気なく平次郎に話しかけた。

「凄《すさ》まじい鰊漁だった。これほどとは思っていなかった」

すると、平次郎は徹に話しかけられたことが意外そうに、黒い眼差しで凝《じ》っと徹を見つめて言った。

「あれぐらいでは、中漁です。大漁ではありません。十年前は忍路海岸でも、一起《ひとおこ》し千両の鰊漁と言われておりました」

徹は鰊漁のことより、平次郎の巧みな話しぶりに感心した。

「平次郎さんは和人の言葉を、どのようにして覚えた」

「十年前、重兵衛さんの番屋で雇われてから、和人の言葉を学びました。お陰で通辞に雇ってもらえるようになりました」

「十年もずっと、この番屋に雇われているのか」

「いえ。途中の二年ほどは、住吉屋さんの運上屋に雇われたこともありました。和人の言葉がわかるので、三年前、またこちらで働かないかと誘われたのです。運上屋にはわたしより巧みな通辞がおりますので」

「生まれは、どこなのだ」

「ずっと山奥のコタンです。余市岳《よいちだけ》の山裾を流れるアサリ川の畔《ほとり》です」

「余市岳の山裾、アサリ川の畔のコタン……」

と、徹は繰りかえした。

「郷里のコタンには戻らないのか」

「冬の漁期が終ると、番屋も運上屋も、番人さんを残してみな引きあげ、この忍路場所は殆ど人がいなくなります。わたしたちアイヌも、それぞれの生まれたコタンに戻ります。忍路場所で冬は越せません」

徹は親や部落の暮らしのことを訊《たず》ね、平次郎は髭が濃くほりの深い顔にほのかな笑みを浮かべながら、アイヌの暮らしぶりや二十八歳だという自分の歳や、忍路場所で働くことになった経緯《いきさつ》を話して聞かせた。

平次郎の話に聞き入っていた徹は、ふと、松前城下で辻占の老婆が言った言葉を思い出した。

おまえが見つけるのじゃ。北の国しか、おまえの行く末はない。

徹は、平次郎の話にそそられている自分に驚いていた。

すると、平次郎が徹に訊ねた。

「瀬田さんは、江戸の侍と聞きました。刀を持っているそうですね。江戸の侍の瀬田さんが、なぜここにいるのですか」

徹は両刀を蓆《むしろ》で包《くる》み、両端を厳重に縛《しば》って、わずかな荷物と共に携《たずさ》えていた。

食いつめ浪人や。こんなところまで、みじめなもんや。

漁夫らがひそひそと徹の噂《うわさ》をし、嘲笑《あざわら》っていたことがあった。

「平次郎さんに話して聞かせるほどの理由などないよ。生きる手だてを探し求めて旅を続け、ここまできた。それだけだ」

平次郎は黒い眼差しで徹を凝っと見つめ、それ以上は聞かなかった。

その春の忍路場所の鰊漁は、ここ二、三年の中ではまずまずの稼ぎだった。

四月下旬のころより、二十反帆《たんぼ》もある北前船が次々と忍路場所の入り江に入船し、船繋ぎをして、買い求めた鰊粕や鰊油、身欠き鰊に干数の子などを満載すると、また次々と船出して行くのだった。

その後からも入津《にゅうしん》する商い船は途切れず、鰊粕を買い求める商い船が入り江に一艘も見えなくなったのは、鰊漁期の終った五月の下旬だった。

越前小浜の網元重兵衛の鰊船も、まずまずの稼ぎを得て、番屋に番人と使用人のアイヌらを残し、越前への引きあげが決まった。

出稼ぎ人らは給金を懐にし、また大中遣船二艘と中遣船三艘からなる船団で、それぞれが乗船した松前や、越後や越前の湊まで戻ることになっていた。

「また来年も頼むで」

船出の前日、船頭が出稼ぎ人らに声をかけて給金を配った。

徹が流浪の浪人者と知っている船頭は、徹に給金を渡すときに言った。

「松前でええか。越前までの途中の湊なら、そこまで乗って行ってもええ。もし侍をきっぱりやめて、漁師になる気なら、おれの船に乗らへんか。瀬田さんやったらええ漁師になれる。まだ三十すぎやろ。ええ身体をしとるし、まだまだ先は長い。浪人者より、漁師のほうがずっとましやで」

「ありがとうございます。ですが、わたしは松前に戻らず、これより蝦夷を旅してみるつもりです」

「蝦夷を旅してか。ほう、そうしたいなら止めへん。けど、松前藩では和人が和人地以外の蝦夷地に勝手に入るのを禁じてるから、瀬田徹は勝手に姿を晦《くら》ましたと、松前の番所に報告することになる。それは承知やな」

「はい。異存はございません」

「そうか。蝦夷のどこら辺を旅するつもりや」

「まだ決めていませんが、もっと北へと思っております」

「北へな。ふうん。やっぱり侍は、やめられへんか」

船頭は、徹を憐《あわ》れむように見つめた。

翌朝の夜明け前、徹は忍路海岸から高島《たかしま》場所へ向かう半島の崖道をとった。

眼下にはるか闇《やみ》のかなたへ、夜明け前のまだ暗い海原が横たわっている。

瀬田徹がたったひとりで、何を求めどこへ向かっているのか、それを知る者はいなかった。ただ、忍路海岸に打ち寄せ砕ける波の音だけが、徹の行く末を言祝《ことほ》いでいた。

第一章　兄弟

一

それから、四年の月日が流れた。

文政九年（一八二六）の五月、日本橋品川町裏河岸《にほんばししながわちょううらがし》で起こったその事件は、元々が町方《まちかた》の手に負えるものではなかった。

五月の初旬、本湊町《ほんみなとちょう》沖に停泊した菱垣廻船問屋《ひがきかいせんどんや》・利倉屋忠三郎《りくらやちゅうざぶろう》所有の菱垣廻船・大黒丸《だいこくまる》の下り荷を、荷足船《にたりぶね》五艘が瀬取《せど》りし、日本橋をくぐった先の品川町裏河岸に着いたのは、日射《ひざ》しがじりじりと照りつける昼前の四ツ（午前十時頃）すぎだった。

裏河岸の船寄せでは、待ち受けていた利倉屋の番頭と手代や小僧らが、五艘の荷足船の船荷を軽子《かるこ》らがかついで歩みの板をゆらし、雁木《がんぎ》をのぼって土手道に運びあげる手配りをした。

利倉屋店頭の土手道には荷車が何台も並び、そこにも帳簿と筆を手にした番頭と手代や小僧らがいて、軽子の運びあげた船荷を、荷車にどんどん積みこんで、積みこみが終り次第、

「この荷物は本石町《ほんごくちょう》四丁目の《加島屋《かじまや》》さんでえす」

「こちらは京橋北《きょうばしきた》の《柏屋《かしわや》》さあん」

などと、彼方此方《あちこち》で声を張りあげて指示し、四人がかりの荷車引きが、山積みになった荷車をがたがたと轍《わだち》を鳴らして次々に運び出して行った。

また、利倉屋の蔵にしまう荷物もあって、それは前髪もまだ剃《そ》らないお仕着せの小僧らが、大きな荷物を肩にかついだり、二人がかりで荷物を持つ汗まみれの軽子らを導いて、店裏の蔵へと運んで行った。

菱垣廻船の荷物が裏河岸に着いた一時《いっとき》、利倉屋の店頭の土手道は、軽子や荷車引きやお店者らの声が飛び交い、土埃《つちぼこり》が舞い、照りつける夏の日射しはいっそう暑苦しく、土手道の通りかかりは、利倉屋の店頭の軒下《のきした》によけて通行しなければならなかった。

土手の柳では、早《は》や鳴き始めた蟬《せみ》が利倉屋店頭の騒ぎを盛んに囃《はや》したてた。

そんな中、万が一にも事故や不手際のないようにと、熟練の番頭や手代が目を光らせていても、まだ夏の半ば前《なか》だというのに何しろこの暑さで、ほんの束の間《つかま》の気のゆるみがあって、起こってはならないことが起こった。

それは、縦長の木箱を筵《むしろ》で包み藁縄《わらなわ》で縛《しば》った荷物で、どうやら釘《くぎ》鉄銅物問屋の下り荷らしく、だいぶ重さがあった。

「あ、それは《伊坂屋《いさかや》》さんの銅物の器《うつわ》だから重いよ。気をつけてな」

番頭が言った。

荷足船の水主《かこ》が木箱を縛った藁縄を両手でつかんで持ちあげ、歩みの板の軽子にかつがせた。

かなり重いが、二人がかりでかつぐほどではなかった。

「なんだ。大したことはねえ」

肩にかついだ軽子が行きかけ、水主がつかんだ藁縄から手を離した。

しかし、ほんのちょっとした油断だった。

軽子の歩みの板の踏み出しが、ほんのちょっと早く、水主が藁縄をつかんでいた手を離すのが、ほんのちょっと遅かった。

「あっ」

両者は声を出し、唖然《あぜん》とした。

銅物の木箱が軽子の肩から滑《すべ》り落ちるのを、水主と軽子、船寄せで声をかけた番頭は、声もなく見守った。

咄嗟《とっさ》のことに声も出ず、身体《からだ》も動かなかった。

木箱は歩み板に落ちて、がたん、と馬鹿に大きな音をたてた。

その音に、ほかの軽子らも、土手道の荷車引きや通行人も、番頭や手代や小僧らも一斉に歩みの板へ向いた。

ただ、十二、三歳の小僧ひとりが、わあ、と叫んだ。

木箱を縛っていた縄が、落ちたはずみで包んでいた筵ごとずれ、蓋《ふた》まではずれて、中の荷物の一端が覗《のぞ》いた。

軽子と水主が顔を見合わせた。

「ああ、何をしているんだ。お客さまの大事な荷物を……」

番頭と手代が慌てて歩みの板を鳴らし、木箱を調べにきた。

中の荷物は大丈夫なのかなと、番頭が蓋のはずれた木箱をのぞいて、おや、と小首をかしげた。

番頭は、後ろから覗きこんでいる手代の富助《とみすけ》に言った。

「南新堀《みなみしんぼり》の伊坂屋さんの荷は、銅物の器のはずだね。これは伊坂屋さんの荷物と違うのかい」

「いいえ、これとまだ船に残っている三つの木箱は、伊坂屋さんの注文のはずです。大坂の問屋さんから届いた銅物の器に間違いありません」

手代は、帳簿と木箱を見較《みくら》べて答えた。

「そうだよね」

番頭も帳簿と木箱の荷物を、二度三度と見較べ確かめた。

間違いなく、釘鉄銅物問屋の伊坂屋の荷物だった。

ほかの軽子や水主も、番頭と手代が木箱を不審そうに覗いている様子を見守っていた。河岸場の賑《にぎ》わいが、意味ありげなひそひそ声に変わっていた。

それに気づいた番頭が、周りを見廻《みまわ》して言った。

「こっちはいいから、みな、仕事を片づけてくれ」

番頭は河岸場の手代らに、さあさあ、と荷下ろしの指示を与え、また河岸場に賑わいが戻ると、木箱へ向きなおった。

木箱の周りを、番頭と手代の富助、荷足船の水主、それに木箱を落とした軽子の四人が囲んでいた。

「しかし、これが伊坂屋さんの荷物なら、銅物の器じゃないね」

「これは違いますね。あの、詳しいことは存じませんが、どう見てもこれは、もしかして……」

木箱の蓋がはずれて覗いている荷物は、番頭も手代も軽子も水主も初めて見たが、それでも、鉄砲の台尻《だいじり》と打《う》ち金《がね》や引き金らしいのは察しがついた。

それも二挺《ちょう》あって、木箱につめたもみ殻《がら》に半ば埋《う》まっていた。

「わたしもよく知らないがね。箱を開けて見てみよう。蓋をとっておくれ」

へえ、と軽子がまだ絡んでいる縄と筵をとり除《の》け、蓋をはずした。

「やっぱり」

手代が呟《つぶや》き、番頭はうなった。

台尻や打ち金と引き金の先へ黒い鉄の筒がのびて、先端が銃口と容易にわかる。

番頭は触れるのも恐ろしげに指差し、これは何、これは何、と台尻から銃口まで長さ三尺（約九〇センチ）以上もある鉄砲の部分部分を、手代と確かめた。

「ここに火縄を挟《はさ》むんですかね。火縄を挟むにしては妙な形ですね。ここが火皿なら、蓋がついていますよ。変わった鉄砲ですね。そうか。番頭さん、これはたぶん西洋の鉄砲ですよ。長崎の出島《でじま》か唐人屋敷で仕入れたのではないでしょうか」

「あまり触れないほうがいい。しかし、仕方がない。伊坂屋さんのあとの三つの荷物を、確かめるとしよう」

番頭は水主と軽子に命じ、伊坂屋の三つの木箱も歩み板に移させ、軽子が藁縄と筵をとり、蓋を開けて見せた。

三つの木箱には、銅物の器や水差しのような容器が、もみ殻に埋まっていた。

「鉄砲はこの二挺だけか。しかし、たった二挺でも、このまま伊坂屋さんに届けるわけにはいかないだろう。富助、旦那さんを呼んできておくれ。鉄砲のことは誰にも知られないようにね」

「承知いたしました」

富助は河岸場の雁木を、足早に上って行った。

入《い》り鉄砲《でっぽう》出女《でおんな》は、御公儀の御法度《ごはっと》である。

土手道に人だかりができ、雁木の下の船寄せにも、荷物を運び終えた軽子らや荷足船の水主らがいて、興味深げに見守っている。

土手の柳では、蟬がまだ鳴いている。

それにしても暑いな。

番頭は対岸の土手蔵の瓦屋根《かわらやね》の上に広がる、青い夏空を見あげて呟いた。

二

同じ日の午後の八ツ（二時頃）すぎ、南新堀一丁目の釘鉄銅物問屋・伊坂屋の軒暖《のき の》簾《れん》を払って、北町《きたまち》奉行所の定服を着けた町方《まちかた》が、ひょろりと背の高い御用聞《ごようきき》を従え、前土間に雪駄《せった》を鳴らした。

「おいでなさいまし」

手代や小僧の声がかかったが、町方の黒羽織《くろばおり》と御用聞を認め、使用人らの様子がすぐに重苦しくなったのが感じられた。

店の間で接客していた手代も、前土間に入ってきた町方を気にかけ、客との応対を中断した。

町方は、釘鉄銅物商いの問屋にしてはさほど広くもない店の様子を、右から左へと、ゆっくりと見廻した。

売物の釘鉄銅物をしまった大きな簞笥《たんす》が三棹《さお》、店の間の一方の壁際に並び、反対側は店裏《たなうら》へと通る通路になっていた。

町方はゆっくりと見廻したあと、小銀杏《こいちょう》に結った髷《まげ》と広い額《ひたい》に手をやり、八の字眉《まゆ》の下の切れ長ながら形が少々ちぐはぐで、目尻の尖《とが》った疑り深そうな目を、その通路の先へしばし流した。

店の間奥の帳場格子《ちょうばごうし》についていた番頭が、いそいそと店の間の上がり端《はな》まで出て、町方に手をついた。

「お役人さま、お役目ご苦労さまでございます。伊坂屋の番頭を務めます与吉郎《よきちろう》でございます」

「ふむ。北町の渋井《しぶい》だ。こっちは御用聞の助弥《すけや》だ。用件は承知だな。ご主人の長右衛門《ちょうえもん》さんに、訊《き》かなきゃならねえことがある」

北町奉行所定町廻《じょうまちまわ》りの渋井鬼三次《きさじ》が、鼻筋だけが作り物のようにしゅっと通った下の、ぷっくりした赤い唇《くちびる》を斜に歪《ゆが》めた。

「は、はい。主人がお待ちいたしております。ただ今、店の者がご案内いたします。圭ノ助《けいのすけ》、お役人さまと親分さんを奥へお通ししなさい」

へえい、と若い手代の圭ノ助が通路へ先にたち、渋井と助弥を案内した。

渋井と助弥は、高い黒板塀《くろいたべい》が囲う庭に面した座敷に通された。

塀ぎわにざくろの木が赤茶の花を咲かせ、そのざくろの木で、にいにい蟬《ぜみ》がしきりに鳴いていた。

石灯籠《いしどうろう》が一基おかれ、庭の一角には盆栽の棚も見え、手入れの行き届いた景色がいかにも裕福そうだった。

「主人はすぐに参ります」

圭ノ助と入れ替わりに、中働きの女が茶の碗《わん》を出した。ほどなく、間仕切《まじきり》ごしに人の気配がして、

「失礼いたします」

と、間仕切が引かれ、黒絽《くろろ》の羽織を着けた長右衛門と、丸髷に渋色《しぶいろ》の留袖《とめそで》の女房、先ほどの番頭の与吉郎もいて、三人がにじり入った。

「伊坂屋の長右衛門でございます。お役目ご苦労さまでございます」

長右衛門が女房と番頭を従える恰好《かっこう》で手をつき、慇懃《いんぎん》に言った。

「北町奉行所定廻りの渋井鬼三次だ。この男はおれの御用聞を務める助弥だ。役目柄、同座させるので承知してくれ」

「助弥親分さん、何とぞお手柔らかにお願いいたします」

長右衛門のお手柔らかにという言い方に、ふっ、と渋井は笑った。

「へい、あっしこそ」

助弥が言った。

「ま、長右衛門さん、手をあげてくれ。そのままじゃあ話がしにくい。客できたんじゃあねえ。南新堀はおれの見廻りの町家じゃねえが、このたびの一件は事情が事情なもんで、おれに調べよと御奉行さまのお指図が直《じか》にあった。本来ならこの手の一件は、評定所か御目付衆《おめつけしゅう》に任せるべきかもしれねえが、町家で起こった一件を町方が調べねえってのも筋が通らねえ。なんのための町方だと、誹《そし》りを受けかねねえ。というわけで、掛《かかり》はおれが務めることになった」

「はい。渋井さまのいかようなお訊《たず》ねにも、包み隠さずお答えいたす所存でございます。ではございますが、わたくしは所詮《しょせん》ただの商人でございます。商人ごときが口にするのをはばかる事柄などもございます。何とぞ、それをお含みいただきますように、お願い申しあげます」

「それは御奉行さまも御承知だ。奉行所の呼び出しじゃなく、掛のおれが伊坂屋さんを訪ねて聞きとりをすることにしたのは、奉行所もこの一件をあまり大っぴらにする気はねえし、なるべく穏便に収めたいからさ。高々鉄砲が二挺とは言っても、事は入り鉄砲出女を禁じてきた、御公儀の法度に触れる重大事に違いねえ。いい加減に収めるわけにもいかねえのさ」

「それはもう、重々承知いたしております。伊坂屋長右衛門、わが身を省《かえり》み、心より悔《く》いております」

「とにかくまあ、事情をうかがおう」

渋井が言うと、長右衛門は手をあげ、女房と番頭も主人に倣《なら》った。

長右衛門夫婦は、髪にだいぶ白いものが交じる、年配の年ごろである。

「でまずは、利倉屋から御番所に届けが出された鉄砲は、火縄銃じゃねえ。燧石《ひうちいし》で火薬に点火して放つ異人の使う鉄砲だな。伊坂屋さんが仕入れの荷に紛《まぎ》れこませて持ちこんだ鉄砲が、なぜ異人の使う鉄砲だったか、そこから聞かせてくれ」

長右衛門は、ゆっくり大きく頭《こうべ》を垂《た》れた。

「そもそも、西洋ではかれこれ二百年以上前より、すでに火縄銃は使われていないようでございます。仰《おつしや》いましたように、火縄の代わりに燧石を使って火皿の火薬に点火し、銃を放つ仕組みは同じでございます。火縄でなく燧石ならば、雨が降る戦場でも銃が放てますので」

「だが、徳川《とくがわ》さまも諸大名家でも火縄銃だ。火縄銃じゃあ雨が降ったら使い勝手が悪い。なのになぜなんだい」

「聞き及んでおりますのは、徳川さまであれ諸大名家であれ、ご領内で採集できる燧石の火花では火力が弱く、火皿の火薬に点火できないのでございます。そのため、今でもどのご領内でも火縄銃をお備えでございます」

「なるほど。お清めの切り火をちゃっちゃっと散らすぐらいじゃ、鉄砲には役にたたねえか。熱、熱っ、てなるぐらいじゃなきゃあな」

渋井が熱がる真似《まね》をし、後ろの助弥が噴《ふ》き出した。

「その西洋の鉄砲は、なんて言うんだい」

「与吉郎、渋井さまにご説明して差しあげなさい」

「はい。手前が聞きましたのは、すなっぷはんすろっく式と申す、燧石を使う鉄砲でございます」

「すなぷ……なんだ?」

与吉郎が殊勝《しゅしょう》な口ぶりで言った。

「すなっぷはんす、でございます。おろしゃの徒衆《かちしゅう》が使うすぐれた鉄砲と、お聞きいたしました」

「おろしゃの鉄砲なのかい」

「いいえ。おろしゃでも使われておりますが、西洋のほかの領国でも広まっておるようでございます。どこの領国の鉄砲か、詳しいことは存じません。西洋のどこかの領国に、間違いはございませんが」

「長右衛門さん、釘鉄銅物問屋伊坂屋がすなぷなんとかの西洋の鉄砲と、一体どういうかかり合いがあるんだ。つまり、そのすなぷなんとかを伊坂屋が仕入れ、お客に売る仲買を始めたいきさつを聞かしてくれるかい。まさか、長右衛門さんがその鉄砲を使うわけじゃあるめえ」

「はい。わたしどももまさか、でございます。伊坂屋はこれまで、鉄砲のみならず、弓矢に槍《やり》刀、鎧《よろい》兜《かぶと》などの武具一切を、仕入れたことも売ったこともございません。わたくしどもは釘鉄銅物問屋にすぎず、このようなことになったのは、たまたまなのでございます。言い逃《のが》れで申すのではございません。むしろ、御禁制の鉄砲だったからでございます」

「御禁制の鉄砲だったからとは、どういう意味だ」

「与吉郎、話を続けなさい」

「はい」

と、与吉郎は肩をすぼめた。

「手前ども伊坂屋が、日ごろよりお出入りが許されておりますさるお屋敷の大殿さま、すなわちご隠居さまは、鉄瓶《てつびん》などの鉄物の容器や銅物の花活《はない》け、あるいは器《うつわ》などの好事家《こうずか》でございます。珍しい鉄物や銅物が手に入ったらいつでも見せてくれと申され、わたくしも、ご隠居さまのお望みの品がございましたらお申しつけください、鉄物銅物ならば伊坂屋が手だてをつくし、手に入れるようにいたしますと、お住まいの別邸へしばしば御用聞にうかがい、そのように申しあげておりました」

それはもう十ヵ月ほど前の去年の秋、与吉郎がご隠居さまのご機嫌うかがいに別邸を訪ねた折りだった。

ご隠居さまが、以前からすなっぷはんすろっく式の西洋の勝《すぐ》れた鉄砲が手に入る噂《うわさ》を聞き、なんとかならぬものかと思っていた、という話をなされた。

そのすなっぷはんすろっく式の鉄砲が、長崎出島のオランダ人や唐人屋敷の唐人との表だった交易ではなく、蝦夷地での交易なら手に入るかもしれない。

つまり、蝦夷地に触手を延ばしているおろしゃの徒衆の鉄砲が、交易品として蝦夷地で窃《ひそか》に横流しされ出廻っている、という噂話だった。

「どうだ、与吉郎。伊坂屋で噂の真偽を確かめ、噂が真《まこと》ならその鉄砲が手に入らぬか。値については、伊坂屋の言い値に任せる」

そう持ちかけられた。

御公儀は江戸への鉄砲の持ちこみを厳重に監視し、諸藩の江戸屋敷でも、具《そな》える鉄砲の数は老中に承認を得なければならない。

火縄銃であれ西洋の銃であれ、江戸への持ちこみは、老中が認めない限り禁じられており、江戸市中のいかなる武家屋敷の邸内で、銃を放つだけでも厳しい咎《とが》めを受けた。

与吉郎は初め、いくら好事家のご隠居さまでも、入り鉄砲の御禁制を犯し、本心で手に入れようとしていると思わなかった。

火縄銃ではなく、燧石を使って火皿に点火する西洋の鉄砲が物珍しく、一度試し打ちをしてみたいと、ただの物好きで持ちかけられたと思っていた。

「何十挺と望んでいるのではない。一挺、できれば二挺ぐらい欲しいな」

ご隠居さまが執拗《しつよう》に持ちかけ、どうやら本心とわかり、斯《か》く斯《か》く云々《しかじか》と与吉郎から事情を聞いた主人の長右衛門も驚いた。

しかし、伊坂屋は、贅《ぜい》を凝らした上屋敷下屋敷の、増改築あるいは建て替えなどのたびに、釘や様々な金具などの大量の注文を受けるお得意さまの要望を断って、万が一にもお屋敷のお出入りを縮尻《しくじ》るわけにはいかなかった。

ご隠居さまがご当主だったころから、伊坂屋はお屋敷へお出入りが許され、殊《こと》に、鉄器銅物の趣味を解するご隠居さまには目をかけられてきた。

「仕方がないね。ご隠居さまのご要望にお応えしよう」

一挺か二挺ならば発覚することはあるまい、と長右衛門は腹を決めた。

番頭の与吉郎が、東廻り航路により蝦夷の松前で交易を行っている知り合いの仲買商に、蝦夷で窃に出廻っているらしいおろしゃから鉄砲を調達する手だてを訊ねると、その仲買商は意外にも言った。

「ここだけの話ですが、蝦夷地ならそういうことができると思いますよ。おろしゃの徒衆の鉄砲が窃に売り買いされていると、どこでどのようにかは存じませんが、聞いてはおります。わたしは手を出したことはありませんがね。注文を受けて蝦夷で手に入れることはできても、江戸へ持ちこむのがむずかしい。万が一露顕《ろけん》でもしたら、これですからね」

と、仲買商は手刀で打首《うちくび》の仕種《しぐさ》をして見せた。

与吉郎はぞっとした。

しかし、ご隠居さまのご要望にお応えしたい気持ちのほうが強かった。

「だったら、松前城下の唐津内町《からつないまち》の《渡島屋《おしまや》》さんを、与吉郎さんご自身がお訪ねになってご注文なされば、間違いなく手に入るはずです。いかなる鉄砲を、何挺ご要望で、どのように江戸へ運び入れるか、その手だての相談にも、渡島屋さんは乗ってくれるでしょう。ご要り用なら紹介状を書きますが」

わたしは伊坂屋さんが何をお求めになるのか、知らなかったことにして、と仲買商は言い添えた。

年が明けたこの春早々、与吉郎は仲買商の紹介状を懐《ふところ》に小僧ひとりを従え、羽《う》州《しゅう》酒田湊《さかたみなと》までの東廻り航路の廻船で、西蝦夷の松前へと旅だった。

松前城下唐津内町の渡島屋で、すなっぷはんすろっく式を二挺注文し、江戸へ運ぶ手だては、鉄物銅物の器などの荷物と一緒に西廻り航路で一旦大坂へ運び、大坂の問屋より、菱垣廻船で江戸への下り荷に紛れこませることにした。

「わたくしと小僧が江戸へ戻って参りましたのは、春の下旬でございます。東廻り航路は海が荒れて波が高く、気持ちは悪いし恐ろしいしで、蝦夷はもう懲《こ》りごりでございます」

与吉郎が言った。

「なるほど。長崎からの鉄物銅物の交易品として、江戸へ運んだわけだな」

「さようでございます」

「となると、すなぷなんとかのおろしゃの鉄砲を二挺、どちらのお屋敷のご隠居さまが注文なさったのか、ご主人に訊ねなきゃあならねえな」

「はい。渋井さまのお訊ねは、まことにもって、ごもっともでございます。ではございますが、先ほども申しました。わたくしどもは所詮ただの商人でございます。ただの商人ごときには、口にするのをはばかる事柄がございます。渋井さまのお訊ねに、お答えいたしかねる事情がございます。何とぞ、そこのところをお察しいただきますよう、お願い申しあげます」

主人の長右衛門は再び手をつき、女房と番頭の与吉郎がそれに倣った。

「そうかい。ところで、伊坂屋は御三卿《ごさんきょう》の田安《たやす》さまのお屋敷にお出入りが許されているんだってな。田安さまのお屋敷にお出入りが許されて、長いのかい」

長右衛門はしばし考えて、はい、とひと言答えた。

「長いってえのは、先代の殿さまのころからかい」

そのとき、庭のざくろの木でにいにい蟬がいっそう音高く鳴き出し、長右衛門はその問いには答えなかった。

三

その五月も末の夕刻、唐木市兵衛《からきいちべえ》と三河町《みかわちょう》の請人宿《うけにんやど》《宰領屋《さいりょうや》》主人の矢藤太《やとうた》は、銀座町《ぎんざちょう》の大店《おおだな》両替商近江屋隆明《おうみやたかあき》が鎌倉河岸《かまくらがし》へ差し向けた日除船《ひよけぶね》に乗った。

日除けの下の板子には真新しいうす縁《べり》が敷かれ、隆明は舳側《へさき》に着座し、市兵衛と矢藤太は艫《とも》側に並んで、隆明と対座した。

隆明は、市兵衛と矢藤太へ深々と頭を垂れて言った。

「唐木さま、矢藤太さま、慌《あわ》ただしくこのように船を勝手に仕たてまして、お詫《わ》びいたします。今朝方、手紙にて矢藤太さまにお知らせいたしました、この度《たび》ご依頼のお武家さまのお住まいにご案内いたします。お武家さまのお住まいは深川《ふかがわ》の佐賀町《さがちょう》でございますので、さほど遠くではございません。着くまでの間、わたくしども《近江屋》とお武家さまとのかかり合いと、ご依頼のあらましをお聞きいただきます。よろしゅうございますか」

「へい。どうぞお願いいたします。近江屋さんよりわたしども宰領屋にご依頼のお手紙をいただき、まことにありがたいことでございます。ただ、宰領屋は江戸の請人宿でございますので、ご依頼の仕事先が蝦夷とあって、蝦夷での仕事を請けますのは初めてでございます。それでちょいと吃驚《びっくり》いたしました。ちょうど市兵衛さんが顔を出しましたので、市兵衛さんに蝦夷で仕事のご指名だけど、請けていいかいと声をかけますと、かまわんよ、といつもの調子であっさり仰ったんで、どうぞ、蝦夷での仕事のあらましをお聞かせ願います」

矢藤太も畏《かしこ》まって言った。

「そう言っていただいて、ほっといたしました。では、船頭さん、船を出しておくれ。永代橋《えいたいばし》袂《たもと》の佐賀町の河岸場だからね」

隆明が船頭に声をかけ、艫の頰《ほお》かむりの船頭が、へい、と鎌倉河岸の船寄せから江《え》戸城《どじょう》曲輪《くるわ》の御濠《おほり》へ日除船を押し出した。

右手に江戸城曲輪の石垣と白壁、白壁の上に松林がつらなり、左手は本銀《ほんしろがね》町《ちょう》、本石町、本町《ほんちょう》、本両替町《ほんりょうがえちょう》、北鞘町《きたさやちょう》と、繁華な下町の町家が続いて、御濠の涼気が日除船に流れてきた。

隆明がその涼気にほつれ毛をなびかせつつ、市兵衛に言った。

「唐木さまはお若いころ、修行のため諸国を巡《めぐ》られたとお聞きしました。蝦夷へ渡られたことはございますか」

「いえ、ありません。わたくしは江戸の生まれですが、二十四歳から二十九歳までの足かけ六年、京で暮らしておりました。二十九歳のときに京を出て、名目は武者修行あるいは見聞を広めるためでも、本心は、おのれの気の趣《おもむ》くままに諸国を巡り、広い世を見たかったのです。しかし、蝦夷には渡りませんでした」

「何ゆえ、蝦夷へはお渡りにならなかったのでございますか」

「蝦夷へ渡らなかった理由は、特にありません」

市兵衛は隆明へ、にっこりと笑いかけた。

「ということは、これからおうかがいするお武家さまの、お知り合いのどなたかが蝦夷にいらっしゃる、もしくは、なんらかのかかり合いがあるとか、そういうことなんでございましょうね」

と、矢藤太が訊いた。

「はい、さようです。わたくしの幼いころの、兄のような友が蝦夷にいると聞いたのは、もう三年ほど前のことでございました。その友は、わたくしより四つ年上で、わたくしは徹兄さんと気安く呼んでおりました。徹兄さんは侍の家に生まれ、ご存じのようにわたくしは、母がわたくしを連れて近江屋の先代の松右衛門《まつえもん》に嫁《とつ》ぎ、松右衛門の倅《せがれ》になった町家育ちでございます。ですから、徹兄さんとは同じ町内の幼馴染《おさななじみ》、というのではございません。徹兄さんのお父上とわたくしの父の松右衛門に親交があって、それで倅同士が言葉を交《か》わし、親しくなったのでございます。名は瀬田徹。わたくしは徹兄さんと呼んで、徹兄さんはわたくしを隆明さんと呼ばれましてね。船のことがとても詳しく、他国とつながる海などの地理を本当によくご存じで、いろいろ面白い話を沢山聞かせてくれたのを覚えております。でっぷりとよく肥《こ》えた大柄で、会うたびににこにこして、とにかく、優しくて楽しい兄さん、という記憶しかございません。徹兄さんにわけがあって、江戸を出られたのは十二年前でございます。三年前、その徹兄さんが蝦夷にいるらしいという話が聞け、そうだったのか、徹兄さんは蝦夷にいるのかと驚いたのでございます」

「もしかして、徹兄さんのお父上は、御公儀船手《ふなて》組のお侍では」

市兵衛が訊くと、隆明は笑みを市兵衛へ向けた。

「なぜでございますか、唐木さま」

「船に詳しく、他国とつながる海などの地理をよくご存じのお侍なら、そうではないかと思いました」

「その通りでございます。船手頭《ふなてがしら》田岡千太郎善純《たおかせんたろうよしずみ》さまの元同心にて、今はご隠居の身の瀬田宗右衛門《そうえもん》さまでございます。代々永代橋の御船手組屋敷にお住まいになられ、徹兄さんは瀬田家のご長男でございます」

「ご長男の徹兄さんは、瀬田家を継がず蝦夷に渡られたのですか」

「徹兄さんが宗右衛門さんと番代わりし、船手組の同心に就かれたのは、十五年前の二十二歳のときでございました。その三年後の、徹兄さんが二十五歳の秋、同じ船手組の同心との間に、刀を抜き斬《き》り合いに及ぶもめ事が起こったらしく、徹兄さんが相手に怪我《けが》を負わせてしまう刃傷《にんじょう》事件がございました。そのもめ事は徹兄さんに落ち度ありと船手頭の裁断により、徹兄さんは船手組同心の身分を解かれたのでございます。宗右衛門さまは、このままでは瀬田家が船手組同心の身分を失い、浪々の身となりかねない事態を恐れ、徹兄さんを瀬田家より除《のぞ》いて、当時はまだ二十歳だった弟の明《あきら》さまに瀬田家を継がせ、明さんの船手組同心の番代わりを、船手頭に願い出られたのでございます」

「弟の明さんに、船手組同心の番代わりが許されたのですか」

「はい。様々な手をつくされ、どうにか。徹兄さんはその前年に四歳下の民江《たみえ》さまを妻に娶《めと》り、ご長男がすでにお生まれでございました。宗右衛門さまは、徹兄さんが瀬田家を出られると、民江さまを明さまの妻とし、徹兄さんの子と養子縁組を結び、明さまのご長男として届けられました」

「ああ、なるほど。そういう手だてで収められたんで」

　矢藤太が言った。

日除船は常盤御門橋《ときわごもんばし》をくぐり、南の呉服橋《ごふくばし》、西に道三堀《どうさんぼり》に架《か》かる銭瓶橋《ぜにがめばし》と両岸に御《お》曲輪内大名小路《くるわうちだいみょうこうじ》の壮麗《そうれい》な武家屋敷が見える御濠を東へ曲がって、一石橋《いちこくばし》、日本橋《にほんばし》、そして江戸橋《えどばし》もすぎて、茅場町《かやばちょう》と小網町《こあみちょう》、南北の新堀町の堀川をとった。

「それで？」

と、矢藤太は隆明に先を促し、隆明は物憂《ものう》げな表情のまま続けた。

「わたくしは二十一歳になっており、すでに父の下で商いの修業中の身でございました。子供のころのように、徹兄さん隆明さん、とお互いに呼び合う交わりはもうございませんでした。徹兄さんにどのような落ち度があってお役目を解かれたのか、詳しくは存じませんでした。徹兄さんが瀬田家を出られ、江戸から姿を消されたと聞いたのも、あとになってからでございます」

「十二年前、江戸を去られ蝦夷におられる徹兄さんに、十二年がすぎた今になって、会う用が出来《しゅったい》したのですね」

それは市兵衛が言った。

「一昨日の夜、瀬田宗右衛門さまが銀座町の近江屋に訪ねて見え、蝦夷にいると聞いている徹兄さんを、江戸へ連れ戻す仕事を請け負うてくれるどなたかを捜しており、そういう方の心当たりはありませんかと、だいぶ深刻なご様子のお訊ねでございました。徹兄さんが蝦夷のどこにいるかまでは、宗右衛門さまはご存じではありません。ですので、まずは蝦夷にいるらしい徹兄さんを捜し出さねばなりません。徹兄さんを捜す手がかりは、むろんございますが」

「どうやら、まだお聞きしていないこみ入った事情がありそうですね。季枝《きえ》さまは、ご承知なのでしょうか」

「母も承知しております。母もわたくしも、一昨日《おととい》、宗右衛門さんからうかがって、そのとき初めて瀬田家が追いこまれた事情を知ったのでございます。わたくしはすぐに、宰領屋さんを通して、唐木さまにお頼みするのがよいのではないかと思いました。母も唐木さん以外にお頼みする方は思いつきませんねと、申しておりました」

「蝦夷地ですか。そいつは遠いな」

矢藤太が首をひねりつつ言った。

「しかし、いくら市兵衛さんでも、蝦夷で人捜しというのは、むずかしいんではございませんでしょうか。あの正田昌常《しょうだまさつね》さんなら、いろいろ人の伝《つて》がおありのようですから、蝦夷に詳しい方がいらっしゃるんでは、ございませんか」

正田昌常は、無役の旗本御家人が役に就く口利きをして謝礼を得る、お内談師《ないだんし》あいは権門師《けんもんし》と言われる、武家相手の請負人《うけおいにん》である。幕府だけでなく、大名家江戸屋敷勤番の重役方にも顔が広い。

「はい。わたくしも初め、正田昌常さまにご相談いたすことは考えました。たぶん、正田さまならすぐにご承知なさり、蝦夷に詳しい者がおり、その者にやらせましょうと、言っていただけるのではと思うのです。ただ、ご隠居の身ではございましても、瀬田宗右衛門さまは気位の高いお侍さまでございます。ですが、決して傲慢《ごうまん》な方ではございませんし、生前の父と親交があったときより、真っすぐで穏やかなお侍さまでございました。その瀬田宗右衛門さまが、今、とても苦しんでおられます。今にして思えば、十二年前に徹兄さんが瀬田家を出られたときも、やはり苦しまれたんだろうなと、思えてならないのでございます。正田さまが駄目だというのではございませんが、できればわたくしは、唐木さまにお引き受け願えればと……」

市兵衛はしばし、隆明をみつめ考えた。

「市兵衛さん、どうする」

矢藤太が市兵衛を覗きこんだ。

ふむ、と市兵衛は頷《うなず》いた。そして、

「瀬田宗右衛門さまにお会いし、十二年前、江戸を去られた徹兄さんを、今になって何ゆえ瀬田家に連れ戻すのか、連れ戻さねばならないのか、ご依頼の子細をおうかがいいたします。わたくしには手にあまると思えば、そのようにお伝えいたし、そのうえで、瀬田宗右衛門さまがそれでもなおわたくしに、と申されるなら、蝦夷の仕事をお引き受けいたします」

と言った。

「ああ、よかった。思った通りだ。唐木さまらしい。唐木さま、結構でございますとも。瀬田宗右衛門さまに唐木さまのお人柄を伝えますと、是非お会いしたいと仰っておられたのです。唐木さま、矢藤太さま、御船手組の組屋敷は佐賀町の河岸場へあがってすぐでございます。瀬田宗右衛門さまがお待ちでございます」

三人を乗せた日除船は、北新堀《きたしんぼり》に船番所がある永代橋の袂から、西の夕空が茜色《あかね》に燃える大川《おおかわ》に出た。

その日は両国《りょうごく》の川開きで、永代橋あたりの大川から両国橋も両国界隈《かいわい》の賑わいも見えないが、大花火の打ちあげが始まっていて、濃紺色《のうこんいろ》に広がる夕空に白い火の花が次々に音もなく咲いては、果敢《はか》なく消えていた。

遅れて、とおん、とおん、と何かしら物悲しげな、そして、物憂げな呼び声のように、花火の音が両国方面より聞こえてきた。

日除船の行く大川に、上流の両国川開きの賑わいはなく、船頭の操《あやつ》る櫓《ろ》の音が物寂しげに聞こえているばかりである。

「そうか。今日は両国の川開きだったな。両国の川開きだからって、若いころのように気持ちは浮きたたねえ」

矢藤太が、両国のほうの夕空にあがった花火を見あげて言った。

日除船は夕暮れの大川を渡り、永代橋袂の佐賀町の河岸場に近づいた。

その河岸場より半町（約五四・五メートル）ほど町家を隔てた佃側《つくだ》に、幕府の深川御船蔵《おふなぐら》が見え、三十挺《ちょうだて》立以上と思われる大形船が一艘《そう》、川縁に停泊していた。

御船印《ごせんいん》の吹貫《ふきぬ》きは立てていないが、将軍の御召船《おめしぶね》に違いなかった。

「唐木さま、矢藤太さま、瀬田宗右衛門さまがあそこに……」

永代橋袂の川船が何艘も舫《もや》った河岸場に、大柄な痩身《そうしん》の侍が提灯《ちょうちん》を提《さ》げ、河岸場に近づいて行く日除船を見守っていた。

やがて、双方の顔つきが見わけられるほどになり、大柄な痩身の瀬田宗右衛門が、日除船へ頭を垂れた。

元船手組同心の瀬田宗右衛門の風貌《ふうぼう》は、船手衆にしては色白の細面《ほそおもて》で、白い髷はうすく、痩身の背を少し丸めた好々爺《こうこうや》の印象ながら、屈強な海の男であったであろう若いころを思い描かせた。

納戸色《なんどいろ》に小楢《こなら》の細袴《ほそばかま》を着け両刀を帯《お》びた地味な装いは、御召船の晴れやかさとは無縁の船手組同心の矜持《きょうじ》が、かえって感じられた。

河岸場にあがった市兵衛と矢藤太を、隆明が宗右衛門に引き合わせた。

「船手頭・田岡千太郎善純さま配下にて、船手組同心を務めておりました瀬田宗右衛門でございます。ただ今は務めを退《しりぞ》き、隠居の身でございます。わざわざご足労いただき、礼を申します」

瀬田宗右衛門は深々と頭を垂れ、張りのある低い声で言った。

宗右衛門は、五尺七、八寸（約一七一～一七四センチ）の市兵衛が見あげるほどの上背《うわぜい》があった。

「六尺（約一八〇センチ）には少々足りませんが……」

と、照れるように固い表情をやわらげた。

四

船手頭田岡千太郎善純支配下の御船手組屋敷は、御船蔵と深川浜十三町《はまじゆうさんちよう》の通りを隔てた佐賀町と相川町《あいかわちよう》にまたがり、同心と水主《かこ》の住居をつらねていた。

瀬田家は、組屋敷地の冠木門《かぶきもん》をくぐり、屋敷地内の通りよりひと筋南側へ入った小道に、板塀や垣根が囲う瓦屋根の組屋敷が並ぶ中の一軒だった。

片開きの木戸から狭い前庭を隔て、表戸が板戸で閉《た》ててあった。

市兵衛らは表口ではなく、勝手口から戸内に通された。

戸内は、炉《ろ》を切った居間を兼ねた茶の間に、隠居夫婦の次の間、主人夫婦の座敷、さらに子供らの部屋の四部屋があり、流し場のある板間と厠《かわや》も二つ備え、質素ながら住み心地がよさそうだった。

主人夫婦の座敷に、床の間に付け書院はあったが、床脇《とこわき》は押入になっていた。

縁側の四枚の腰付障子《こしつきしょうじ》が両開きになり、蚊遣《かや》りが焚《た》かれ、一灯の行灯《あんどん》の明かりが黄昏《たそがれ》どきの暗みを遮《さえぎ》っていた。

板塀が囲う小さな庭に、何かの灌木《かんぼく》の影がぼうっと浮いて見えた。

板塀ごしに隣家の屋根を覆う夕空には、星がきらめいている。

市兵衛と矢藤太は床の間を背にし、改めて瀬田宗右衛門と対座し、隆明は両者の間をとり持つかのように、縁側を背に座を占めた。

「本来ならば、このようなむさ苦しい陋屋《ろうおく》ではなく、町家の小奇麗《こぎれい》な料理茶屋などにお招きいたすべきではございますが、故《ゆえ》あってただ今わが家は、船手頭の田岡さまより逼塞《ひっそく》を命じられ、表だつことは控えねばなりません。お世話になっております近江屋の隆明どのにもまたお二方にも、こちらにまでご足労をお願いいたし、しかも昼間ではなく夕刻のこの刻限にさせていただきましたことを、申しわけなく思っております」

　逼塞は、閉門に次ぐ武士の刑罰である。ただ、重い処分ではなく、表門は閉鎖するが、昼間も目だたぬように交通することは黙認される。

　瀬田家はその《逼塞》の処分を受けていた。

「わたくしは、唐木さまと矢藤太さまにお願いをするにあたって、こちらのお屋敷のほうがかえってよいのではと、宗右衛門さまに申しあげました。佐賀町に、わたくしの馴染みにしております仕出《しだし》料理屋がございます。のちほどそちらより料理と酒をとり寄せ、固めの杯を交わしていただきますが、まずは、宗右衛門さま、この度の事情から話をお始めください」

　隆明が言い添えた。

「瀬田宗右衛門さま、近江屋さんより宰領屋を通して蝦夷行きのご依頼があり、わたくしはそのご依頼をお請けすると決めております。ですが、わたくしの手にあまることであれば、そう申さねばなりません。それでよいのかどうか、まずはそこからです。どうぞ、事情をお聞かせください」

　市兵衛が宗右衛門を促した。

「ありがとうございます。では事情をお話しする前に、わが家の者をお引き合わせいたします。と申しますのも、わが家の者は、この度の事情とは少々のかかり合いがあるゆえでございます。登代《とよ》、みなと一緒に入りなさい」

宗右衛門は、間仕切ごしに次の間に声をかけた。

次の間に、家の者がそろっているのはわかっていた。

幼い子の声が母親に話しかけ、それを抑えるかのように、静かに、とひそめた声が聞こえていたからだ。

「失礼いたします」

間仕切が引かれ、刀自《とじ》と身重《みおも》と思われる年増《としま》、十二、三歳ぐらいの少年、童女と童子の五人が座敷に入り、宗右衛門の後ろに控えた。

「この五名にわたくし入れて六名が、わが組屋敷のただ今の住人でございます。わが妻の登代、それから嫁の民江、民江の長男の優《まさる》十三歳、長女の良枝《よしえ》六歳、二男の真《まこと》四歳でございます。晩秋か初冬のころには、もうひとり増えておりますので、わが家はそうなりますと七名に相なります。それから、先月亡くなりましたわが倅《せがれ》にて、民江の夫である明は、すでにわが寝間の仏壇に祀《まつ》っております。みな、こちらは唐木市兵衛さまと宰領屋の矢藤太さまだ。ご挨拶をするのだ」

そのとき市兵衛は、先月亡くなったわが倅、民江の夫・明は、とさりげなく言い添えた宗右衛門の言葉が意想外だった。

市兵衛は矢藤太と顔を見合わせ、それから隆明へ向くと、そうなのです、と言うかのように隆明は小さく頷いた。

宗右衛門の妻の登代は、夫の宗右衛門の六尺近い長身痩軀と違い、小柄でぽっちゃりと太った、人柄の穏やかそうな刀自だった。

嫁の民江は、三十をすぎたばかりの年ごろと思われる美しい年増だった。動くたびに大きくなりかけた腹をかばうような挙措《きよそ》を見せ、それが四人目の子の母になる自然なふる舞いに感じられた。

十三歳の優は、母親の民江似の、やや面長《おもなが》な色白の少年で、もうかなり背が高く、若竹のような細身は祖父の宗右衛門譲りかもしれなかった。

妹の良枝と末子の真は、どちらかと言えば祖母似の、ぽっちゃりと肥えた童女と童子だった。

五人がそれぞれ名乗り、一番年下の真が、童子のまだ小さな手をつきたどたどしく名と歳《とし》を最後に言って挨拶《あいさつ》を終えると、宗右衛門は言った。

「この瀬田家の中に、この子たちの父親と伯父《おじ》、すなわちわが長男の徹と二男の明は、残念ながらおりません。まずはその事情から、お聞きいただきます」

宗右衛門は話し始めた。

「長男の徹が瀬田家を継ぎ、わたくしと番代わりで船手組同心に就《つ》きましたのは、十五年前でございました。そのとき徹は二十二歳にて、わたくしは四十八歳でございました。二年がたって、徹の妻にこの民江を迎えたのでございます。そうしてその翌年、このわが瀬田家の跡継ぎの優を授かり、わたしら夫婦は、まことにめでたいことだ、ありがたいことだと喜びました」

「ああ？　そういうことなんで……」

と、矢藤太が呟《つぶや》いた。

宗右衛門はゆっくりと矢藤太へ頷《うなず》きかけ、民江は目を伏せて畏まっている。

「ところが、優がまだ乳呑児《ちのみご》のその年のことでございます。徹と同じ船手組同心の傍《ほう》輩《ばい》との間にささいな諍《いさか》いが起こり、徹が刀を抜いて傍輩の同心に斬《き》りつけ疵《きず》つけてしまったのでございます。傍輩の疵は、ほんのかすり疵程度でございました。しかし、船手頭の田岡さまは、いかなる理由があるにせよ御召船を与《あずか》る船手衆が傍輩へ刃傷に及ぶなど以《もっ》ての外《ほか》と、徹のふる舞いを厳しく叱責《しっせき》され、徹は船手衆を解かれたのでございます。身分低き船手組同心とは申せ、わが瀬田家は戦国の世より、伊勢《いせ》水軍《すいぐん》の船手衆を継ぐ由緒ある一族の末裔《まつえい》でございます。その船手衆の面目《めんぼく》を失うようなことがあっては、ご先祖さまに申しわけがたちません。やむを得ずわたくしは、徹を瀬田家より除き、五歳下の明に瀬田家を継がせ、田岡さまにお許しを願い出たのでございます。隆明さん、あの折り、三十俵《ぴょう》三人扶持《ぶち》の船手組同心風情《ふぜい》の瀬田家では到底無理なつけ届けをいたすため、お父上の松右衛門さんに融通をお頼みいたしました。松右衛門さんは快く承知してくだされ、お陰で瀬田家は、船手衆の面目を守ることができたのでございます」

存じております、と言うかのように、隆明は首肯した。

「それとともに、明に民江を娶らせて、優は明と民江の倅となったのでございます。瀬田家を守るためにはそうしなければならないと、そのときは、わたくしも登代も明も民江も、そしてそれは徹自身も承知して決めたことでございました。ともかくもそれらの手だてによって、瀬田家は船手組同心の身分を失わず、あとに続く幼い子供らにも、つらくみじめな思いをさせずに済んだのでございます。あれから早や十二年の歳月が流れて、わたくしも妻の登代も六十を果敢なくもすぎてしまいました」

「十二年前、ご長男の徹さんは瀬田家を除かれ、江戸を出られたのですね」

市兵衛が訊ねた。

「さようです」

それから市兵衛は少し考える間をおき、また訊ねた。

「十二年前、宗右衛門さんが瀬田家を守るため、徹さんを瀬田家から除かなければならなかった傍輩との間には、一体どのような諍いがあったのですか。もしかして、傍輩と徹さんの諍いは、弟の明さんが先月亡くなられた事情となんらかの因縁があって、離縁したはずの徹さんを十二年の歳月を隔てた今、再び瀬田家へ連れ戻さなければならなくなった、ということなのですか」

戸惑《とまど》いと苦渋の重みに堪《た》えかねるように、宗右衛門は頭を垂れた。

縁側先の庭には、すでに宵《よい》の闇《やみ》がおり、少ししっとりした夏の夜の気配が、庭のほうより座敷に流れてきた。

やがて宗右衛門は、垂れた頭をあげて言った。

「傍《はた》から申せば、わが倅らのふる舞いが愚かしい、哀れだと、嘲笑《あざわら》われておるのかも知れません。面と向かって言ったり、謗《そし》ったりする方はおりませんが、わたくしども一家の者に、聞こえよがしに雑言を吐かれる方はおります。しかし、わたくしは妻の登代にも嫁の民江にも、また子供らにも、傍から何を言われようと言わせておけと申しております。われらは傍の者ではない。われらはわれらの身に降りかかったこの事態に、傍からではなく真っすぐ向き合わねばならぬのだと。人を嘲笑い、謗り、貶《おとし》め、見くだしてからかい、ある者には叱《しか》りつけ、怒声を浴びせ、ある者には媚《こ》びてへつらう、われらはそういう者であってはならぬと、わたくしはわが倅の徹にも明にも、そう申して育てたのでございます」

刀自の登代は小柄な体をいっそう丸くして萎《しお》れ、民江は指先で頬を拭《ぬぐ》った。

幕府船手組は、五組ないし四組が設けられ、各組船手頭が同心三十名水主数十名を率い、幕府用船の管理、海上運輸、いざというときの海水働きの差引《さしひき》、毎年二組ずつが交代で行う九州四国浦々巡視、また、将軍水上御遊行の御召船の操船を掌《つかさど》っていた。

将軍御召船は、《天地丸《てんちまる》》七十六挺立から《犀丸《さいまる》》八挺立まで、代々船手頭を世襲《しん》する向井将監《むかいしょうげん》御預《おあずけ》とそれ以外を合わせおよそ三十艘が、新佃《しんつくだ》、万年橋《まんねんばし》、北新堀、新大橋《おおはし》、永代橋の御船蔵に格納されている。

御船手組役所は御船蔵にあり、御船頭属僚の同心水主が居住する組屋敷は、その御船蔵周辺にあった。

父親の宗右衛門は、徹と明の兄弟よりも上背のある六尺近い痩身で姿がよく、しかも鋼《はがね》のように強靱《きょうじん》で優れた御船手組同心だった。

徹と明の兄弟ともに、その父親に似て上背が五尺八寸以上あったが、兄弟とも痩身ではなく、ふっくらと肥えた身体つきは母親の登代に似ていた。

兄の徹は、気だてが穏やかで笑顔に愛嬌《あいきょう》があり、力持ちで頭もよく、瀬田家の徹は見どころがある、よい船手衆になるだろう、と組屋敷では評判がよかった。

宗右衛門さんはできのいい倅がさぞ自慢だろう、とそういう声も聞かれた。

一方、徹の五歳下の明は、兄の徹より少し背の低い五尺八寸余であった。

兄よりももっとふっくらと肥えていて、肉づきのいい分、俊敏さは兄に劣ったものの、兄よりもまた父の宗右衛門よりも力自慢であった。

それに、笑顔に愛嬌のある兄の徹より目鼻だちがくっきりとして、気だても徹よりは少々勝気だった。

五尺九寸余の徹と五尺八寸以上の上背がある明の、よく肥えた大柄な兄弟が並んで表通りを行くと、あれは船手組の瀬田家の兄弟だ、と組屋敷地のみならず、永代橋袂の佐賀町界隈の町家でも兄弟は知られていた。

十二年前の徹が二十五歳のとき、御船手組役所において傍輩とささいな口論の末、徹は刀を抜き傍輩に疵を負わせる刃傷事件を起こした。

船手頭の裁断によって、徹はその日のうちに船手組同心の職を解かれ、瀬田家は閉門を申しつけられたのだった。

宗右衛門はあのとき、なぜ気だてが穏やかで頭もよく、見どころがある、よい船手衆になるだろう、と組屋敷では評判のよかった徹が、ささいな喧嘩《けんか》の末に刀を抜いたのか、その真の理由を質《ただ》さなかった。

「ささいな喧嘩です」

と、徹も言いわけをしなかった。

そのため、若い者同士のささいな口論が若気の至りで行きすぎ、刃傷に及んでしまったのだろうと考えた。

言いたくなければ言わずともよいと、詳しくは質さなかった。

ただ、せめて口喧嘩だけなら、せめて拳《こぶし》で渡り合っただけなら、せめて刀を抜いたのが喧嘩相手が先だったなら、とそれだけが悔《く》やまれた。

役所内で刃傷沙汰《ざた》を起こすなど、理由の如何《いかん》を問わず以《もっ》ての外《ほか》である。

あのときは、徹に切腹の裁きが下されることもあり得た。

しかし、仮令《たとえ》、切腹が下されなくとも、徹が船手組同心に再びとりたてられることがもうないのは明白だった。

となれば、船手組同心の瀬田家を守るためには、弟の明に瀬田家を継がせ、船手組同心に就かせるしかないと、あのときは、宗右衛門も妻の登代も、明も民江も、徹自身も承知していた。

閉門中のため、宗右衛門は船手組同心の古い知り合いに頼んで、近江屋の松右衛門より借り受けた相応の金子を添えて、船手頭田岡千太郎善純さまに徹を瀬田家から除き、代わって弟明の船手組同心におとりたてを願い出たのだった。

三月《みつき》がたって、瀬田家の閉門は解かれ、明の船手組同心の出仕が許された。

幸い、徹に切腹の咎めはなかった。

明の出仕が許されたその日の夜、宗右衛門、登代、明、乳呑児の優を抱いた民江、そして徹の話し合いが行われた。

その場で宗右衛門は徹に、明が民江を娶り、優を長男とし、こののち船手組同心として瀬田家を守って行く、それに異存はないなと言った。

徹は宗右衛門に異存はございませんと答え、民江には済まないと詫びた。

そして、咽《むせ》び泣く民江から優を大きな腕の中に抱きとり、やわらかで優しく、愛《いと》おしい小さな命をそっと抱き締めた。

その夜明け前、徹はただひとり瀬田家を去り、江戸から姿を消した。

それから十二年の歳月が流れ、明と民江夫婦の間に、長男優の妹良枝と弟真が生まれていて、この秋の末か冬の初めには、民江は第四子を産むはずである。

宗右衛門はこの十二年、ずっと信じて疑わなかった。

瀬田家は船手組同心の身分を失わずに済んだ、これでよかったのだと。

しかし、十二年がたった今、宗右衛門は高々三十俵三人扶持の瀬田家の改易《かいえき》を免《まぬか》れるためにとったすべての手だてが、間違っていたと思い知らされていた。

おのれの犯した間違いに気づかず、十二年を生き長らえてきたと、宗右衛門はそのことに気づかされていた。

五

船手頭田岡千太郎善純は、属僚三十名の同心を五組六名に分け、各組の年嵩《としかさ》の者ひとりを組頭に定め、組頭に各組の同心の働きぶりを監視報告させていた。

その船手頭田岡千太郎善純の属僚に、尾上陣介《おのえじんすけ》という同心がいた。

尾上陣介は、同心を監視報告する組頭のひとりであった。

文政九年の今年、三十二歳になっていた瀬田明は、尾上陣介の組下だった。

この五月十七日夕刻に起こった事件は、瀬田明が御船手役所において組頭尾上陣介にいきなり刃傷に及び、やむを得ず応戦した陣介と斬り結んだ末、逆に明が討《う》たれ、介抱する間もなく事切れるというものだった。

突然の凄惨《せいさん》な出来事に、傍輩らはしばらく呆然《ぼうぜん》として動けなかった。騒ぎを聞きつけ、続々と役所内の人が集まってきて、

「尾上は……」

と、傍輩のひとりが言うと、尾上陣介の姿が見えなかった。

そのとき尾上陣介は、即座に役所敷地内の船手頭の屋敷へ走り、船手頭田岡千太郎善純に、瀬田明が突然の乱心により前後不覚におちいり、抜刀《ばっとう》して誰彼構わず狼藉《ろうぜき》に及んだため、やむを得ず成敗《せいばい》した旨の報告を済ませていた。

船手頭は、すでに絶命した明を遠巻きに騒然としている御船手役所に尾上陣介を従えて戻ると、同心らを静まらせ、亡骸《なきがら》を瀬田家へ運ぶようにと命じた。

瀬田家には、詳細な事情顛末《てんまつ》を調べたうえ追って沙汰するゆえ、それまで亡骸を弔《とむら》い心静かに待つように、決して軽々しいふる舞いには及ばぬよう伝えよ、とも言いつけた。

そして、あとの同心らには血糊《ちのり》で汚れた役所内の始末を指図し、陣介を含めた組頭の者だけを屋敷に呼んで、組頭らから事の顛末の聞きとりを行った。

翌日、船手頭に命じられた明と同じ組の同心らが、瀬田家を訪ねた。

同心らは、明が突然乱心し、役所内の誰彼構わず斬りかかり暴れ狂い、明を宥《なだ》めることができず、やむを得ずあやめざるを得なかったという事情を、瀬田宗右衛門はじめ一家の者に伝えた。

誰が明に手をかけたのか、その者すら明らかにされなかった。

民江は畳に俯《うつぶ》せて泣き崩れ、登代は二人の孫を両腕に抱き寄せ咽び、二人の孫は声を放って泣いた。

十三歳の優は、歯を食い縛って懸命に涙を怺《こら》えていた。

しかし、宗右衛門だけはかっと瞠《ひら》いた目を、明と同じ組の同心らへそそぎ、怒りを抑えつつ言った。

「なにい、明が突然乱心し誰彼構わず斬りかかり暴れ狂っただと。やむを得ずあやめざるを得なかっただと。たったそれだけが、昨夕から今日まで詳細な事情顛末を調べたうえの船手頭の御沙汰か。われら一家の者は、昨夜から一睡もせず、言いつけ通り激しい苦しみと悲しみを抑えて待っていたのだぞ。たったそれだけとは、人を愚弄《ぐろう》するにもほどがある」

宗右衛門は、遣わされた同心らひとりひとりを名指し、

「何ゆえ明は乱心した。何ゆえ誰彼構わず斬りかかり暴れ狂った。答えよ」

と、周辺の家々にまで怒りの声を響きわたらせた。

「よいか。明は正面より右袈裟懸《みぎけさがけ》に同じ太刀筋《たちすじ》の二太刀を浴び、そのうえ止《とど》めのひと突きを、切先が背中に突き出るほど深々と突き入れられたのだ。五尺八寸以上ある大男の明が乱心し、誰彼構わず斬りかかり暴れ狂っていたなら、やむを得ず明を討った相手も無疵だったはずがない。仮に無疵だったとしても、血まみれになった明のかえり血を、その者も激しく浴びたはずだ。その者は誰だ。ひとりか、二人か、三人か。名を申せ。おまえたちはその場にいて、何があったのか、つぶさに見ていたのだろう。申せ」

同心らはこの御船手組の組屋敷で生まれ育ち、同心らが幼いころから宗右衛門の見知っている者ばかりである。

明とも、そして徹とも、子供のころの遊び仲間だった者もいる。

同心らは、隠居はしていても六尺近い大男の宗右衛門の凄《すさ》まじい剣幕《けんまく》に気圧《けお》され、狼狽《うろた》え、口ごもるばかりだった。ようやくひとりが、

「わわ、われらは、船手頭にそのように伝えよと命じられたのみにて……」

と、怯《おび》えつつ言った。

「船手頭の田岡千太郎さまが、そう伝えよと申されたのだな。ようしわかった。これから田岡さまの屋敷へ行き、直に問い質すしかあるまい。優、ついて参れ」

宗右衛門は右わきへ寝かしていた一刀を左に持ち替え、片膝《かたひざ》立ちになった。

「は、はいっ」

十三歳の優が懸命に言った。

すると、孫たちを両脇に抱き寄せていた登代が、宗右衛門の袖にすがった。

「あ、あなた、気を静めて、気を静めてください。何をなさるおつもりですか。幼い孫たちも、身重の民江もいるのですよ。い、今は明を弔わなければ……」

幼い良枝と真が、「お爺《じい》さま、お爺さま」と泣きながら、登代と一緒に宗右衛門の袖や袴をつかんだ。

俯せた民江の嗚咽《おえつ》が、悲鳴のように聞こえた。

「おのれえっ」

宗右衛門は吐き捨て、苦渋に歯噛《はが》みし、それ以上は動けなかった。

明の葬儀は、夏のその日のうちに瀬田家と親しいつき合いのある町家の知人のみが参列し、富吉町《とみよしちょう》の浄土宗正源寺《じょうどしゅうしょうげんじ》でひっそりと執《と》り行われた。

明の最期を知る組屋敷の傍輩らは、かかり合いになることを恐れ、誰も葬儀に参列しなかった。

ただ船手頭田岡千太郎善純の、形ばかりの供養の品と見舞金が、田岡家の使用人によって届けられた。

むろん、宗右衛門は拒まなかった。

宗右衛門自身、激昂《げっこう》が覚めたあとの言いようのない空虚に打ちひしがれ、明を知る瀬田家の者だけで静かに見送ろうと、妻の登代と嫁の民江に言った。

銀座町の大店両替商近江屋の季枝や、交友があり様々に世話になった先代の松右衛門亡き跡を継いだ隆明にも、知らせなかった。

初七日の法要を済ませたのち、ぶらりと近江屋を訪ねて、じつは先だって倅が亡くなりましてな、と笑って言えるようになってからにしようと思っていた。

船手頭田岡千太郎善純の使者として、明とは組は異なるが、長男の徹と同年の大木《おおき》左次平《さじへい》と堀川蔵八《ほりかわくらはち》が、この度の一件の御沙汰を伝えにきたのは、初七日の法要が終った午後だった。

宗右衛門は、仏壇に明の新しい位牌《いはい》を祀り、線香を焚きしめた仏間に二人を通し、登代、民江、そして孫の優、幼い良枝と真にも同座させた。

瀬田家の改易を、覚悟していたからだった。

大木左次平と堀川蔵八は始めに、この度の一件はまことに遺憾にて……と悔やみを述べ、それから船手頭の御沙汰を伝えた。

御沙汰は、瀬田家の当分の逼塞と跡継ぎ優の出仕は逼塞が解かれたのち追って沙汰する、ただし、逼塞の間の禄は当分二十俵三人扶持とする、などであった。

御船手組役所で乱心し、刀をふり廻して誰彼構わず斬りかかり成敗された同心の御沙汰にしては寛大なと思いつつ、真相を明らかにしないまま、瀬田家がいずれ立ち枯れるのを待つかのような、とそんな気がしないでもなかった。

六十をすぎた宗右衛門は、ふと、徹がおればなと寂寥《せきりよう》の中で思った。

あの男なら、こういうときはどうするだろうと思った。

「承《うけたまわ》りました」

宗右衛門は、左次平と蔵八に頭を垂れた。

すると、両名は私語を交わすかのように語調を変えて言い始めた。

「明さんはよく肥えたあの大きな身体で、案外に敏捷《びんしよう》でした。何よりも、われらが二人がかりでないと敵《かな》わないぐらいの力持ちで、役所の伺書《うかがいしよ》作りや帳簿づけの机に向かう務めより、用船に乗り水主らを指図して海に出るほうが生き生きとして、楽しげに働いておりました」

「明さんは性根に戦国の世の、伊勢水軍の血が流れていたのでしょうな」

「それに、よく喰《く》い、よく笑い、あの体に似合った楽しい大酒呑《の》みでした」

「そうそう。楽しい大酒呑みでした」

「われらと同い年の、徹さんもそうでした。徹さんも大きな身体《からだ》なのに、われらより敏捷で剣術も強かった。それに徹さんは人に優しかった。何かで言い合いになっても、徹さんのほうが大抵先に折れて、目を細め、愛嬌のあるにっこりとした笑顔になり、よしわかった、ならばそれでよかろうと言うのです。傍《そば》で聞いていて、そこまで譲ることはないのに、徹さんは御人好しなんだからと思うこともありました。明さんは弟らしく、少し勝気で、負けず嫌いでしたな。徹さんは明さんをいつも庇《かば》って、明さんの勝気は、徹さんに甘えているふうなところがあって、傍目にはいい兄弟に見えました」

宗右衛門は、何も言わず黙って聞いていた。

ただ、兄弟の思い出話を始めた両名の意図を、少々訝《いぶか》しく思った。

「それで……」

と左次平が目を伏せ、また冷めた口調に戻って言った。

「確かに、この度のことは、刀を先に抜いたのは明さんでした。しかし、明さんは乱心したのではありません。執拗になじられて、勝気な明さんがつい言いかえすと、凄まじい怒声を浴びせられたのです。それで明さんは我慢がならず、刀を抜いたのです。明さんのあんなに怒った顔を見たのは、初めてです」

乱心ではない？　と宗右衛門は戸惑いを覚え、左次平を見つめた。

「われらは知っていたのに、船手頭の御指図に逆らえず、こうして日がたってしまいました。許してください。今日こちらにくる前、やはり、これはお知らせしておくべきだったと、蔵八と話し合ったのです」

「われらが臆病《おくびょう》な所為《せい》で……お許しください」

蔵八も苦しげに言った。

「だ、誰かが明をそれほどなじり、怒声を浴びせたのですか。怒りに駆られて刀を抜くほどの凄まじい怒声を浴びせたのは、それは誰なのですか」

左次平が短い間をおき、

「尾上陣介です」

と言った。

「尾上陣介が。な、何ゆえに」

「何ゆえか、われらにもよくわかりません。ですが、明さんをささいな失態で叱りつける、そんなことがじつは前から行われておりました。それから、明さんをからかったり、嫌みを言うこともたびたびありました。明さんは尾上にどのようにからかわれ嫌みを言われても、自分を抑え、ずっと我慢していたのです」

「前からとは、どういうことですか。そのような話は聞いていなかった」

「尾上陣介は日ごろから明さんの身体つきをからかい、ぶくぶくと太って気楽でいいのうとか、その汗っかきの身体が気持ち悪いので離れろとか、しばしば嘲《あざけ》って笑っておりました。尾上は明さんの組の組頭でしたので、殊更《ことさら》に明さんには厳しかったように見えました。だらしなく肥満した姿が見苦しいとか、おぬしのその身体では御召船に似合わぬ、乗船するのを遠慮したいと田岡さまに申し入れてはどうかとか、われらにそんな申し入れができるわけはないのに、わざと言うのです。むろん戯言《ざれごと》だと、からかって言うているのだと、周りの者にはわかりますし、明さんも笑って我慢していたのです。だいぶ以前からそんな半ば戯言、半ばいやがらせのような尾上のふる舞いが続いておりました。周りにいるわれらも、初めは尾上が年下の明さんをからかっているのを一緒になって笑っておりましたが、それがだんだん度がすぎて、笑えなくなり……」

そのとき、民江が目を潤《うる》ませて言った。

「明さんを肥満して見苦しいと、思ったことはありません。背が高くがっしりとした大柄なだけです。体力のいる船手衆に大柄な方は、ほかにもおられるではありませんか。尾上さまこそ小柄な小太りで、あれでは……」

「民江、よしなさい」

宗右衛門は民江を止め、左次平と蔵八を交互に見て言った。

「いつごろから、明はそんな目に遭《あ》っていたのですか」

「いつごろからと、正確には申せません。だいぶ以前からそうだったのは、間違いありません」

「五年前、田岡さまがわれら同心六名ずつを五組に分け、年嵩のひとりを組頭につけて、各組の同心を差配する仕組みを設けられました。その組頭のひとりに尾上がつき、明さんが尾上の組下になったのです。尾上の嫌がらせがだんだん目に余るようになったのは、そのころからでした。そうではないか」

「う、うん、そうだな」

左次平と蔵八は言い合った。

「五年も、明は尾上に嫌がらせを受けていたのですか」

「目に余るようになったのがそのころからで、目につかぬ嫌がらせはもっと前から行われていたと思われます」

　すると今度は登代が、我慢しきれずに言った。

「大木さんも堀川さんも、尾上さんとは同い年ですし、明の兄の徹も同い年で、みなさん、船手組同心には同じ年の初出仕でございましたね。同い年の傍輩が、五歳下の明に目に余るほど嫌がらせをしているのに、どうしてとめてくださらなかったのですか。ほどほどにせよとか、いい加減にせよとか、尾上さんをたしなめてくださらなかったのですか」

　登代の顔は蒼白《そうはく》になっていた。

「そ、それは、尾上は傍輩と目下、傍輩でも親しい者とそうでない者との接し方を使い分けており、おのれの性に合う相手にはよき気だてのごとくふる舞い、ことに船手頭の田岡さまには、まるで従僕のごとくへつらうことが平気な男です。田岡さまは船手頭ではあっても、われら属僚の同心水主にはあまり関心がなく、同心を五組に分け組頭を決められたのも、五人の組頭を通して総勢八十数名の同心水主の支配をなさるためでした。その五人の組頭の中で、尾上は田岡さまにもっとも気に入られ、今では田岡さまの側衆のような立場で、田岡さまもわれら同心水主への御指図は、ほぼ尾上に任せておられます」

「田岡さまの側衆のような立場でも、それと明への嫌がらせは別ではありませんか。船手頭の同じ属僚ではありませんか。仲間ではありませんか」

登代は頬に涙を伝わせ、なおも言った。

「気がついたらそうなっていた、と申しましょうか。今われらが、傍輩だからと気安く尾上を諫《いさ》めたりすると、こんどはこっちが明さんのような立場になりかねません。なんとなく見て見ぬふりをし、何年もたっておりました」

まあ、と登代は呆《あき》れて言った。

「明が斬られたときの、いきさつを教えてください」

宗右衛門は言った。

「あの日は一日、幕府用船の修練があって、それを終えて、船手頭の田岡さまもお屋敷へ退られ、みな報告書を認《したた》めたり帰り支度《じたく》にかかったりしていた夕方でした。突然、尾上が明さんを呼びつけ、どうやらその日の修練に不手際があったらしく、明さんに苦言というか、ぶつぶつとしつこく絡《から》むように叱責していたのです。われらはまた始まった、いつものことだ、我慢するしかないな、と思いながら帰り支度をしておりました。ところが、普段は何も言いかえさない明さんが珍しく、それをわたしに申されましても、と言いかえす声が聞こえたのです。その途端、尾上の怒声が明さんに浴びせられたのです。あんたのことだよ、あんたに言ってるんだよと、それはそれは凄まじい怒声を浴びせました」

左次平が言い、蔵八が続けた。

「あのとき、御船手役所にいたわれらはみな唖然《あぜん》とし、尾上と明さんの様子を見守っているだけでした。尾上は声を荒らげて明さんを怒鳴《どな》り続け、また将軍さまの御召船のことを持ち出し、ぶくぶく太りおって性根が弛緩《しかん》しておるのだ、だらしなく太った輩《やから》は御召船に相応《ふさわ》しくないとか、恥を知れとか、ほかに何を言ったかもう覚えておりませんが、聞くに堪《た》えない雑言をやめなかったのです」

「そのうちに、明さんの大きな背中がぶるぶると震え出し、わたしは明さんが泣いているのかと思いました。しかし、泣いているのではなく、大きな身体が震えるほどの怒りを、懸命に抑えていたのです。それは突然のことでした。明さんは何かを叫んで躍りあがって、刀を抜いたのです。やってしまった、とあのとき思いました。我慢の限界だったんでしょうね。役所内は大騒ぎになり、われらもさすがに見て見ぬふりはできず、明さんをとめに駆け寄りました。尾上の周りにいた組頭の者らが明さんの両腕をとって、静まれ、冗談だ、冗談で言ってるだけだ、となだめておりました。明さんは両腕をとった者を怪力でふり廻しておりましたが、すぐわれにかえったらしく、怒りに肩を震わせながらも、それ以上は暴れませんでした」

「尾上は、どうしていたのですか」

宗右衛門は、気が急《せ》いて二人に質した。

「明さんが躍りあがって刀を抜いた途端、悲鳴を引きつらせ逃げ廻っておりました。ですが、明さんが静まったのがわかると、痴《し》れ者とか、そんなことを叫び様に抜刀して、いきなり明さんに袈裟懸を浴びせたのです。明さんは両腕を組頭にとられておりましたゆえ、尾上の袈裟懸を防ぎようがありませんでした。袈裟懸をまともに浴びて、血飛沫《ちしぶき》が噴き、明さんがよろけたところへ、尾上はもうひと太刀袈裟懸にし、明さんが刀を落とすと、腹へ突き入れたのです。われらも驚きましたが、明さんの両腕をとっていた組頭の両名も吃驚《びっくり》して、尻餅《しりもち》を搗《つ》いたぐらいです。明さんは膝から崩れ落ち、血の噴く音がしゅうしゅうと聞こえました。医者を呼べとか、手当をとか、みなが右往左往しながらも、もう何をしても無駄と、血まみれで倒れた明さんを見ればわかりました」

「なんたることだ。それを乱心と言うか。それでも武士か」

宗右衛門はうめいた。

登代も民江も、子供らも泣いていた。

「御公儀に仕える船手衆が、斬られて落命したのです。船手頭の支配役は若年寄《わかどしより》さまです。若年寄さまのお調べはないのですか」

宗右衛門は言った。

「ですからそれは、船手組同心瀬田明乱心によりいきなり抜刀いたし、傍輩らへ狼藉に及んだゆえやむを得ず成敗いたし、と田岡さまが報告なされ、済んでいると聞き及んでおります。多分、若年寄さまも御承知のはずです」

「評定所で調べれば、真実が明かされるのでは？」

「さあ。すでに若年寄さまも御承知の一件を、評定所が調べ直すでしょうか。明さんの一件にかかり合いのある新たな証拠が見つかるか、同じような出来事が起こるか、そうなれば調べ直しがあるかもしれません。ただ、われらはあの場で見た通りのことをお伝えいたしましたが、われら以外の者もそのように見たかどうか、それはわかりませんし……」

六

嗚呼《ああ》、と宗右衛門は声が出た。

なんたることだ。

尾上陣介か、と思ったとき、宗右衛門の脳裡《のうり》に十二年前の覚えがよぎった。

十二年前、徹はささいな諍いです、と宗右衛門に言っただけで、ほんのかすり疵だったとは言え、刀を抜くほどの諍いになった理由を話さなかった。

諍いになり、怪我《けが》を負わせた相手が、徹と同じ年に父親から番代わりし、共に船手組同心に就いた尾上陣介だった。

ただの偶然か、いやもしかして徹もそうだったのかと、疑念と悔恨がむっくりと頭をもたげた。

宗右衛門は、徹と尾上陣介が諍いになった理由を、詳しく質さなかった。

あのときは若い者同士のささいな諍いが、つい度を越し、とりかえしのつかない事態を招いてしまった。

船手頭の田岡さまは、いかなる理由があるにせよ御召船を与る船手衆が傍輩へ刃傷に及ぶなど以ての外と、徹のふる舞いを厳しく叱責された。

徹は船手衆を解かれ、のみならず瀬田家は改易になり兼ねなかった。

宗右衛門は狼狽えた。

戦国の世から続く伊勢水軍の末裔の、瀬田家を潰すわけにはいかない。瀬田家を守らなければと、そのことにばかり気をとられていた。

おそらく、徹は内心苦しんでいたであろうに、宗右衛門は父親らしくかばってやらなかった。五十をすぎた父親が口を出しても、若い者同士が起こしてしまった不始末はもうどうにもなるまいと、それを言い訳にした。

あのとき、何ゆえ刀を抜くほどの諍いになったのかわけを質し、もしも諍いの両者に非があったなら、せめて、喧嘩両成敗で異なる御沙汰になったかもしれないと、宗右衛門は思った。

市兵衛も矢藤太も、そして隆明も口を挟まなかった。

茶の間の子供らの声が聞こえている。

宗右衛門は暗くなった庭へ目をやり、しばしの間をおいて続けた。

「その夜、わたくしは妻の登代と民江、十三歳の優にも同座させ、わたくしの考えを伝えました。明はさぞかし無念であっただろう。明に何があってこうなったか、それを明かしてやらねば、無念は晴れず、明は乱心の汚名を受けたまま落命したことになる。明の受けた汚名は、われら瀬田家が受けた汚名である。明の身に起こったことをこのまま終らせては、瀬田家の面目が施《ほどこ》せないとです」

宗右衛門は、隣の小柄な刀自へ目を戻した。

「しかし、わが老妻が申しました。瀬田家の面目を施しても、明はもうおりません。優や良枝や真や、間もなく生まれる孫たちのこれからのことを、考えてやらねばならないのではありませんかと。もっともなことです。われら老いぼれは面目を施して消えて行きますが、わが孫たちはそののちの世に生きて行かねばならないのですからな。面目を施すなどと、われら軽輩の者が言うのは、口幅《くちはば》ったいことなのかもしれません。わたくしは民江と優に、おまえたちはどう思うと訊ねました。おまえたちがもうよい、仕方がないと言うなら、船手頭の御沙汰に従い、幕を引くことにしようと申しました」

すると、それまでずっと沈黙を守っていた民江が少し赤らめた顔をあげ、市兵衛と矢藤太に初めて言った。

「わたくしは、お父さまに申しました。このまま船手頭の御沙汰に従い、瀬田家が当分の逼塞を解かれ、優に見習出仕が許され、いずれは父親の明を継いで三十俵三人扶持の船手組同心にとりたてられたとして、瀬田家の者は、優も弟や妹たちも、なんの負い目なくこの御船手の組屋敷で暮らし、生きて行けるのでしょうか。わが夫、わが父親が乱心の末に成敗された妻やその子供たちは、武士の妻として、武家の子として、こののちどのように生きて行けばよいのでしょうか、とそのようにです」

宗右衛門は、民江の言葉を受けて続けた。

「優はどうかと訊ねますと、悔しい、とひと言申しました。民江と優がそう言ってくれましたので、瀬田家の通すべき筋が定まったのでございます。わが妻の登代も、そのように、と同意してくれました」

刀自の登代が小さく頷いて、袖の涙を絞っていた。

「唐木さまは先ほど、十二年前、わが倅の徹と傍輩との諍いが、先だって亡くなった弟の明の事情となんらかの因縁があって、とお訊ねになりましたな。これまで申しました事情で、もうおわかりいただけたと思います。瀬田家は徹に、その因縁を確かめねばならんのです。その因縁によっては、たとえ船手頭の御沙汰に背《そむ》いてでも、夫の仇《かたき》、父の仇として、尾上陣介を討《う》ち果たして明の仇を晴らす覚悟でござる」

「ええっ、あ、仇討《あだう》ちをなさるんで、ございますか」

と、矢藤太が思わず言った。

「しかし、仇討ちは届けを出し支配役の免許状がないと、意趣をもって討つことになります。意趣による復讐《ふくしゅう》は仇討ちにはなりません」

市兵衛が言うと、宗右衛門は承知しているかのごとく頷いた。

「尾上陣介を討ち果たしたのち、評定所に訴え出て、船手頭のこの度の御沙汰の間違いを詳《つまび》らかにし、何ゆえそうしなければならなかったか、申し開きをいたします。本来、御公儀は士道尊重のため、敵討ちは願いに任せ申すべし、と認めております。おのれのことは自身で処理するのが、武士の面目でござる。武士の面目を通すだけでござる。船手頭のこの度の理不尽な御沙汰が明らかになれば、必ずや、評定所において理非曲直《りひきょくちょく》の御裁きがいただけるはずです」

「どのように、仇討ちをなさるおつもりなんで？」

矢藤太がまた訊ねた。

「敵討ちの名目人は、明の倅、瀬田家嫡男《ちゃくなん》の優しかおりません。祖父のわたくしが加勢いたします。六十はすぎていても、元は伊勢水軍の船手衆の血を引く末裔でござる。まだまだ戦えます。必ず、優に敵討ちを成就《じょうじゅ》させます」

するると、民江が言った。

「お父さま、わたくしもご一緒いたします。尾上陣介は夫の仇です。尾上陣介に報いを受けさせねば」

「言うておるではないか。それはだめだ。その身重では無理だ。それに生まれた赤ん坊には、母親がいなくてはならぬ。まだ幼い良枝と真もおる。民江は子供らのことだけを考えておれ」

市兵衛と矢藤太は、顔を見合わせた。

隆明はすべてを承知しているかのように、凝《じ》っと沈黙を守っている。

「事情はよくわかりました。それで、宗右衛門さま、徹さんが蝦夷におられるのは確かなのですか」

市兵衛が切り出した。

「じつは、それも近江屋の季枝さまのお陰なのです。陸奥は南部《なんぶ》の地廻り廻船の交易を生業《なりわい》にし、松前の商人とも蝦夷交易を盛んになさっている商人の方が、三年ほど前、商いと江戸見物を兼ねて江戸へこられたことがございました。その折り、季枝さまのお使いの方がわが家にこられ、蝦夷交易をなさっている南部のお客さまが今お見えゆえ、蝦夷の話を聞きにこられませんかと、お誘いがございました。御船手組同心の若きころより、西国の浦々へは幕府用船にて何度も巡視いたしましたが、蝦夷へは渡ったことがございません。そのときは蝦夷の珍しい話が聞けるのだろうと、それぐらいに思って出かけますと、季枝さまにご紹介いただいたその商人の方が、蝦夷の松前の廻船問屋で、元は江戸の者だった瀬田という流浪《るろう》の侍が、忍路場所の運上屋で働いているらしいと聞いた話を、わたくしに聞かせてくれたのでございます」

「忍路場所の運上屋で……」

　矢藤太が繰りかえした。

「忍路場所と聞いても、わたくしには蝦夷のことはちんぷんかんでございますし、元は江戸の侍だった瀬田 某《なにがし》が徹かどうか、定かではございません。ただ商人が松前の廻船問屋から聞いたのは、瀬田某が年のころは三十数歳、人柄が穏やかで愛嬌のある大男らしい、という話でございました。確かな話ではなくとも、季枝さまが徹さんのことではありませんかと仰って、わたくしは、徹が蝦夷で生きておったか、と胸がつまされたのを覚えております」

「わたくしもあの場におりましたから、徹兄さんが蝦夷の忍路場所にいるのは間違いないと思いました」

　と、隆明が頷きつつ言い添えた。

「三年前は、蝦夷へ渡って徹に会いたいと思いました。家に戻り、斯《か》く斯《か》く云々《しかじか》で徹は蝦夷におるのかも知れぬ、と妻に話しました。可哀想《かわいそう》に可哀想に、と妻は繰りかえし泣きましてな。ですが、民江にも明にも話しませんでした。民江と明は、優の下に良枝と真も生まれて睦《むつ》まじく暮らしており、すぎた秋《とき》を思い出させたくはありませんでした。本来なら、今こそわたくしが徹に会いに蝦夷へ行くべきですが、瀬田家は今、逼塞の御沙汰が下されており、それができません。ゆえにまたしても近江屋さんにおすがりいたし、どなたか蝦夷へ渡ってくださる方をと、お訊ねした次第です」

宗右衛門が言うと、登代がまたはらはらと涙をこぼした。

夜がふけ、市兵衛と矢藤太、そして近江屋の隆明の三人は、永代橋の袂から、再び帰り船の日除船に乗った。

天上には星空が広がり、穏やかな大川の水面を、水押《みよし》にさげた提灯の小さな灯が健《けな》気《げ》に照らしていた。

両国方面にあがる花火は、もうなかった。

帰り船は新堀へ向かわず、霊岸島《れいがんじま》の岸壁に舳先《へさき》を並べた下り船や、東廻りの廻船、船手頭向井将監屋敷の船寄せに停泊する幕府用船を右に見て、鉄砲洲稲荷《てっぽうずいなり》の黒い樹林が繁《しげ》る稲荷橋をくぐり、八丁堀《はっちょうぼり》から京橋川《きょうばしがわ》へと漕《こ》ぎ進んだ。

隆明は、京橋の河岸場で日除船を降りた。

船寄せの歩み板にあがって、隆明は言った。

「市兵衛さま、矢藤太さま、母は瀬田家のみなさまにできる限りの助力を惜《お》しまぬようにと申しております。何とぞよろしくお願いいたします」

市兵衛と矢藤太は、歩み板に凝っと佇《たたず》み見送る隆明の提灯の灯が見えなくなるまで、京橋の船寄せへ頭を垂れた。

日除船は比丘尼橋《びくにばし》をくぐり、御濠の北へ舳先を向けた。

堀端の町家は静まり、櫓床《ろどこ》に櫓が、ごと、ごと、と鳴った。

鍛冶橋《かじばし》をくぐったところで、船縁に肘を乗せ、暗い水面を見つめていた矢藤太の横顔が言った。

「市兵衛さん、蝦夷は遠いよな」

「うん、遠いな。しかし、京や大坂であっても、遠いのは同じだ。わたしは渡り稼業だ。どんなに遠くとも、宰領屋が請けた仕事を果たしに行くさ」

「市兵衛さん、おれは蝦夷へは行けねえぜ。そんなに長い間、宰領屋を留守にできねえ。女房が承知するはずがねえし、使用人の暮らしもあるし……」

「わかっている。ひとりで大丈夫だ。それに、じつは蝦夷に一度は行ってみたいと思う、浮きたつ気もあるのだ」

「そうかい。市兵衛さんらしいや。けど、無理はしないでくれよな。おれは江戸で、市兵衛さんの無事の帰りを待ってるぜ」

「矢藤太、それでいいとも」

市兵衛は答えた。

七

蝦夷へは、近江屋に商いの融通を受けている東廻り航路の廻船に乗る手配を、近江屋の隆明がつけた知らせが、翌日早速、矢藤太を通して届けられた。

廻船は、直乗船頭《じきのりせんどう》紀伊屋孫四郎《きいやまごしろう》所有の、羽州酒田と江戸を結ぶ賃積船である。廻船の江戸出立は、風の具合で遅れる場合もあるが、酒田の問屋の荷を積み終る明後日早朝になる見こみだった。

この時期の夏船は、海が大旨《おおむね》穏やかで風のいい季節ゆえ、出船が遅れることはほぼなく、市兵衛が江戸橋の河岸場から出る積荷を運ぶ艀船《はしけぶね》で、明日夕刻までに廻船に乗りこむようにとの、それは直乗船頭の指示だった。

市兵衛は早速、旅の荷づくりにかかり、矢藤太が手伝った。

航海中の飲食などは廻船の船賃で賄《まかな》われるため、蝦夷の道中に携行する米や塩引の鮭《さけ》、味噌《みそ》塩酒、鍋や食器、山刀、燧石、また夜具《やぐ》、蚊帳《かや》などは、蝦夷へ着いて松前でそろえることにした。

それでも、両刀のほか、手甲脚絆《てっこうきゃはん》、頭巾《ずきん》、足袋《たび》、合羽《かっぱ》、下着の替えの衣類、縄、矢《や》立《たて》、野帳、腹下しの薬や傷薬など、予備も含めた旅支度だけでかなりの嵩《かさ》になった。

「市兵衛さん、これは床の間の飾りだったんだけどね。先代がどっかで手に入れた物らしいんだ。これも持って行きなよ。行ったこともねえ蝦夷だ。なんかの役にたつかも知れねえぜ」

矢藤太が市兵衛に、懐中羅針盤《らしんばん》を持たせた。

「羅針盤か。これは役にたちそうだ。ありがたい」

「先代が珍し物好きでさ。なんだよこんな物、と思っていたのが、やっと役にたちそうだぜ」

「先代の珍し物好きが、島原《しまばら》の女衒《ぜげん》の矢藤太を宰領屋の婿《むこ》にしたんだから、人や物を見る目があったというわけだな」

「まあ、そういうことかね」

旅の浮き浮きした気分が、ふたりを高笑いさせた。

「それからこれは、女房が大豆を煎《い》って、塩を軽くまぶした食い物だ。もしものときの食物に、これも入れとくぜ」

と、矢藤太はひと摑《つか》みの布袋を、行李の荷物の間に押しこんだ。

その行李を、背負子《しょいこ》で括《くく》りつけ背負って行く。

松前で食料や炊事道具、夜具などをそろえ、背負子に括りつける荷物が、もうひとつか二つ増えることになる。

「それからこれは、近江屋さんから届いた旅費だ。殆《ほとん》どが一分《ぶ》と二朱《しゅ》一朱の銀貨で、小判と銭は少々だ。小判は松前から奥地へ入るともう通用しねえかも知れねえから、松前で銀貨か銭に両替して、肌身離さず持っておくんだぜ」

「わかってるさ。それより近江屋さんは、わたしの蝦夷行きのかかりを、全部持つ気のようだ」

「瀬田宗右衛門さんとは、先代の松右衛門さんの代からのつき合いだ。何か手助けをしないではいられないんだろうね。おれと市兵衛さんとの、つき合いのようなもんかね」

「ふふん、ちょっと違うような気もするが、似てるかもな」

「で、永富町《ながとみちょう》の名主さんの往来切手は大丈夫かい」

関所手形は、発行日の翌月末までが通用期間である。

諸国を遍歴する巡礼や旅芸人などが携行する往来切手を、市兵衛は永富町の名主に、蝦夷へ人を訪ねる事情を伝えて手に入れていた。

「矢藤太、わたしは京を出ておよそ五年、諸国を放浪した。大丈夫だ」

「そりゃそうだな。市兵衛さんはおれより旅馴《な》れてるんだったな。おれは京と江戸しか知らねえ都育ちだし」

市兵衛は、ぷっと噴いて言った。

「そうだ。旅のことは任せておけ。それより、干魚を焼いて昼飯を作る。風次第で明後日の出船が早まることもあるし、見こみ通りでもうす暗いうちには江戸を出るから、明日はもう船に乗っている。今日が旅の前日だ。一杯つき合え」

「いいねえ、市兵衛さん。干魚の炙《あぶ》ったのを酒の肴《さかな》に一杯やって、ぶぶ漬けでさらさらと昼飯を食い、それから、今夜はおれの奢《おご》りで、《蛤《はまぐり》屋》で鍋をつつき、旅の門出に、二人で酒宴を開こうじゃないか」

「わかった。今夜は蛤屋だ」

市兵衛と矢藤太が炙った干魚で一杯やり、ぶぶ漬けを喰《く》い終ったころ、永富町三丁目の安左衛門店《やすざえもんだな》の木戸を、中背痩身の若侍が静かにくぐった。

若侍は路地のどぶ板を避《よ》け、割長屋《わりながや》の二階家が二棟向き合う東側の三軒目まで歩み、表戸の腰高障子を軽く打った。

「お頼み申します、市兵衛さま、お頼み申します……」

と、年若い声をかけた。

戸内より返事があって、若侍は腰高障子を半ば引き顔をのぞかせた。

「市兵衛さま、小藤次《ことうじ》でございます。旦那さまのお言伝《ことづて》でございます」

三畳の寄付きの間仕切が開かれ、同じ三畳間の台所の間、奥の四畳半、さらに濡縁《ぬれえん》先の狭い庭と板塀までがずっと見通せる店の台所の間から、市兵衛と矢藤太が、表戸をくぐった小藤次へ笑みを寄こしていた。

ぶぶ漬けの碗と箸《はし》をおいた市兵衛は、寄付きの上がり端へきて着座した。

「小藤次、兄上の伝言を聞こう」

「はい。今夕六ツ（六時頃）、《薄墨《うすずみ》》にて旦那さまがお待ちでございます。むずかしいご用ではございません。納涼の一杯を酌《く》み交《か》わそうとのお誘いでございます」

「そうか。じつは今宵《こよい》は矢藤太と呑むことになっているのだ」

「それでございましたら、矢藤太さまもご一緒にいかがでございましょう。市兵衛さまが矢藤太さまや宗秀《そうしゅう》先生と会合があるなら、共にきて納涼の一杯をつき合えとも申しておられます」

「ほう、そうか。本当に納涼の一杯なのだな。矢藤太、どうだ」

台所の矢藤太へ見かえって言った。

「片岡《かたおか》の殿さまとかい。そりゃあ勿体《もったい》ないお誘いだけど、ちょいと蛤屋で一杯、というわけにはいかないよ。身形《みなり》を整えなきゃあ」

矢藤太が言いかえした。

「よし決まりだ。では今夕六ツ、矢藤太と共に馳走《ちそう》に相なりますと、兄上に伝えてくれ。弥陀ノ介《みだのすけ》も一緒だな」

「返《かえり》さまは五月上旬より、お役目にてご出張をなさっておられます」

「弥陀ノ介は出張か。五月上旬ならだいぶ長いな。出張先は」

「それは何とぞ、旦那さまにお訊ね願います」

小藤次は、もっともな口ぶりで言った。

諏訪坂《すわざか》の旗本千五百石《こく》の当主片岡信正《のぶまさ》は、公儀目付筆頭に就く市兵衛の実の兄である。片岡信正はこの春五十七歳。市兵衛は四十二歳になっている。

市兵衛が片岡家の姓を継いでいないのは、兄弟の母親が父親片岡賢斎《けんさい》の先妻と後添えの違いと、ただそれだけではない少々こみ入った事情もある。

が、それは今はさて措《お》く。

京風料理屋の《薄墨》は、神田橋御門《かんだばしごもん》外の鎌倉河岸にあって、鎌倉河岸界隈の裕福なお店の主人やご隠居、料理に一家言《いっかげん》ある客、お店者が得意先の内々のもてなしにも使う少々値の張る料理屋である。

市兵衛の暮らし向きで、気楽に暖簾をくぐることのできる料理屋ではない。

ただし、信正の奥方の佐波《さなみ》は、薄墨の主人であり料理人である静観《せいかん》のひとり娘で、信正と奥方佐波の間に生まれた片岡家を継ぐ倅の信之助《しんのすけ》は、身分は違っても静観の孫であり、よって、信正の弟の市兵衛は、静観の孫の叔父《おじ》にあたる。

静観は孫の叔父の、言わば親類の市兵衛から代金はとらないだろう。

だからと言って、静観の好意に甘えるわけにはいかない。

兄の信正は市兵衛に用があると、諏訪坂の屋敷ではなく、薄墨に市兵衛を呼んで、値の張る料理と芳醇《ほうじゅん》な下り酒を楽しみつつ、用を伝える場合が多かった。

特に用はなくとも、生業は、暮らし向きは、と弟である市兵衛の身を気にかけ、様子を訊くために呼ぶこともある。

市兵衛が薄墨の暖簾をくぐるのは、去年の霜月以来だった。

矢藤太は、涼しげな白絣《しろがすり》の着流しに博多帯《はかたおび》をゆったりと締め、黒の絽羽織の拵《こしら》えが、裕福なお店の主人のようである。

「矢藤太、よく似合うぞ。表店《おもてだな》のご主人らしく見える」

「だろう。片岡の殿さまだからもっと畏まろうと思ったんだけどさ。袴《はかま》なんか着けると、かえって鄙《ひな》びると思ったからこれにした。これが江戸の町人でございって、そういう感じさ」

「いかにもだ」

一方の市兵衛は、琥珀《こはく》の明るい小袖に縹色《はなだいろ》の細袴を着け、両刀を帯びている。

二人は、山吹《やまぶき》の灌木をあしらった形ばかりの前庭から、紅花染《べにばなぞめ》に《うす墨》と屋号を白く染め抜いた半暖簾をわけ、格子戸をくぐった。

薄墨は、三和土《たたき》の店土間に腰掛に卓の四席と、片側は衝立《ついたて》で三席に分けた畳敷きの小あがり、土間の奥が四畳半の小座敷になっている。

「旦那さまがお待ちでございます」

土間で待っていた小藤次が、市兵衛と矢藤太を迎え、亭主の静観と使用人のおくみが調理場からすぐに出てきて、辞儀や挨拶を交わすと、市兵衛と矢藤太は信正の待つ四畳半へあがった。

「片岡さま、ご無沙汰をいたしておりました。今宵はお招きに与り……」

矢藤太が畏まって手をつき、辞儀をした。

「ふうむ、矢藤太どの、まことに久しぶりだな。いつも市兵衛が世話になっておる。元気そうで何よりだ。今宵は納涼でみなと一献酌み交わしたくなり、声をかけさせていただいた。堅苦しい挨拶はよいから、始めよう。そうそう、宗秀先生にはお声をかけなかったのか、市兵衛」

「かけました。宗秀先生は両国のお店に招かれ、すでにお出かけでした」

「そうか。先約があったなら仕方がない。では早速、われらも料理と酒を始めよう。小藤次、今宵はおぬしも加われ。義父どの、料理と酒を頼む」

「承知いたしました」

静観は料理の献立を簡単に述べて調理場へ退り、ほどなく、夏場ながらかえってやや熱めの湯気《ゆげ》のたつ燗《かん》の下り酒が、始めに運ばれてきた。

その夜の膳は、松の掻敷《かいしき》に、まつな、わさび、煎《い》り酒を添えた平目《ひらめ》の刺身。しいたけ、つぶし玉子、紫紅色のじゅんさいを浮かべた汁。串海鼠《くしこ》と青豆を煮たて、長芋を摺《す》り入れた煮物。蓋茶碗の茄子《なす》の酢味噌《すみそ》。鯛《たい》の焼物。

そして、酒の肴に貝の煮ものの鉢《はち》、梅干し、あんず、びわの硯《すずり》ぶたである。

酒と料理が始まって、四人がそれらの料理と酒を楽しみつつ、この菜は酒はという話が続いたあと、矢藤太が何気なく、品川町裏河岸の菱垣廻船問屋利倉屋忠三郎所有の菱垣廻船大黒丸の下り荷の中に、洋式の鉄砲が紛れこんでいた、この五月上旬の一件について触れた。

「片岡さま、あの西洋の鉄砲を下り荷に紛れこませて江戸に持ちこんだ一件は、ずい分と騒がれましたが、どのような御処置になったんでございますか」

「ああ、あの一件か」

と、信正は言いにくそうに苦笑いをした。

しかし矢藤太は、信正の言いにくそうな様子に気づかず、なおも言った。

「江戸への鉄砲の持ちこみは、御老中さまのお許しがなければ御禁制と聞いておりま す。さぞかし厳しい御処置が、くだされたんでございましょうね」

「矢藤太どのの言われた通り、江戸への鉄砲の持ちこみは、たとえ一挺であろうと、御老中さまの承認がいる。この度のことはまさに、由々《ゆゆ》しき事態には違いない。とはいえ、高々二挺だ。町方が聞きとりをしたところ、それ以外の持ちこみはほぼないと判断しても差し支えない。念のための調べはまだ続いているが、さほど大事にいたることはないと思われる」

「すなっぷなんとかの、洋式の鉄砲と聞こえております。菱垣廻船の下り荷に紛れこんでいたとなると、やっぱり、長崎のおらんだ屋敷とか唐人屋敷の交易で入手できたんでございましょうね」

「すなっぷはんすろっく式という、火縄を使わず、燧石で放つ洋式銃だ。商人らはみな知っておるので、隠しても意味はない。長崎ではなく、蝦夷交易で手に入れたのだ。おろしゃの兵士らが、鉄砲を窃《ひそか》に横流ししているらしい。横流しとは、いかにもありがちなことだ」

「え、蝦夷でございますか」

矢藤太が言って、意外そうな顔つきを市兵衛へ向けた。

「どうした、市兵衛。蝦夷と聞いて、何か気になることがあるのか」

「いえ。思いがけなかっただけです」

「思いがけなかった？　何がだ」

「蝦夷です。わたくしは明後日《あさって》、東廻り廻船で江戸を発《た》ち、蝦夷へ向かいます」

するど今度は小藤次が、ほう、と声をあげた。

「市兵衛が蝦夷へ行くのか。むろん、仕事で行くのであろうな」

「はい。両替商の近江屋さんの中立《なかだち》で、ある方の依頼を宰領屋が請け負い、わたくしが蝦夷へ向かうことになりました」

「そうなんです。相手の方が是非市兵衛さんにと、お希《のぞ》みなんで」

矢藤太が言い添えた。

「そうなのか。明後日、東廻りの廻船で蝦夷へな」

信正は物思わしげに言い、手にした杯を止めた。

市兵衛はふと、そうか、と思った。

「兄上、弥陀ノ介が半月以上前より出張をしているようですね。もしかして出張先は、蝦夷なのですか」

「弥陀ノ介の出張先が、なぜ蝦夷だと思うのだ」

「蝦夷で行われている鉄砲の交易の、実情を探るためにです。今は高々二挺のおろしゃ兵の横流しでも、放置しておくと、気づかぬうちに数百挺、数千挺の窃な取り引きに拡大するかもしれません。武具はいつの世でも、都合のよい交易品です。儲《もう》かるとわかれば、武具を商う商人が蝦夷に集まるのでは……」

「確かにそうだ。それを見すごすわけにはいかん。弥陀ノ介の出張先が蝦夷だとすれば、市兵衛の言う通りかも知れんし、そうでないかも知れんな」

目付配下には、徒《かち》目付と御小人《こびと》目付がいる。御小人目付は、目付の指図を受け隠密《おんみつ》働きを行う隠密目付である。俗に、黒羽織とも呼ばれている。

返弥陀ノ介は、その御小人目付である。

「市兵衛、おぬしはどのような仕事で蝦夷へ行く」

「少なくとも三年前まで、蝦夷の忍路場所の運上屋で働いていた方がおります。その方を捜し、江戸へ連れ戻す仕事を請けました」

「三年前まで？　ではその者の定かな行方《ゆくえ》は知れぬのか。その者は江戸の侍か」

「さようです。蝦夷へ行き、行方を捜さねばなりません」

「行方の知れぬ江戸の侍が蝦夷におるとは、何やら謎めいておるな。その侍はどこのどなただ」

「兄上、それは頼まれた方の内々の事情ゆえ、申しあげられません。お許しください。ですが、この仕事が上手く行ったなら、もしかして、その方の内々の事情について、兄上にご相談することがあるかも知れません」

「わたしに相談？　ならば市兵衛に仕事を頼んだ方は、公儀に仕える侍だな」

「はい。今はもう隠居をなされておりますが」

「隠居をしておるなら、倅が家督を継いでいるのだな」

「孫の十三歳の少年がおります。しかしながら事情があって、少年はまだ見習出仕もしておりません」

「なるほど、さらに謎が深まった。よかろう。まずは小藤次、弥陀ノ介の出張先を、おぬしが知っておる限り、市兵衛と矢藤太どのに話して聞かせてやれ。ただし、そこまでにせよというときは咳《せき》払いをする。よいな」

信正はなぜか愉快そうに、小藤次に命じた。

「承知いたしました」

小藤次が杯を膳に戻し、改まった様子を見せた。

「弥陀ノ介さまは、確かにただ今、蝦夷に出張なさっておられます。いかなる用向きにてかは、旦那さまのみならず、弥陀ノ介さまからもうかがっておりませんので、存じません。ただ、弥陀ノ介さまは、松前城下の唐津内町の廻船問屋渡島屋でいろいろとお調べがあるらしく、渡島屋の名はしばしばお聞きいたしました。また、松前城下での弥陀ノ介さまのお宿は、松前藩沖之口《おきのくち》役所頭取の堀本聡《ほりもとさとし》さまの大松前台地《おおまつまえだいち》のお屋敷にご逗留《とうりゅう》なされ、急ぎの書状などはそちらへ送るようにと、うかがっております」

それから、と小藤次はなおも続けた。

「松前城下よりどちらへ、どれほどの期間向かわれるか、それも詳しくはうかがっておりません。ただ、北蝦夷の西富内《にしとんない》へ向かわれると、申しておられました」

「北蝦夷？　樺太《からふと》だな。弥陀ノ介は北蝦夷まで行くのか。遠いな……」

市兵衛が言うと、信正は意外そうに聞きかえした。

「北蝦夷の土地が、市兵衛はわかるのか」

「十八年ほど前、京にいたころです。間宮林蔵《まみやりんぞう》と申される幕府のお役人が、樺太から海峡を越え、アムール川のデレンという土地まで行かれた話を聞きました。声が出るほど驚き、そういう人もおられるのだなと、つくづく感心いたしたことを覚えております」

「北蝦夷のアイヌと、海峡を越えたアムール川流域の山丹《さんたん》の間で、遠い昔より交易が行われてきた。北蝦夷を御領地とするわれら和人も、アイヌを介して、山丹交易をせざるを得ない。あの最北の御領地で国を閉ざす政《まつりごと》など、なんの意味もない。矢藤太どの、もしかしたらその山丹の交易品の中に、おろしゃ兵の横流しした鉄砲もまぎれて取り引きされていて、はるばる江戸まで運ばれてきたかもしれんな」

「えっ、山丹の交易品の……」

矢藤太が、呆気《あつけ》にとられて声をあげた。

「矢藤太どの、もしかしたらだ。由々しきことだと眉をひそめても、事実かそうでないかは、確かめてみるまではわからん」

「では、弥陀ノ介さまはそれを確かめに、蝦夷へ向かわれたんでございますか」

えへん、と信正が咳払いをして見せた。

「どうかな。そのような御公儀の大事を、わたしが明かすわけにはいかん。町家でどのような推測がなされようとも、それは与り知らぬことだがな」

ははは、と信正は笑い、美味《うま》そうに杯をあげた。

第二章　アサリ川

一

直乗船頭《じきのりせんどう》紀伊屋孫四郎所有の十八反帆《たんぼ》千五百石積《紀伊丸《きいまる》》と、十六反帆千石積の賃積船《熊野丸《くまのまる》》の二艘《そう》が、江戸の鉄砲洲沖を出船し、出羽の酒田へと向かう東廻《まわ》りの海路をとったのは、六月初めの早朝だった。

その日、日の出前のようやく白み始めたばかりの、鉄砲洲稲荷と本湊町の岸辺には、賃積の荷物を頼んだ商人や各藩の侍衆らが、出船する紀伊屋孫四郎所有の賃積船の見送りに集まっていた。

その中に、近江屋の季枝と隆明、瀬田宗右衛門と登代夫婦、身重の民江と少年の優、良枝、真の幼い姉弟、そして矢藤太も市兵衛の見送りに交じっていた。

市兵衛は、廻船《かいせん》上棚の甲板に出て、手をふってみなの見送りを受けた。蝦夷の野山を踏破する場合を考慮し、地味な納戸色《なんどいろ》の上衣に手甲《てっこう》、紺木綿《こんもめん》の裁着袴《たつつけばかま》、黒足袋《くろたび》の草鞋掛《わらじかけ》。菅笠《すげがさ》は目だたぬよう黒にした。

季枝と隆明、瀬田家の一家は、廻船が紀伊屋を表わす黒い二本線を染めた帆に風をはらませするすると沖へと離れて行くと、深々と腰を折って辞儀をした。

矢藤太は、京島原の女衒《ぜげん》をやっていた若衆だったころのように、無邪気に力一杯手をふってかえした。

やがて、二艘の廻船は早朝の西風を帆にはらんで、鉄砲洲沖から佃島沖へと迂回《うかい》するように、南へ水押《みよし》を向けた。

両船とも水押の先端に下げた黒い《さがり》をなびかせ、《紀伊丸》と《熊野丸》の船印の幟《のぼり》が朝風にそよぐ床梁《ゆかはり》の舵柄《かじづか》を水主《かこ》が切ると、高く反《そ》りあがった船尾の外艫《そとども》の下で舵の羽板が白波をたてた。

積荷は、仙台《せんだい》藩石巻湊《いしのまきみなと》、八戸《はちのへ》藩八戸湊、秋田《あきた》藩秋田湊、そして酒田までの藩荷物の賃積を含め、樽《たる》百五十、木綿古手《ふるて》とり合わせ八十品、薬種小間物とり合わせ六十四品、明油樽《あきあぶらたる》二百、筵《むしろ》千五百枚、素麺《そうめん》七十五箱、綿六箇、唐竹《とうちく》三百本などの混載である。

両船ともに、船頭と水主が十五、六名と、そのほかに、市兵衛ら数名の商人の船客が乗船していた。

浦賀《うらが》沖で番所の荷改めを受け、浦賀水道を横切り、その日は相州三崎《そうしゅうみさき》湊に入津し、翌日、朝日が昇る前に三崎湊を出た。

そうして、安房《あわ》の陸影を左に見つつ、両船が房総《ぼうそう》沖へと廻船を進めるころ、ゆらめき上る朝日が東の壮大な海原を赤色に染めたのだった。

房総沖を北へ向かい、銚子《ちょうし》口で新たに賃積の荷を積みこんだ。

銚子口から、航路ぞいに海路の安全を図って番所が設けられている那珂《なか》湊、平潟《ひらかた》の浦々をすぎて、仙台藩の石巻を目指した。

石巻では、仙台藩と南部《なんぶ》家盛岡《もりおか》藩の荷物をおろした。

盛岡藩の荷物は、北上川《きたかみがわ》舟運で北上川をさかのぼり、盛岡へと運ばれる。

陸奥沖は荒海だが、夏の海路は穏やかな日が多い。

好天と風に恵まれ、紀伊丸、熊野丸の両船が、宮古《みやこ》湊をへて八戸藩二万石の鮫《さめ》湊に入津したのは、江戸を出てわずか七日目だった。

紀伊丸、熊野丸の大型船は、八戸鮫湊の船改《ふなあらため》役所で入船の船改を受け、そののち艀《はしけ》に積み替えた藩の荷物は、馬淵川《まべちがわ》河口の河岸場へ運ばれ、河岸場の改所では荷物改を受けた。

市兵衛はこの八戸湊で、紀伊屋孫四郎の廻船をおり、八戸町で小廻り廻船の交易を生業《なりわい》とする源次郎《げんじろう》の店を訪ねた。

源次郎は、松前の商人とも蝦夷交易を行っていて、三年ほど前、松前の廻船問屋で、元は江戸の者だった瀬田 某《なにがし》という流浪《るろう》の侍が、忍路場所の運上屋で働いているらしいと噂《うわさ》に聞いた話を、江戸の瀬田宗右衛門にもたらした商人だった。

宗右衛門は、瀬田某の年のころが三十数歳、人柄の穏やかな愛嬌《あいきょう》のある大男と聞かされ、倅《せがれ》の徹《とおる》ではないかと思った。

ただ、大男でもほっそりと痩《や》せた身体《からだ》つきらしいと聞けたのが、宗右衛門の覚えている徹の風貌《ふうぼう》と違ってはいたけれども。

市兵衛は、近江屋の隆明に預かった添文《そえぶみ》を源次郎に差し出し、忍路場所の運上屋で働いている瀬田某という侍に会う用がある事情を、源次郎に伝えた。

「もう三年もめえのことだから、今もいるかどうかわからねえだどもさ」

と言いつつ、源次郎は、三日後、蝦夷へ向かう各湊の商いを続けながらの小廻り廻船でよければ、松前の廻船問屋へ案内すると言った。

小廻り廻船とは、南は仙台藩領、北は松前や箱館《はこだて》にいたるまでの地域内の産物の輸送と交易を行う、精々《せいぜい》二百石積の五大力船や与板船《よいたぶね》で、船頭水主が四、五名ほどの買積船である。

源次郎は、その小廻り廻船の直乗船頭でもあった。

この八戸湊は、海路に通じる大型船は鮫湊に停泊し、荷物は艀に積み替え馬淵川河口の河岸場へ運んで荷揚げするが、五大力船や与板船の小廻り廻船は、馬淵川河口の河岸場に直に着岸し、荷揚げを許された《川入船》である。

源次郎の盛大な歓待を受けた市兵衛は、三日後、馬淵川河口の河岸場から、源次郎所有の《奥州丸《おうしゅうまる》》の幟をたてた五大力船に乗船した。

八戸からしばらくは好天に恵まれたが、下北の佐井《さい》湊をすぎたところで強い風雨に見舞われ、野辺地《のへじ》湊で荒波が収まるのを数日待った。

青森《あおもり》湊、三厩《みんまや》湊をへて十三湊《とさみなと》まで行き、十三湊から海を越え、渡島半島松前城下の枝ケ崎浦に停泊したとき、季節はもう六月の末になっていた。

松前城下は、西蝦夷南端の白神岬《しらかみみさき》と弁天岬《べんてんみさき》の間に抱かれた、浅い入り江に臨む湊町であった。

城下北の大森山嶺《おおもりさんれい》より幾筋《いくすじ》もの川が、山裾《やますそ》の台地が作る谷をくだって海へとそそぎ、台地には城主の館と武家屋敷や寺院、台地に沿う海辺に面した一帯には十数町の町家が東西に続いていた。

城主の館を構える福山《ふくやま》台地を、東西に挟んで流れる大松前川《おおまつまえがわ》と小松前川《こまつまえがわ》の川口に、廻船停泊地の枝ヶ崎浦があり、唐津内町、大松前町、小松前町、枝ヶ崎町が枝ヶ崎浦を囲んでいた。

諸国より蝦夷地を目指すすべての漁船と廻船は、必ず枝ヶ崎の浦に入船し、大松前町に設けられた松前藩沖之口役所で、蝦夷地の交易先へ向かう許可を得て、税を収めなければならなかった。

枝ヶ崎浦には、蝦夷地での交易の諸国の大型廻船だけで毎年三百艘以上、漁船や小型の地廻り廻船も数えれば夥《おびただ》しい船が集まって、湊に停泊する船の帆柱が林のようにつらなって見えた。

その枝ヶ崎町や西の唐津内町には、松前の大商人が白壁土蔵造りの大店《おおだな》と、土蔵のはねだし（荷上場）を海に向けて並べていた。

唐津内町の東隣が、城下でもっとも繁華な大松前町、小松前町で、湊に近い大松前川の川口一帯には、妓楼《ぎろう》と小宿、酒亭や茶屋、常芝居の小屋などが、石を乗せた粗末な板屋根を並べひしめいていた。

市兵衛は、源次郎が松前の定宿にしている大松前町の旅籠《はたご》に投宿した翌日の昼下がり、源次郎とともに、枝ヶ崎町の廻船問屋竜田屋徳太郎《たつたやとくたろう》の店を訪ねた。

市兵衛と源次郎は、店の間奥の手入れの行き届いた庭の土塀越しに吹く、枝ヶ崎浦の海風が心地よい客座敷に通され、茶がふる舞われた。

庭の木陰で、きょろ、きょろ、と小鳥が調子をとって囀《さえず》っていた。

徳太郎は、鼠色《ねずみいろ》の繻子《しゅす》の羽織と白衣を、背の高い痩身《そうしん》にさらりと着こなし、莨盆《たばこぼん》と煙管《キセル》を提《さ》げて客座敷に現われた。市兵衛と源次郎に対座し、

「竜田屋徳太郎でございます。江戸より遠路わざわざのお越し、お疲れさまでございました」

と、色白の面長《おもなが》に福々しい笑《え》みを浮かべ、市兵衛にうやうやしく言った。

痩身の背中を丸めた徳太郎は、一見高齢に見えた。

だが、福々しい笑みの奥の目つきが、したたかな商人らしく、市兵衛を品定めしているかのように鋭かった。

市兵衛は名乗り、いきなりの訪問を詫《わ》びた。

「とんでもございません。商いはそれなりに盛んではございますものの、所詮《しょせん》は田舎《いなか》も田舎、このような最果ての蝦夷でございます。どなたさまもお訪ねになる折りはい

きなりでございますので、何とぞお気遣いなく」

　それから徳太郎は、源次郎に話しかけた。

「源次郎さんも半年ぶりだね。しばらく顔を出さないから、竜田屋の商いではあまり面白みがないので、箱館あたりに河岸《かし》を替えたのかなと思っていましたよ」

　徳太郎は、福々しい笑みを絶やさない。

「冗談はやめてください、徳太郎さん。近江や西国、大坂の大商人と商いをなさっている竜田屋さんには、わたすらごとき小廻りの買積業者との商いは、雀《すずめ》の涙ではございませんか。竜田屋さんには雀の涙でも、買積業者にとっては大河でございます。竜田屋さんとのお取り引きが少しでも滞《とどこお》ると、大河が塞《せ》きとめられるも同然。たちまち干あがってしまいかねません。なるべく竜田屋さんのご商売のお邪魔をしないよう、遠慮しております」

「そんな、最果ての松前の商人ごときが、大河に譬《たと》えられて恐れ入るよ。所詮買いかぶりさあ。こちらこそ、毎度お買い求めいただき礼を申します」

　あはは、あはは、と徳太郎と源次郎は開けっ広げな笑い声を交わし、庭の小鳥が吃《びっ》驚《くり》して囀りが止んだ。

「とまあ、それはそれとして、唐木さまがわざわざ蝦夷までこられた肝心のご用を、おうかがいいたしましょうか」

「それについてだども……」

と、源次郎が口を挟んだ。

「まずは、唐木さまが蝦夷へこられるきっかけになったいきさつから、申しあげます。唐木さま、かまわねえだね」

「お願いします」

市兵衛は言った。

源次郎は、三年かそこら前、たまたまちょっとした商用があって、江戸見物を兼ねて初めて江戸へ行った折り、商用の客とともに新両替町二丁目の近江屋という大店両替商に招かれる機会があった。

近江屋との融資の話が済んで酒席になって、源次郎は近江屋の主人と刀自《とじ》に、小廻り廻船の蝦夷交易の様子や、蝦夷の鰊漁《にしんりょう》がどれほど儲《もう》かっているかという話をした。

西国上方を中心に農産物の肥料に鰊粕《にしんかす》の需要の高まり、越前の網元らが出稼ぎ漁民を大勢雇い入れ、春先に船団を組んで蝦夷へ向かい、鰊漁が終る夏まで鰊漁に従事して、莫大《ばくだい》な儲けを得ている。

越前のみならず、越後、奥羽などの零細な漁業者、農民までが出稼ぎに雇われて蝦夷へ渡り、中には郷里に帰らず松前に住みついた者、そして、食扶持《くいぶち》を失い鰊漁の出稼ぎに従事し、やはりそのまま蝦夷で暮らしている侍もいる。

などと続けた中で、源次郎は松前の廻船問屋竜田屋さんから聞いた、鰊漁の出稼ぎで蝦夷へ渡った瀬田某なる江戸の侍が、今では蝦夷の忍路場所の運上屋で雇われ、江戸侍が蝦夷侍になったそうで、と戯《たわむ》れまで言った。

すると、近江屋の主人と刀自の様子がなぜか真顔になって、瀬田某の風貌や年ごろ、仕《つか》えていたのは御公儀か大名家か、いかなる役目に就いていたかをしきりに訊《たず》ねられた。

のみならず、そのおよそ半刻《はんとき》（約一時間）後、六十前後と思われる老侍が近江屋を訪ねてきて、瀬田宗右衛門と名乗り、蝦夷の瀬田某がその数年前に事情があって江戸より姿を消した縁者かも知れぬと、瀬田某について執拗《しつよう》に訊《き》かれた。

「それでわたすは、お取り引きを願っている松前の廻船問屋の旦那さんから聞いただけでございまして、瀬田某が江戸のお侍という以外、どういう事情があって蝦夷へ渡ってこられたかは存じません、ひょろひょろと痩《や》せておられますが、背は見あげるほど高いとか、笑顔が優しげで愛嬌《あいきょう》があって、歳《とし》は三十二、三歳らしいとか、うかがったのはそれぐらいでございます、と瀬田宗右衛門さんに申したんでございます」

「ああ、瀬田某というお侍のことは覚えているよ。確かに源次郎さんにそんな噂《うわさ》話《ばなし》をしたね。あれからもう三年がたつのかい。光陰はまさに矢の如《ごと》しだ。あの江戸侍の噂話は、わたしも忍路場所の支配人からのまた聞きなんだよ。それを源次郎さんに話したんだけど、わたしが話したのと少し違うね。瀬田某とか、ひょろひょろと背の高い大男とか、それは違っちゃあいないが、運上屋に雇われていたんじゃなく、越前かどっかの網元が忍路場所に建てた番屋に雇われた、出稼ぎのお侍と聞いたが。あれは文政五年だったな。その夏の忍路場所の鰊漁が終ったあと、侍にしては漁の呑《の》みこみが早くて働き者で、身体も大きく力持ちだから、鰊漁の船頭に、侍なんかやめて漁師にならないか、面倒は見るぜと誘われたんだよ。けど、瀬田某はどうやら侍にまだ未練があったらしく、断ったんだ。その話も源次郎さんに話したと思うが、覚えちゃいないのかい」

「え、そうだったたっけな？　わがんねえな」

「竜田屋さん、運上屋の支配人が、網元の番屋に雇われただけの出稼ぎ人の瀬田某の噂を、何ゆえ竜田屋さんに話されたのですか。ただ侍の出稼ぎが珍しかった、ということでしょうか」

市兵衛が訊ねた。

「ちょっと違うんでございます。運上屋の支配人は、わたしとは古い知り合いでございましてね。その翌年でした。松前に用があって出てきた折に、この店へ寄って泊って行ったんでございます。二人で呑んで、商いの話やら運上屋の営《いとな》みの話やらをした中に、確かめたわけではないが、じつはこういう侍がいると、その話を聞いたんでございます」

「瀬田某の話を、ですね」

「さようです。つまり、瀬田某と申されるお侍が、網元の番屋で鰊漁についていたのは文政五年の春から夏の間だけでございました。鰊漁が終ると、瀬田某は郷里へ戻る船には乗らず、稼ぎを手にして、ひとり忍路の番屋から姿を消したそうでございます。蝦夷は広大な原野の広がる、殆《ほとん》どが人の入ったことのない大地でございます。運よくアイヌの部落が見つかっても、追い払われるか、追い払われなくとも、いずれはまた放浪の旅を続け、その果てはどこかで熊に襲われ命を落とすか、極寒の冬になれば凍《こご》え死に、あるいは野垂《のた》れ死にか飢え死にが関の山。武者修行で諸国を巡《めぐ》るつもりでいたら、人知の無力を思い知らされるだけでございます。何しろ蝦夷は、アイヌの神威《カムイ》の土地でございますのでね」

徳太郎は鼻で笑い、煙管に莨をつめて一服吹かした。

源次郎はきょとんとし、庭では小鳥が、きょろ、きょろ、とまた鳴き始めている。

「その瀬田某は、今も生きているのでしょうか」

「それはなんとも申せません。何しろ、運上屋の支配人から瀬田某の噂を聞いたのは、もう三年も前のことでございます。蝦夷では一年一年、生き延びるのが大変でございます。ちゃんと生きませんとね」

徳太郎は吸《す》い殻《がら》を灰吹《はいふき》に落としながら、勿体《もったい》をつけた。

「その噂とは……」

「瀬田某がアイヌのコタン、すなわち、アイヌの部落で、アイヌになって暮らし生きながらえている噂を、支配人はアイヌの使用人に聞いたそうでございます。運上屋でも番屋でも、アイヌの使用人がおりますので。そのときは詳しく訊ねなかったので、どこの部落かは存じません。おそらく、忍路場所とはそう遠くない部落でございましょうね。わたくしは支配人からその噂をまた聞きいたし、侍がアイヌの部落で暮らしていることに、吃驚したと申しますか、意外に思ったと申しますか、それで源次郎さんに話して聞かせたんでございます。源次郎さん、そうだっただろう。思い出したかい」

「はい、思い出しました。わたすもお侍がアイヌと暮らしていると聞いて、妙なことになっているもんだと思ったんでございます」

「松前藩は、和人地と定めた以外の蝦夷地で、和人が居住するのを禁じております。と申しましても、広大な蝦夷地のどこに誰が住もうと、藩の監視の目が行き届くわけではございません」

「その方は、名は瀬田徹。十二年前の文化十一年に江戸を出て、今は三十七歳。上背《うわぜい》が五尺九寸余あり、江戸におられたころは、ひょろひょろとした痩せた方ではなく、ふっくらとよく肥《こ》えた立派な身体《からだ》つきだったとうかがっております。人柄は穏やかで、笑顔に愛嬌のある方だったそうです。瀬田某と申される方を、もう少し詳しく知る手だてはないでしょうか」

　市兵衛が訊ね、徳太郎は指先で顎《あご》を擦《さす》り、しばし考えた。

　すると源次郎が言った。

「徳太郎さん、博知石町の《三輪屋《みわや》》なら、わかるんではねえだか」

「そうか。三輪屋ならわかるかも知れないね。唐木さま、松前に博知石町という町がございます。小商いのお店が多く集まっており、その表通りをひと筋はずれた裏手に、郷里に戻らず翌年の鰊漁で稼ぐため、出稼ぎ人らが多く住みついている町家がございます。場所請負人《うけおいにん》に雇われた出稼ぎの番人や水主もおりますが、出稼ぎ先を捜している者もおり、三輪屋の達五郎《たつごろう》という者が、そういう出稼ぎ人を漁業者に斡旋《あっせん》する口利を生業にしております。その者にお訊ねになれば、もしかすると瀬田徹という方の事情が聞けるかも知れません。博知石町は……」

「唐木さま、わたすがご案内いたします。三輪屋の達五郎とは顔見知りです。以前、うちの水主を三輪屋が請人になって雇ったことがありましてね。ただそいつは、小廻り廻船じゃあまり稼げねえんで、すぐに辞めましたが」

源次郎が苦笑いを見せて言った。

二

廻船問屋竜田屋徳太郎の店を辞した市兵衛と源次郎は、左手に枝ヶ崎浦に停泊する廻船や、海岸に打った杭《くい》に繋留《けいりゅう》した漁船、沖の青い海原に白い帆に風をはらませ航行する廻船を見遣《みや》りつつ、枝ヶ崎町から小松前町へととった。

海原の彼方には白い雲が重なっているものの、市兵衛の頭上には大きな青空が広がり、夏の終りの厳しい日射《ひざ》しが、枝ヶ崎の浦にも町家にも降りそそいで、その光の中を海鳥が鮮やかに飛翔していた。

海岸端には、らっこの皮や熊の毛皮、鷲《わし》、鷹《たか》を売りにきたアイヌや、和人の使用人に雇われたアイヌの寝泊まりする、萱《かや》を葺《ふ》いた簡単な木組みの小屋が何戸か散らばっていた。

小松前町の小松前川を渡って、沖之口役所、大松前町をすぎ、大前松川、唐津内町の唐津内川に架《か》かる橋を渡ると、博知石町の町家である。

三輪屋の達五郎はうろ覚えながら、瀬田徹を覚えていた。

「はいはい、お訊ねのお侍さんはおられました。わたしが請人になって口利きをした出稼ぎ人で、鰊船に本当に乗られたお侍さんは、あの方おひとりでしたので、名を聞いて思い出しました。満足に食べることも難しかったんでしょうね。ひどく痩せておられましたが、見あげるほど上背があって、あれでもう少し太っていたら、偉丈夫《いじょうふ》というご様子でした。少々お待ちを……」

と、店の間の上がり端《はな》に腰かけた市兵衛と源次郎を待たせ、内証より古い帳簿を持ち出し、それをめくりながら戻ってきた。

「そう、お名前は瀬田徹さんでした。文政四年の暮れに近いころでしたか。上背のあるひょろっとした二本差しのお侍さんがこられ、鰊漁の出稼ぎの口がまだあればお頼みしたいと仰《おつしや》いましてね。お侍さんは初めてではなかったんですが、請けてはみたもののいざ、鰊漁の季節が近づいてくると、やっぱり考え直したいと断りを入れてきた方がおりましたんで、初めは本気かどうか疑っていたんですがね。ああ、ありました。これです……」

三輪屋の達五郎は、古い帳簿の文政五年の閏《うるう》一月、越前小浜の網元重兵衛所有忍路場所鰊船と記した条の十名を書き連ねた中に、瀬田徹の名を指した。

「瀬田徹さんを入れたこの十名が、文政五年の重兵衛さん所有の、鰊船の出稼ぎ人だったのですね」

「小前の漁業者もおりますが、何艘もの船団を組んで蝦夷の鰊漁に向かう漁業者は、大船団では百人以上の出稼ぎ人を、途中の寄港地で集め松前でも募《つの》って行くんです。瀬田さんを雇い入れた重兵衛さんの鰊船は五艘の船団で、わたしが請人になった松前の出稼ぎ人の十名を入れて、三十数名の出稼ぎ人を乗せて、忍路場所へ向かわれました」

「忍路場所は、遠いのですか」

「船で数日はかかります。たしかに文政五年の、閏一月の末でした。枝ヶ崎浦で、三輪屋の請けた出稼ぎ人が鰊船に乗るのを確認したとき、瀬田さんが、菅笠をかぶって、縞の長合羽の背に、刀をくるんだ筵を柳行李《やなぎごうり》の荷物にくくりつけて担《かつ》いでいらっしゃったんで、お侍さんなんだなと思いました。着物を尻端折《しりはしょ》りにして、手甲脚絆に黒足袋草鞋掛の拵《こしら》えが、案外旅慣れた様子でした。わたしが声をかけますと、愛嬌のある笑顔を寄こし、世話になりました、行ってまいります、と仰った様子がいかにもお人柄のよさそうな方でした」

「そののち、瀬田徹さんの噂などを聞かれたことは……」

「それだけです。何も聞いちゃあいません。いまはどちらで、どのように暮らしていらっしゃるんでしょうかね」

三輪屋の達五郎は言いながら、帳簿を閉じた。

市兵衛と源次郎が大松前町の旅籠に戻ると、竜田屋徳太郎より、今夕、酒席に招きたいとの知らせが届いていた。

瀬田徹の消息も気がかりゆえ聞かせてほしい、とも添えてあった。

夕方、竜田屋の使用人が迎えにきて、再び枝ヶ崎町の竜田屋を訪ねた市兵衛と源次郎は、竜田屋徳太郎の豪勢なもてなしを受けた。

大松前町の妓楼の女らや芸人らが呼ばれ、賑《にぎ》やかな酒宴は夜ふけまで続いた。

このころの松前城下は、町数二十五、戸数二千余戸、人口八千を超え、江差《えさし》の倍、箱館の三倍であった。

米が収穫できない松前藩では、上級家臣に蝦夷各地に定めた《場所》での蝦夷交易の権利を与え、家臣らはその場所の蝦夷交易で得た交易品を商人に売り、その収益を知行としていた。

蝦夷交易の相手は、主に蝦夷の住人であるアイヌである。

すなわち場所とは、家臣の知行所の意味で、古くは、《場所》のアイヌが和人地の松前城下まできて漁猟品を交易していたのが、時をへて、家臣が交易品の船を仕立てて《場所》に向かい、アイヌとの交易を行うようになる。

すなわち、松前藩の家臣は、むろん最多の《場所》を有する松前藩主も、武士であると同時に商人でもあった。

今ではその場所での交易を、松前藩の家臣らは毎年一定の運上金を納めることで商いに慣れた商人を場所請負人にして、商人自らが《場所》に向かい、アイヌとの交易を行い、のみならず自ら《場所》での交易品の生産に乗り出した。

交易品は、イカ、マス、ホッケ、タラ、アワビ、ニシン、サケ、昆布《こんぶ》、海鼠《なまこ》などの豊富な海産物、狩猟品では、鷹と鷹羽、熊や海獺《らっこ》の皮などの珍重品、さらに木材に砂金など、まさに蝦夷は交易品の宝庫であった。

殊に蝦夷の鰊漁が盛んになり、鰊粕が農産物の安価な肥料として西国を中心に需要が高まると、場所請負人の商人らは、《場所》に運上屋を設け、使用人を雇って運上屋の経営を任せ、鰊漁の労働者として、毎年諸国より大勢の出稼ぎ人を受け入れ始めたのだった。

天明《てんめい》年間、松前沖、また北の江差沖に群来《くき》した鰊漁は、鰊船のひと春の漁だけで六万両の稼ぎをもたらした。

長崎の唐人屋敷向けに、昆布や海鼠や鮑《あわび》などの漁でも稼げた。

また、諸国から来航する商船は必ず城下の枝ヶ崎浦に入船し、藩に税を収めて蝦夷での商いの許可を得なければならず、毎年三百艘以上の大船が松前城下に集まって、その税収入だけでも松前藩の大きな財源となった。

「秋田津軽の辺鄙《へんぴ》の悪き所をすぎ、わづかなる海を渡りてかかる上々国の風俗あらんとは、風聞にも聞ざりし故に一人もあきれざるもの更になし」

と、天明期の地理学者の古河古松軒《ふるかわこしょうけん》が『東遊雑記《とうゆうざつき》』で、松前城下の繁栄ぶりを記している。

その夜、賑やかな酒宴のさ中、竜田屋の主人徳太郎が市兵衛に言った。

「唐木さん、忍路まで行かれるなら、竜田屋の荷送を請負う廻船が、三日後に出船し、小樽内《おたるない》の場所へ向かいます。途中の忍路場所に降りられるようとり計らいますので、忍路まではその便を使われてはいかがですか」

「ありがたい。是非お願いいたします」

「運上屋の支配人にも、話が聞けるよう添文を書きましょう。それを支配人に見せれば、忍路場所での宿の心配も要《い》りません。支配人は新右衛門《しんえもん》と申す者です。若いころからつき合いのある、気のよい男です。きっと、瀬田徹さんを捜す力になってくれます」

「お心遣い、いたみ入ります」

翌日の早朝は、源次郎の五大力船が、枝ヶ崎浦を発《た》つことになっていた。

一夜明けたまだうす暗い早朝、市兵衛はひとり、枝ヶ崎浦の岸辺に立って、五大力船の源次郎を見送った。

源次郎は、前夜の酒宴でずいぶん酔って夜ふけまで騒いでいたのが、その朝は何事もなかったように、直乗船頭らしく四人の水主らに、松前で仕入れた鮭《さけ》や昆布や鮑などの荷物を積みこむ指示を与えていた。

帆筒にたてた帆柱の下には、出船のときにあげる帆がまだおろしてあった。

早朝の西風が吹いて枝ヶ崎浦は少し波立ち、二百石積五大力船の根棚《ねたな》を、ひたひたと戯れるように敲《たた》いていた。

海鳥が鳴き騒ぎ、奥州丸の幟をたてた五大力船の周りを飛び廻っていた。

「源次郎さん、ずい分世話になりました。感謝の言葉が見つからず、心苦しいほどです。船旅の無事を祈っています」

市兵衛は岸辺の杭に繋《つな》いだ五大力船の源次郎に、声をかけた。

「おお、唐木さま。わざわざ見送りにきてくださったんだべか」

船頭の黒い皮合羽を纏《まと》った源次郎が、波除《なみよ》けの垣《かき》を跨《また》いで船縁の台に立ち、日に焼けた笑顔を岸辺の市兵衛に寄こした。

「八戸から松前までこられたのも、この先の目処《めど》がたったのも、何もかも源次郎さんのおかげです。礼を申します」

「なあに、わたすはただ、廻船のついでにできることを手伝っただけだんべな。唐木さまこそ、これから奥地へ行けばどんな目に遭うかわかりません。十分気をつけてください。お目当ての瀬田徹さまが見つかりますことを、心より祈っております」

「ありがとうございます。これは鹿の干肉です。船旅の途中でみなさんがかじっておられたので、持ってきました。酒の肴《さかな》にもなります。どうぞ」

市兵衛は、藁《わら》にくるんだひと抱えの干肉を、台に立つ源次郎へ差しあげた。

「こいつはありがてえ。干肉はみんなの好物だし、精がついて頑張れます。みんな、唐木さまから鹿の干肉をいただいた。礼を言わねばな」

源次郎が言い、八戸からの船旅で親しくなった水主らが市兵衛に声をかけた。

やがて、東の空の果てに赤々とした帯がかかり、次第に青白く染まって行く空の星が消えるころ、艫の櫓をとった源次郎のかけ声が岸辺に響きわたった。

「帆をあげろ」

水主らが手縄を引き、帆柱の先端についた滑車の蟬《せみ》がからからと鳴って、十反帆の白い帆が、ばん、と音をたてて早朝の西風をはらんだ。

出船の気配を察して、飛び廻る海鳥の鳴き声がいっそう賑やかになった。

水主らが、表車立《おもてしやたつ》より横神《よこかみ》のほうへ台を踏みつつ棹《さお》を使うと、岸辺から離れた五大力船は枝ヶ崎浦から押し出され、やがて風を帆にはらみ、枝ヶ崎浦の沖へと波を蹴たてて行った。

市兵衛は、沖へ沖へと見る見る小さくなって行く五大力丸の艫で櫓をとる源次郎へ、手をふり続けた。

三

その日、市兵衛は小樽内へ向かう竜田屋の廻船に乗るまでに、道中に欠かせない白米、塩引鮭、味噌《みそ》塩酒、鍋や食器、山刀、燧石《ひうちいし》、また野宿に備えた敷物などを調達する旅の支度にかかった。

旅支度を丸一日がかりで済ませた翌日も、よい天気が続いた。

夏が終っても、日射しの下は厳しい暑さだったが、日陰に入ると心地よい涼しさに肌をなでられた。

昼前、城下北に聳《そび》える大森山の九十九折《つづらおり》の急な山道を登って、人気のない山頂の地《じ》蔵堂《ぞうどう》を詣でた。

木々に囲まれた板葺きに石を乗せた石屋根の地蔵堂の境内《けいだい》から、北の彼方《かなた》には千軒《せんげん》岳《だけ》の青い山嶺《さんれい》が望め、南側には城下と松前の海がはるばると見はるかせた。

広大な海原はるか彼方の水平線には、陸奥の陸影がかすんでいる。

松前城下の町家は、多くが石屋根の平屋が並び、大森山の山裾の台地の間を、七筋の川に沿った川縁の一帯と、台地の下の海へそそぐ川口の浜辺に家々が軒《のき》を寄せてつらなっていた。

東西に続くそれらの町家の背後に迫る台地には、武家屋敷と散在する神社仏閣が眺められる。

松前城主の館は、大松前川と小松前川の天嶮《てんけん》と、空堀や板塀、柵、物見の櫓《やぐら》、そして深い樹林に守られた広大な屋敷地を占めていた。

鰊漁で稼ぐため、松前城下まで流れてきた瀬田徹は、この景色をどんな思いで眺めたのだろうかと市兵衛は考えた。

大森山の山裾に繁《しげ》る森のほうから、鳥の囀りがのどかに聞こえ、山の風がさあっと木々を鳴らし、市兵衛を誘うように地蔵堂の境内を吹きすぎて行った。


その同じころ返弥陀ノ介は、蝦夷での調べを終えようとしていた。

南新堀の伊坂屋番頭与吉郎が、松前城下唐津内町の廻船問屋渡島屋に、おろしゃ兵が横流しした西洋の鉄砲二挺を注文し、西廻り航路を使って江戸へ運んだ一件を、弥陀ノ介は目付片岡信正の命を受けて、二ヵ月以上前の五月の初めに江戸を発ち、蝦夷に渡って調べてきた。

松前より北蝦夷、すなわち樺太へ向かう小廻り廻船に乗り替え、宗谷《そうや》より樺太の白《しら》主《ぬし》をへて、およそ五里（約二〇キロメートル）北の西富内《にしとんない》場所に入り、運上屋の経営を任されている支配人や番人らから、鉄砲が窃《ひそか》に売り買いされている実情を探った。

元もと樺太は、海峡を渡ったアムール川流域のウィルタ、樺太のニブヒやアイヌらとの間で、和人が蝦夷に進出する以前より、山丹交易と知られている交易が行われていた。

江戸で人気の高い高価な織物の蝦夷錦《えぞにしき》は、金糸銀糸染糸で織りなした中国産の雲《うん》竜《りゅう》の文の錦で、中国から北のアムール川流域、樺太、蝦夷を結ぶ山丹交易によって、江戸へともたらされていた。

今はそこに、蝦夷へ進出を目論《もくろ》むおろしゃの武具なども交易品として扱われているのは知られていたし、それは防ぎようがなかった。

弥陀ノ介は信正より、江戸へ持ちこまれた西洋の二挺の鉄砲が、いかなる道筋をたどって江戸まで運びこまれたか、それを確かめるだけでよい、取り締まりなどの対処は幕閣の御判断を待つ、という指図だった。

西富内から戻った弥陀ノ介は、堀本聡という松前藩沖之口役所頭取の大松前台地の屋敷に逗留していた。

信正に命じられた仕事をほぼ終え、江戸へ戻っても差し支えなかった。

江戸には二人目を身籠《みごも》った妻の青《せい》と、早や三歳の春菜《はるな》が待っている。

妻と娘の春菜のことを思うと、帰心は募《つの》った。

その一方で、やり残している気持ちが弥陀ノ介にはまだあった。

信正には、渡島屋の調べも必要ない、放っておけ、と言われていた。

しかし、どうしても渡島屋の内情が気にかかった。

松前まできて、廻船問屋の渡島屋に手を出さず、このまま江戸へ帰るのは、隠密目付とも呼ばれる御小人目付の気が済まない。

頭《かしら》の片岡信正さまには余計なことを、と言われたとしても、それとなく唾《つば》をつけておくぐらいなら構わぬだろう、と弥陀ノ介は思った。

枝ヶ崎町から上泊川町《かみとまりかわまち》の表通りにきて、通りの先に大店廻船問屋渡島屋の《お志《し》まや》と青地に白く染め抜いた軒暖簾《のきのれん》を、弥陀ノ介は認めた。

店頭の軒下に、人足らが筵に包んだ大きな長持を下ろし、煙管を吹かして店の中の客の商談が終るのを待って休んでいる。

弥陀ノ介は渡島屋の軒暖簾をくぐり、前土間に立って店の間を見廻した。

店の間が前土間の三方を囲い、店の間奥に、衝立《ついたて》と半暖簾を下げて目隠しをした一室があって、そこが帳場になっているらしい。

店の間では、手代の繰る帳簿を見ながら商談を交わしていた客と手代らが、商談を中断して、弥陀ノ介の風体《ふうてい》を意外そうに見かえった。

弥陀ノ介は、岩塊《がんかい》のようにごつい五尺（約一五〇センチ）ほどの身の丈に、群青《ぐんじょう》の上衣と黒の半袴に鞘《さや》の鐺《こじり》が地面につきそうに見えるほど長い大刀の二刀を帯び、手甲脚絆に黒足袋草鞋掛の旅姿だった。

その風体が、渡島屋に商談できた客には見えなかった。

黒の菅笠をかぶって、大きな頭にぴたりと貼りついたような総髪に小さな髷《まげ》を載せ、広い額の下の太い眉《まゆ》、その眉の下のくぼんだ眼窩《がんか》の底に狙った獲物は決して逃がさない、ぎらぎらと耀《かがや》く猛獣の目を隠していた。

が、小鼻の張った大きな獅子鼻《ししばな》と、瓦《かわら》をも嚙《か》み砕《くだ》くに違いない白い歯と骨張った太い顎《あご》に、ぎゅっと結んだ分厚い唇《くちびる》は隠せなかった。

構わず弥陀ノ介は、店の間の壁側に数台並んだ簞笥《たんす》の、ひとつの引き出しの中を覗《のぞ》いている若い手代へ、張りのある低い声をかけた。

「少々お訊ねいたす」

手代は弥陀ノ介の、役人にも見えない侍風体へ、訝《いぶか》しそうな顔つきをつくろいもせずよこし、簞笥を閉じた。

それから、上がり端へきて着座した。

「いらっしゃいませ、お侍さま。ご用を承ります」

「返弥陀ノ介と申します。江戸の者です」

と名乗り、自分は諸国を巡って書き記した紀行文を、江戸日本橋の書籍問屋より世に出し生業にしている者にて、数日前松前に着いたと言った。

「紀行文？　はあ、それが……」

手代は客ではないとわかって、ぞんざいな対応になった。

このたび書籍問屋より、蝦夷を巡る見聞をまとめた紀行文を頼まれ、渡島屋は江戸でも知られた廻船問屋であり、蝦夷地の物産の流通は渡島屋に訊ねればほぼわかると聞いているゆえ、お訪ねいたしましたと続けた。

手代はつまらなそうな様子ながら、ほかの客の手前、邪険に追いかえすわけにもいかず、と言って、上がり端に腰かけよとも進めず、素っ気なく言った。

「わかりました。で、お訊ねの物産はなんですか」

弥陀ノ介は、江戸でも評判の蝦夷錦の流通について訊ねた。

手代は、なんだ今ごろ蝦夷錦か、といった素ぶりを隠さなかった。

この手の侍など大したことはないと見切ってか、早口で、だが少々得意気に、蝦夷錦がどれほどの物かを語って聞かせた。

「なるほど。唐《から》の高官らが纏う正式の衣装にも、その錦が採用されているのですか。われらの手に届かぬのは、もっともなはずですな」

「でしょうね。ということで、よろしいですか」

「はい。よくわかりました。参考にいたします。面白い物が書けそうです。それで、いまひとつお教えいただきたいのです。構いませんか」

弥陀ノ介が少し打ち解けた様子で言うと、手代は余裕のうす笑いを見せて、どうぞ？　と小首をかしげつつ言った。

「渡島屋さんでは、武具なども手に入れることができるのでしょうか。たとえば西洋の鉄砲も、渡島屋さんほどの大店なら手に入ると、ちらと聞きました。なんでも、おろしゃ兵の横流ししたすなっぷはんすろっく式の鉄砲が、近ごろ出廻っているとかなんとか、噂を聞いたのですが」

途端に、手代は真顔になり眉をひそめた。

ほんのしばし、弥陀ノ介を凝《じ》っと見つめて考えた。

何かを用心している素ぶりが、明らかにうかがえた。

「渡島屋さんでも、そういうものは扱っておられるのでしょうか。扱っておられるのなら、どのようにして入手なさって……」

言いかけたのを、手代が冷やかに遮った。

「そういうことなら、わたくしではお答えいたしかねますので、ただ今上の者に訊いて参ります。少々お待ちを」

手代は座を立って、衝立と半暖簾で目隠しした帳場へ姿を消した。

弥陀ノ介が店の間の上がり端に腰かけ待っていると、小僧が茶を出した。

若い手代は弥陀ノ介を、もしかして幕府の役人ではないかと、勘繰《かんぐ》ったのかも知れなかった。

戻ってくるまでに、だいぶときがかかった。

手代と渡島屋の頭取、そして主人が店の間に出てきたとき、隠密かもしれない侍の姿は消え、小僧の出した茶碗《ちゃわん》が、蓋《ふた》をとらぬまま残っていた。

弥陀ノ介は、人通りの多い大松前町《おおまつまいまち》まで戻った。

大通りの長く急な坂をのぼった先に、福山台地の館が石垣とその上にめぐらした板塀、館の追手門前に設けた空堀に架かった橋を、供侍を従えた御駕籠《おかご》が追手門内へ入って行く行列が見えた。

その大松前台地の堀本家の屋敷のほうではなく、弥陀ノ介はそのまま、大通りを横切って、大松前川原に妓楼や酒亭、茶屋や常芝居小屋、小宿が軒をつらねる繁華な町家へと足を向けた。

大松前町にある沖之口役所をすぎた。

やがて、茶屋の客引きの呼び声が聞こえ、脂粉の香《かおり》が鼻をつく妓楼、酒亭や小料理屋が続く大松前川原の細道へ、大股の歩みを運んで行った。

弥陀ノ介は、どこかの酒亭で一杯呑んで行くつもりだった。

まだ昼下がりの日射しの厳しい刻限にもかかわらず、漁師や船頭や水主、人足らが酒を呑んで騒ぎ、茶汲女《ちゃくみおんな》らの戯れる嬌声《きょうせい》が細道に聞こえていた。

しかし、弥陀ノ介は何軒かの酒亭や茶屋の前を通りすぎ、川原町《かわらまち》の細道を右へ曲がり左へ折れ、また左へ折れ右へ曲がりしながら、枝ヶ崎浦の海辺に出た。

まだ厳しい日射しの降る午後、枝ヶ崎浦には、杭に繋がれたいく艘もの廻船、白い帆を張った沖の大型船、漁師船や荷船が行き交い、波打ち際ではアイヌや漁師や水主、また物売りや子供連れの女らが往来している。

弥陀ノ介は、枝ヶ崎浦の景色を眺める恰好《かっこう》で、後方の男に言った。

「さっきからつけておる後ろの男。おれになんぞ用か。何者だ。用があるなら聞こう。しかし、そのような怪しいふる舞いをしていると怪我《けが》をするぞ」

すると、後方の男が言った。

「気づいていて海辺までおびき寄せたのか。相変わらず恐い男だ」

あっ、と弥陀ノ介はごつい身体を俊敏にかえした。

嗚呼《ああ》、と声が出たが、あとが続かなかった。

弥陀ノ介は菅笠を持ちあげ呆《あき》れ顔のまま、しばらく啞然《あぜん》とした。

市兵衛が弥陀ノ介を見つめ、笑っている。

なぜだ、と弥陀ノ介はやっとわれにかえった。

「市兵衛、一体これは誰の差金だ。戯れにもほどがあるぞ。なぜおぬしが松前におる。この昼日中、狐《きつね》に誑《たぶら》かされたとも思えぬ。わけを申せ、わけを」

「偶然だ、弥陀ノ介。蝦夷で尋ね人の仕事を請けた。明日、松前を発って北へ行く。弥陀ノ介が蝦夷にいると、江戸を発つ前、兄上から聞いていた。まさか弥陀ノ介に会えるとは思わなかったが、会えたな」

「そうか。お頭から聞いていたか」

「ふむ、それもたまたま、江戸を発つ二日前、兄上に薄墨で馳走《ちそう》になった。その折り、弥陀ノ介は御用があって蝦夷だと聞かされたのだ。弥陀ノ介が蝦夷で御用とは、こっちも意外だった」

二人は肩を並べ、浜辺を大松前川の川原のほうへとった。

「人捜しで北のどこへ行く」

「忍路場所だ。運上屋の支配人に会う。尋ね人の手がかりが、つかめるかも知れんのだ。尋ね人は、どうやらアイヌのコタンに住んでいるらしい」

「アイヌのコタンに和人が住んでおるのか。それは江戸の男か」

「そうだ。江戸で生まれ、江戸で育った江戸侍だ」

「江戸侍が、アイヌのコタンにか。それは相当深いわけがありそうだな」

「深いわけはある。そのわけは話せぬが」

それから二人は、大松前川の畔《ほとり》の酒亭にあがった。

土手下に大松前川の川面と、船寄せに繋《つな》いだ荷船や漁船を見おろす大部屋に、船頭や水主、漁師、人足風体の男らが、それぞれ膳を囲んで、昼間からわいわいがやがやと呑み騒いでいる。

酒亭の表戸は、障子戸をはずして開け放ち、往来を行き交う人通りが見え、隣の茶屋の赤い襷《たすき》をかけた娘の客引きの声がよく聞こえた。

「兄上に、弥陀ノ介の蝦夷の御用は、この五月の初めの、品川裏河岸の菱垣廻船問屋の下り荷で見つかった鉄砲の一件の調べですかと訊ねると、どうかな、と兄上は笑って答えてくださらなかった」

　市兵衛が言い、

「そうか。頭は笑ってお答えにならなかったか。ならば聞くな。御用の調べなど聞いても面白くもない」

と、弥陀ノ介も信正のように笑った。

「蝦夷の御用は、まだかかるのか」

「いや。もうあらかた済んだ。松前藩の船の支度《したく》が整い次第、江戸へ帰る。おれも二、三日で松前を発つことになるだろう」

「青と春菜が、江戸で待っておるだろうな」

「ふむ。おれも早く江戸へ帰りたい」

　妻の青と娘の春菜を思ってか、ふっと弥陀ノ介が表情を緩《ゆる》めたので、市兵衛もそれに誘われて笑った。

　そのとき、弥陀ノ介が何かを思い出して真顔になった。

「明日、北へ発つなら、万が一の場合もあるので話しておく。北蝦夷の西富内場所で実際にあったことだ。なぜ西富内かは教えられんぞ」

「いいとも。教えられぬなら聞かずともよい」

「この春の半ばだったそうだ。西富内場所の会所が、五人の賊に襲われた。賊の狙いは、会所が交易に使う砂金だったと思われる。賊のうちの三人がおろしゃの赤い兵の服を着けた、おそらくウィルタで、おろしゃの兵の洋刀をがちゃがちゃと音をたてて下げていた。ひとりは唐の派手な衣装をまとったニブヒだったらしく、唐の長槍《ながやり》を抱えていた。もうひとりは、赤い兵の服ではなく、羽織より分厚い黒い上衣を羽織って、西洋の山高《やまたか》とか言う黒い帽子をかぶっておった。灰色の髭《ひげ》のおろしゃで、こいつが鉄砲を携《たずさ》え、四人を指図していた。暗くなって運上屋を閉じかけたころに現れ、初めは、熊の皮とらっこの皮が沢山あるので買ってくれ、代金は砂金か和人の銀貨でと、通辞に持ちかけた。支配人が、今日の交易はしまった、明日夜が明けてから出直すようにと伝えさせると、明日は海峡を渡ってウィルタの土地から唐へ交易に行く、今でないとだめだとしつこく繰りかえして、突然、鉄砲を支配人に突きつけ、おろしゃの後ろから四人が戸内に押し入ってきて、砂金と銀貨に、それから米も出せと脅《おど》したのだ」

「それは元々が交易ではなく、押しこみが狙いだったのだな」

「そういうことだ。そのとき会所には、支配人と通辞と帳役に、番人が三人、使用人のアイヌが六、七名残っていた」

「西富内のアイヌは多いのか」

「会所と役宅の和人の居住地の南北二ヵ所に、五十軒近くの小屋があって、四百人には届かぬが、それぐらいのアイヌが住んでいる。鮭鱒《ます》鰊が豊富に獲れるよい漁場があり、アイヌが漁猟についている。会所でそれを仕入れ交易に廻すが、何ぶん北蝦夷は松前から遠く、運送の手間代が高くかかって、漁獲の割には儲けを出すのはむずかしいそうだ」

「それで、賊の始末はどうなった」

「番人のひとりが、隙《すき》を見ておろしゃの男に脇差《わきざし》で斬りかかり、鉄砲に打たれて深手を負った。だが、それをきっかけに会所内で乱戦になった。賊が洋刀や長槍をふるって手強《てごわ》く暴れ、こちらはみな脇差で応戦し、使用人のアイヌらの加勢もあってどうにか追い払ったものの、賊らは得物《えもの》をふるい、支配人も通辞も、帳役と番人らも無傷ではなかったらしい。鉄砲で撃たれた番人は、助からなかった。じつは、西富内の北の久春内《くしゅんない》の会所にもおろしゃがやってきて、ときには武力に物を言わせ、相当強引な交易を要求してくるらしい」

「それほどなのか」

「おろしゃは、和人ごときいつでも蹴散らせると思っておる。賊はそういう者らからもあぶれた、無頼な一味と思われる。こちらに戻ってくる廻船の船頭にも、西蝦夷の苫前《とままえ》の場所の運上屋が、同じ一味かどうかは不明だが、以前、おろしゃの交じった賊に襲われた話を聞いた。たぶん賊は、四、五人乗りぐらいの廻船をねぐらにし、北蝦夷から西蝦夷の沿岸一帯の場所を点々と襲って、金品や金目になりそうな物を強奪していると思われる。市兵衛、蝦夷は松前城下を出ると、藩の監視の目は行き届かぬ。ましてや、ひとり旅は何があっても、何が起こってもおかしくない。無理をせず、十分気をつけるのだぞ」

「心得ている。無理はせん。むずかしい仕事とはわかっているが、唐木市兵衛をと名指しで頼まれた。請けるしかないと思った。それでな、薄墨でも兄上に言ったのだが、この仕事が終ったあと、兄上と弥陀ノ介に相談することがあるかも知れぬ」

「相談？　市兵衛の請けた仕事でか」

「必ずしも仕事とかかり合いがあるとは言えぬが、ないとも言えぬ。江戸へ戻り仕事が済んでから、兄上に相談するつもりだ」

「おぬしの言うアイヌになったその江戸侍は、公儀の侍だったのか」

「そうだ。話を聞く限りは、よき侍だった。だから引き請けてもよいと思った」

あは、と弥陀ノ介は笑った。

「風の市兵衛の周りは、相変わらず小むずかしい風が吹いておる。わかった。江戸に帰ったら相談に乗る。今日は明日北へ旅だつ市兵衛と、しばしの別れを惜しむ宴というわけだな」

「ふむ。弥陀ノ介の江戸へ戻る船旅の無事も祈ってのな」

二人は高笑いをあげ、周りの客らも二人の高笑いにつられて笑った。

四

その小廻り廻船の地蔵丸は、忍路海岸にわざわざ停泊し、竜田屋主人の徳太郎の指示があって乗船させた唐木市兵衛を、波打ち際の船寄せにおろすと、明るいうちに小樽内の湊に入るため、早々に忍路海岸の入り江をあとにした。

潮汐《ちょうせき》や海流に削《けず》られた崖と海が絡《から》み合う忍路海岸は、崖と崖の間の狭い進入路から海岸までが奥深く入りこみ、外海の風波を遮る小半島の高い崖が浜辺に穏やかな波の調べを奏《かな》でる入江を囲んでいた。

市兵衛は、背負梯子《しょいばしご》に柳行李二つを重ね、さらに米俵を積んで、その上から桐油紙《とうゆがみ》で蔽《おお》った大きな荷物を背負っていた。

着衣は、黒の下着に納戸色の上衣、紺木綿の裁着袴、黒の手甲、黒足袋草鞋掛で、着替えもそれと同じにした。

これは若年のころ、奈良興福寺《ならこうふくじ》に入門し修行の日々を送っていた折り、廻峰行《かいほうぎょう》には黒の衣が虫除けによいと教えられていたからで、菅笠も黒にした。

石ころだらけの浜辺より一段高い岸壁に、二八取《にはちとり》の入漁税を運上屋に収めた出稼ぎ漁業者の番屋と作業場が何棟も板屋根をつらね、どの番屋の作業場と明地《あきち》一杯に干イカや干魚を日に晒《さら》し、それらの臭《にお》いが海岸一帯にたちこめていた。

番屋から少し離れた海岸には、アイヌの集落らしい茅《かや》で葺《ふ》いた小屋が固まっているのが見えた。

忍路場所の場所請負人住吉屋の運上屋は、番屋がつらなる岸壁よりさらに一段高い段丘に、木々が蔽う丘陵地を背に建てられていた。

住吉屋の運上屋は、物見《ものみ》の櫓を屋根の上に構えた三層の大きな建物で、鰊漁が始まる春先から夏場の鰊漁が終るころまで、住吉屋が雇った百人をくだらない出稼ぎ人らが寝起きすると聞いた。

茅葺ながら入母屋《いりもや》ふうの屋根の庇下に、両引きの表戸が忍路の入り江へ向いて開かれたままになって、うす暗い戸内に、広い前土間と奥の大きな囲炉裏《いろり》を掘った板間と、板間のわきのこれも大きな竈《かまど》に三つ並んだ大釜が見えていた。囲炉裏の上に、高い屋根裏の梁《はり》より吊《つ》り下げ、火棚の縁《ふち》に鮭かほっけかの開きが干してある。

鰊漁はすでに終っており、番屋がつらなる海岸端も運上屋の周辺にも住人の姿はまばらで、のどかな昼下がりのときが流れていた。

住人らは、大きな荷の背負梯子をかついだ侍風体に訝しげな一瞥《いちべつ》を寄こすだけで、さほど気にも留めず通りすぎて行き、木々が蔽う丘陵地のほうから、鳥の囀りがうるさいほど聞こえていた。

市兵衛が前土間に入ると、括《くく》り袴《ばかま》の年配の番人らしき男が、囲炉裏を掘った板間に出てきた。

「お出でなさいませ。こちらは忍路場所の場所請負人住吉屋の運上屋でございます。つい先ほど入船いたした竜田屋さんの地蔵丸でお見えになられた、お客さまでございますね」

番人は上がり端に着座して言った。

「竜田屋徳太郎さんのご配慮により、竜田屋さん所有の地蔵丸にて、先ほどこちら、忍路場所に到着いたしました。唐木市兵衛と申します」

「唐木市兵衛さまは、松前藩ご家中のお侍さまでございますか」

番人は市兵衛が背負った大きな荷を、しょぼしょぼした目で探っていた。

「いえ。わたくしは江戸の者にて、仕える主《あるじ》はおりません。さる方よりあるご用を請負い、当地に参った者でございます」

「ほう、主を持たぬお武家さまが、江戸からはるばる蝦夷までおひとりで。それは大変でございましたね。して、当運上屋へはいかなるご用件でございますか」

「支配人の新右衛門さまに、お訊ねしたい用がございます。新右衛門さまにお取次を願います。これは……」

と、市兵衛は徳太郎の用意した添文を懐《ふところ》から出し、番人に差し出した。

「竜田屋徳太郎さまからお預りいたしました、添文でございます。新右衛門さまにお渡し願います」

「ああ、竜田屋徳太郎さんの。お預かりいたします。支配人はただ今、裏の役宅にお戻りになっておられますので、少々お待ち願います」

しばらく待たされてから、市兵衛は番人の案内で、明障子《あかりしょうじ》の引違い窓の外に、忍路場所の岸辺と、番屋の屋根屋根やその先のアイヌの集落、忍路の入り江を囲う海岸の黒い岩肌が見通せる六畳ほどの部屋に通された。

まだ高い午後の日射しが、入り江の穏やかな波間に光をちりばめ、海風がゆらゆらと吹きこんできた。

ほどなく、支配人の新右衛門が紬《つむぎ》と思われる渋い小楢《こなら》色の小袖を着流し、黄朽葉《きくちば》の袖なし羽織を着けたややくだけた装いで現れた。

新右衛門は、徳太郎と同じ五十代半ばの恰幅《かっぷく》のいい支配人である。

市兵衛と対座した傍《かたわ》らに、徳太郎の添文を置いて言った。

「忍路場所場所請負人住吉屋仁兵衛《じんべえ》の運上屋を預かります、新右衛門にございます。唐木市兵衛さま、江戸よりはるばるのお越しご苦労さまでございました」

市兵衛は突然の訪問を詫び、改めて名乗った。

「竜田屋さんのこの添文で、唐木さまのご用の向きは大旨《おおむね》承知いたしました。瀬田徹さまが、四年前の文政五年、越前小浜の網元重兵衛所有の忍路場所番屋の出稼ぎ人に雇われていたことは間違いございません。わたくし自身は瀬田徹さまのお名前を存じあげませんでしたが、背が高い風貌が目だったのを覚えております。お侍の出稼ぎ人らしいとは聞いておりました。重兵衛に雇われた船頭が、瀬田さまの働きぶりや漁猟の呑みこみのよさが気に入って、侍をやめて漁師にならないかと誘ったという話も聞こえておりました」

と、そこへ先ほどの年配の番人が、盆に茶碗を乗せて運んできた。

新右衛門は、茶碗を配る番人に言った。

「又蔵《またぞう》、おまえは瀬田徹という出稼ぎ人を知っておるだろう。四年前、重兵衛の番屋に雇われていた元は侍の……」

「ああ、アイヌのコタンにいるとか、噂に聞こえております瀬田徹という方でございますか」

「それだ。こちらの唐木さまは、その瀬田徹さまを尋ねて江戸から見えられたのだ。瀬田さまの噂か評判などで、おまえが知っていることがあったら、唐木さまにお聞かせして差しあげなさい」

「そうでございますね。わたしが聞いておりますのは、今はアイヌのコタンにいるらしいという噂以外は、あまりございません。ただ、背が高くて気だてのよい方という評判は、ぼんやりと聞いてはおりました」

又蔵は新右衛門の傍らに畏《かしこ》まり、ふと思い出したように続けた。

「そうそう、瀬田徹という方が漁の呑みこみもよいし、漁船の扱いにもすぐに馴《な》れたので、食いつめ侍などどうせろくな者じゃなかろう、と思っていた漁主らがみな感心したと、そんな評判を聞いた覚えもございます」

「瀬田徹さんは、浪々の身になる以前は幕府の船手頭《ふなてがしら》配下の同心を務め、水主らを率《ひき》い幕府御用船の海水働きの差引、海上運輸、また将軍の御召船にも乗船しておられました。高い身分ではありませんが、瀬田家は徳川幕府以前より続く伊勢水軍の船手衆の古いお家柄です。瀬田徹さんは、その瀬田家を継いだ若い船手方同心でした」

「なるほど、伊勢水軍の末裔ですか。どうりで……」

新右衛門が言い、又蔵が、ほう、と感心した顔つきになった。

市兵衛は、新右衛門と又蔵に瀬田徹の事情を伝えるべきだと思った。

「瀬田徹さんは十二年前、妻も子もいた二十代の半ばのころ、拠所《よんどころ》ない事情があって、ただおひとり瀬田家を去り流浪の身となられたのです。その拠所ない事情により窮地《きゆうち》に追いこまれた瀬田家は、家名一族を守るためには、すでに瀬田家を継いでおられた徹さんを、瀬田家から除かなければならなかったのです」

「ですが十二年がたった今、瀬田家より除かれた瀬田徹さまを尋ねるご用が瀬田家に新たに生じ、そのご用を唐木さまが請け負われたのですね」

「さようです。じつは、その拠所ない事情を知っているのは、徹さんおひとりだったのです。徹さんはそれを自分の胸に秘めて、瀬田家のどなたにも明かされませんでした」

「瀬田徹さまを尋ねて、どうなさるのですか」

「その拠所ない事情を確かめなければならない、新たな事情が瀬田家に生じたのです。江戸へ連れ戻してほしいと、頼まれております」

「ふうむ。何やらだいぶこみ入った事情がありそうですな。又蔵、重兵衛の番屋の平次郎は、まだ雇われておるのか」

「おります。平次郎は通辞も兼ねており、頭のいいアイヌですので、重兵衛も重宝してなかなか手離しません。平次郎はこの忍路場所で十五年以上暮らし、女房と二人の子がおります」

「唐木さま、重兵衛の番屋に雇われているアイヌの使用人の中に、平次郎と和人名で呼ばれている男がおります。和人の言葉が巧《たく》みで、こちらの運上屋でも通辞として働いておりました。瀬田さまが重兵衛の番屋の鰊漁で働いていたのは、四年前の文政五年の、春先から夏の半ば前までの、ほんの三、四ヵ月ほどでございます。どうやらその間に、瀬田さまと平次郎は大分親しい仲になったようでございますな。つまり、あの季節の鰊漁の終ったあと、瀬田さまが出稼ぎ人らと郷里に戻る船に乗らず、ひとり重兵衛の番屋から姿を消し、その翌年、アイヌのどこやらのコタンにいると聞いたのは、その平次郎からなんでございます」

「わたくしも、平次郎に瀬田徹という方の噂を聞いたんでございます」

又蔵が言った。

「今わかりました。瀬田さまには帰る郷里が、なかったのですな。唐木さま、今夜、平次郎をこちらに呼びましょう。もう間もなく、漁に出ている船頭や出稼ぎ人らが戻って参ります。今はのんびりとしておりますが、漁船が戻りますと、どこの番屋でも、むろんわが運上屋も漁獲物を売り物にする作業にかからねばなりませんので、しばらくは賑わいます。と申しましても、鰊漁のような夜を徹してというほどの忙しさではございません。作業が一段落いたしますと、使用人や出稼ぎ人らの呑み食いが始まり、それも少々煩《うる》そうございますが、鰊漁のときの夜ごとの酒宴の煩さとは違い、大したことはございません。そのころに平次郎をこちらに呼びますので、平次郎に瀬田さまの消息をお訊ねになれば、よろしいのではございませんか。平次郎はよくできた男でございますので、きっとお尋ねのお役にたつと思います」

ただし、と新右衛門は言い足した。

「松前藩は、和人が和人地以外の蝦夷地での居住を禁じております。瀬田さまの一件で、藩のお調べが入ることはまずございません。ではございましても、忍路場所の出稼ぎ人だった者が、和人地以外のコタンに居住している噂を聞いていながら、事情を調べず何年もそのままにしているのでは、藩の万が一のお訊ねがあった場合の申し開きに困ります。わたくしも平次郎に確かめておくことがあって同座いたしますので、それはご承知願います」

「ご配慮、ありがとうございます。どうぞ、そのように」

市兵衛は言った。

五

平次郎は、宵《よい》の帳《とばり》がおりたころ、運上屋を訪ねてきた。

出稼ぎ人らが居住する部屋で飲み食いする賑わいが、市兵衛と新右衛門、平次郎の三人が向き合う部屋に聞こえていた。

囲炉裏のある板間のほうからも、使用人らの遣りとりや、まだ続く台所仕事の活気が伝わってきた。

「平次郎、こちらは唐木市兵衛さまだ。瀬田徹と申されるお侍さまの消息を訊ねて、江戸からはるばる蝦夷までこられた。すでに聞いているだろうが……」

と、新右衛門が早速切り出した。

平次郎の和人名は、重兵衛の番屋に雇い入れられたとき、番人が勝手につけた名で、アイヌの名はカハトと言った。

頭頂で二つに分けた黒々とした頭髪を、項《うなじ》で切りそろえ、それを美しい刺繡《ししゆう》模様の入ったマタンプシ（鉢巻《はちまき》）で締めて乱れないようにしていた。衣服は、衿《えり》袖背中裾にも刺繡で飾った半纏《はんてん》に似た上衣、脛《すね》までの股引《ももひき》をつけていた。

濃い眉《まゆ》と濃い髭《ひげ》、また手足も毛深いが、部屋に入り和人のように端座した膝《ひざ》においた手の肌の白さが目だった。

くぼんだ眼窩の黒い眼差《まなざ》しが思慮深げで、どのようにして覚えたのか、和人の言葉を巧みに話し、アイヌとの通辞役を任されていた。

「支配人さんの言われた通り、松前藩は和人が和人地以外に住むことを禁じております。わたしはやめたほうがいいと、瀬田さんをとめました。ですが瀬田さんは、どうしてもアイヌのコタンへ行きたい、どのように暮らしているのか、この目で見たいと仰ったのです。わたしの生まれたコタンは、余市岳の山裾を流れるアサリ川の畔にあります。家の数は十四軒で、大きくはありませんが、アイヌでは普通の規模です。村の者にわたしの名を言えば迎えてくれますと、瀬田さんに教えました。瀬田さんはあの五月の朝、ひとりで忍路場所を発たれました」

「平次郎さんの生まれたコタンの名は、なんと言うのです」

市兵衛が訊くと、平次郎は気だてのよさそうな笑みを寄こした。

「決まったコタンの名は、ありません。季節ごとに獲物の豊かな川筋や海辺や土地にコタンを作りますので。コタンごとに狩場も漁場もあって、ほかのコタンの者はそれを侵したりはしません。川を遡《さかのぼ》って大きな樅ノ木《もみのき》のあるコタンとか、谷間に友呼ぶ鹿の声が聞こえるコタンとか言えば、村人らにはわかります。しいて申せば、コタンのエカシ（長老）の名を知っていると、どのコタンかすぐにわかって、誰でも迷うことなく行きつけます」

「瀬田徹さんは、アサリ川の畔のコタンで、息災に暮らしているのですね」

「和人の言葉はむずかしい。息災と言っていいのか、そうではないのか、上手く言うことができません。ただわれわれアイヌは、コタンにくる者を拒みません。みな神の遣《つか》わした客ですから。この春、瀬田さんの暮らしているコタンを訪ねました。瀬田さんはお元気です」

「訪ねた、とはどういう意味ですか。瀬田さんは、平次郎さんの郷里のコタンで暮らしているのではないのですか」

「同じ余市岳の山裾ですが、瀬田さんは別のコタンで暮らしています」

「別のコタンで？　なぜ瀬田さんは別のコタンで暮らしているのですか。平次郎さんの名前を言えば、迎えてくれるのではなかったのですか」

「そのはずでした。ですが、瀬田さんはわたしの生まれたコタンへ行けなかったのです。途中の山中で熊に襲われ、大けがを負われたのです」

「ほお、熊に襲われ大けがを。よく助かりましたな」

新右衛門が、驚きを隠さず言った。

「偶然、ユーカラを巧みに語るフチのいるコタンの者らが通りかかって、殆ど助かる見こみがなかった瀬田さんをコタンへ運び、疵《きず》の手当を施し、またエカシが神に祈りを捧《ささ》げ、どうにか、一命をとりとめたのです。瀬田さんは首長のチセに寝起きして、秋になるころには元気をとり戻し、ひとりで歩けるほどに回復したのです。ただ、片足の不自由は治らぬようです。そのほかにも身体の不自由はありますが、瀬田さんはわたしとお会いしたころのように、笑顔に愛嬌のある穏やかな人柄に戻っておられます」

「チセ、とは住まいことなのですか」

市兵衛が訊ねると、

「あ、コタンの話になると、つい言い慣れた言葉を使ってしまいました。そうです。

コタンは集落で、チセはコタンの中の住まい、家族の住む家です」

と、平次郎が気恥ずかしそうに笑った。

「では、ユーカラ、エカシ、の意味を教えてください」

「ユーカラ、国からきた熊を神の国へ送りかえす祭で謡《うた》われます。カムイユーカラは、カムイはアイヌの神のことです。ユーカラだけなら、われわれアイヌの英雄を讃《たた》えて謡います。フチは子供の祖母、ばあちゃんのことで、子供らは祖母のユーカラや昔噺《むかしばなし》を聞きながら眠るのです」

「なるほど。ばあちゃんですか。エカシは？」

「一族の長老です。瀬田さんが一命をとりとめたのは、長老の祈りが神に通じたからだと、村の者はみな信じています」

「その村を、どのように言えばその村だと伝わるのですか。たとえば……」

「はい。瀬田さんのいるコタンは、ユーカラを巧みに語るフチのいるコタンと言えばわかりますが、正しくは、カムイユーカラを巧みに語って聞かせることのできる魂《たましい》が美しく耀くフチのいるコタン、と言います。首長一家のフチがその人です。名はカシヌカラです。フチは幼い子供らに謡って聞かせます。わたしたち人は、カムイに守られ、カムイと語らい、カムイと身と心を交わし暮らしている。わたしたち人の一生は、人と人の関わりが半分、カムイと人の関わりが半分の中で生きているのだと、アイヌの子供らはフチのユーカラを聞いて知るのです。アイヌならカシヌカラの名は、聞いた覚えがあるはずです」

「なるほど。わたしたち人の一生はか。その気持ちはわかるがね」

新右衛門は、うす笑みを浮かべながらも、神妙な口ぶりで言った。

そのとき、台所のほうから土間伝いに人のくる足音がし、

「新右衛門さま、膳の支度をいたしました。お運びしてよろしいですか」

と、番人の又蔵が腰付障子ごしに言った。

「よいとも。運んでおくれ。唐木さま、出稼ぎ人らと同じ簡単な膳と酒の支度をさせました。平次郎も、呑みながらもう少し話を聞かせておくれ。一命をとりとめた瀬田さまが、それからもう四年になるのに、何ゆえ今もコタンに留《とど》まっておられるのの事情がまだわからないのだがね」

三人の膳と徳利を[illegible]人らしい女が、土間側の腰付障子を引き開け部屋にあがって、炙《あぶ》った干鮭《ほしざけ》に甘辛く煮つけた鮑、山芋や牛蒡《ごぼう》、蕗《ふき》、昆布の煮物、それに大根の味噌汁の膳に、湯気が淡くのぼる徳利が添えられた。

「イヤイライケレ」

平次郎は膳を並べたアイヌの女に、アイヌの言葉で礼を言った。

「どういたしまして」

アイヌの女は和人の言葉をかえし、又蔵とともに退った。

「イヤイライケレは、ありがとうという意味の言葉です」

平次郎は言った。

「唐木さま、料理はこのような北の果てでございますので、大したおもてなしはできませんが、酒は越後の漁業者らよりとり寄せたものですので、江戸の酒問屋が上方よりとり寄せる下り酒に決して劣りません。さあどうぞ、お召しあがりください。平次郎もおやり。普段呑む濁酒《にごりざけ》とは違うぞ」

「はい。いただきます」

平次郎は手酌《てじゃく》の杯をひと息に乾《ほ》し、干鮭に箸《はし》をつけた。

「秋が深まり冬が近くなれば、アサリ川にも鮭や鱒が産卵のためにさかのぼってきます。それをアイヌは、たも網や菩提樹《ぼだいじゅ》の木の皮で作った網で、自分たちが食べるのに要る量だけを捕ります。獲物は神がもたらしてくれるのですから、自分たちが食べる量以上は捕りません。魚だけではありません。鹿も熊もらっこも、海豹《あざらし》もみなそうです。自分たちが食べる量、要る量以外は、神にかえします」

「それだとアイヌは、いつまでたっても豊かになれないね。わたしら和人に、都合よく使われるだけだよ。アイヌも世間に合わせて変わらないと。平次郎は今のままでいいのかい」

新右衛門が、皮肉を少々こめて言った。

「そうですね。わたしたちアイヌは、和人が蝦夷にくる前の遠い昔から、この蝦夷でカムイとともに暮らしてきました。カムイはわたしたちに、ゆっくりとしか変わることを望んでいません。ですからいたし方ないのです」

「じれったいことだね。アイヌがそれでいいなら、わたしら和人はそれでも別に困りはしないがね」

運上屋内の離れた部屋で、出稼ぎ人らの酒盛りが聞こえていた。

「平次郎さん、瀬田徹さんが今も、カムイユーカラを巧みに語って聞かせることのできる魂が美しく耀くフチのいるコタンで、なぜ暮らしているのですか。瀬田さんは首長のチセに、今も住んでいるのですか」

市兵衛は平次郎を促した。

「瀬田さんは今、コタンの自分のチセで暮らしています。レルラ、という若い妻とまだ赤ん坊の女の子がいます。アイヌは夫婦になると、親のチセとそう離れていないところに新しいチセを建て、夫婦で暮らします。熊に襲われ大けがを負った瀬田さんは、首長のチセに運ばれ、首長のハエプトの娘が、ずっとつき添って介抱したのです。その娘がレルラです。瀬田さんは長い間苦しみ、寝がえりも打てないほどの有様で、あの和人は助からぬ、もうすぐラマッが怪我人から離れて行くだろうと言われていたのです」

「ラマッ、ですか」

「ラマッとは、この世のあらゆる物に宿る霊です。良いラマッと悪いラマッがあり、よいラマッはよい働きをし、悪いラマッは悪い働きをします。人にもラマッが宿り、ラマッが離れると、人は死に、物は壊れてしまいます。それでもアイヌは、飢えている者や困難に遭っている者、死にかけている者に救いの手を惜しむのを、もっとも罪深いこととしています。フチのカシヌカラが、孫娘のレルラに、あの重いけが人のラマッが、けが人から離れぬよう介抱をしてあげなさいと命じ、レルラの賢明な介抱のお陰で、瀬田さんは命をとりとめました」

「そうか、それで瀬田徹さまとアイヌの娘のレルラが。そういうことなら、瀬田徹さまは、アイヌのコタンで暮らしているだけではなく、侍を捨て、アイヌの娘と夫婦になり子もでき、もはやアイヌの男となっているのかい。しかし、言葉はどうしたんだい。和人の言葉とアイヌの言葉では、話が通じないだろう」

「レルラは和人の言葉が使えるのです。瀬田さんはレルラの介抱を受けながら、レルラからアイヌの言葉を学んだようです」

「なるほど。男は女の介抱を受け、だんだん言葉が通じるようになると、心が通じ、そのうちに身体も通じたというわけだね」

　新右衛門が笑って言ったが、平次郎は何もかえさなかった。

「瀬田さんはひとりで歩けるほどに回復したけれども、片足は不自由で、ほかにも身体の不自由があると、平次郎さんは言われましたね」

　市兵衛が言った。

「その通りです。ですが今、瀬田さんはレルラと夫婦になり子もでき、瀬田さんとレルラはとても睦《むつ》まじい夫婦です。チセの近くの畑で粟《あわ》や稗《ひえ》、蕪《かぶ》を収穫し、コタンの者らとともに漁にも狩りにも出かけています。瀬田さんは丸木舟を操る方法をすぐに習得し、コタンの誰よりも巧みだと聞きました。槍や銛《もり》も上手《うま》く使いますが、何よりも弓矢の技を最も得意としているようで、コタンの誰も瀬田さんには敵わないそうです。それに、足は不自由でも、獲物を追って野山を走り、谷を飛び越えることもアイヌに後れをとりませんし、罠《わな》の仕かけも、獲物の習性をよく知り的確だと、今ではコタンの者にとても信頼されています。コタンの者は瀬田さんをトオルと呼んでいて、瀬田さんをもう和人とは思っていないかも知れません」

そして、平次郎はなおも続けた。

「レルラは首長の娘です。美しい娘で気だてもよく、賢く、レルラを妻にしたいと願う男たちは、周辺のコタンにも大勢いました。わたしのような者でさえ、レルラを妻にと思ったことがありました。レルラの父親はコタンの首長です。コタンの者はみな、首長がもっと歳《とし》をとって長老になったら瀬田さんを首長にと、今では思っているのではないでしょうか」

「おやおや、そこまでかい。ということは唐木さま、アイヌの男になった瀬田さまを江戸へ連れ戻すとなりますと、だいぶむずかしいのではありませんか」

新右衛門が、市兵衛をのぞきこんだ。

市兵衛は新右衛門には答えず、やおら言った。

「平次郎さん、わたしが瀬田さんに会い、瀬田さんを江戸へ連れ戻すことになったら、レルラは、レルラの父親の首長は、フチのカシヌカラは、コタンの人々は許してくれるでしょうか」

平次郎はしばし考え、それから言った。

「わたしたちアイヌの熊祭《くままつり》は、狩猟を支配する神が熊の身体を借りてこの世を訪れてくれるのを迎え、これを神の国に送りかえす送別の儀式です。神を送りかえしたあとに残された熊の皮肉を、神の賜物《たまわりもの》としていただくのです。同じ送別の儀式は、熊だけではありません。熊の仲間の狸《たぬき》にも、人々に知恵を授ける狐やコタンを守る梟《ふくろう》にも、それは行われます。神の意志でコタンに恵みを与えられたのですから、神の国に送りかえすのが正しいことなのだと、アイヌの人々は考えるのです。瀬田さんが江戸へ戻らなければならず、それが神の意志なのだとみなが知れば、みなは従うはずです。おそらくレルラも。ですが唐木さま、和人もアイヌも同じ人ですから、別れの悲しみとつらさは同じです。可哀想《かわいそう》に、きっとレルラはひどく悲しみ、苦しむでしょう。わたし自身も、笑顔に愛嬌があって、穏やかな人柄の瀬田さんが江戸に戻ってしまうのは、とても寂しい。胸の中に耀いている炎が、消えてしまうような気がします」

いつしか、出稼ぎ人らの今宵の酒宴は果て、台所のほうで片づけが行われている懈《け》だるげな物音が、聞こえていた。

障子戸を少し透かした窓から、忍路海岸の波打つ音と、もう冷たく感じられるほどの海風が吹き寄せていた。

六

翌々日、平次郎は重兵衛番屋の番人の許しを得て、余市岳の山裾を流れるアサリ川上流の、カムイユーカラを巧みに語って聞かせることのできる魂が美しく耀くフチのいるコタンへ、市兵衛とともに向かった。

そろそろ七月上旬の日がすぎて行き、朝夕には蝦夷の秋めいた気配が心なしか感じられた。

平次郎はニエシケという背負子《しょいこ》を、美しい刺繡模様の入ったマタンプシ（鉢巻）を巻いた前額にタラ（背負縄《せおいなわ》）をかけてかついでいた。

左腰にはタシロ（山刀）とタンパクオプ（煙草入れ《たばこ》）と煙管、右腰にマキリ（小刀）を提《さ》げた。

タシロは山中で熊に遭遇したときの武器になるし、獲物の解体、木々の枝や藪《やぶ》を払うのになくてはならない旅の道具である。

両刀を帯びた市兵衛の、背中に背負った大きな荷物を見て、平次郎は言った。

「それでは熊に出会ったとき、戦えません。熊の身体つきから動きは鈍そうに思われますが、素早い動きに人はとても及びません。必ずわたしの後ろに隠れるようにしてください」

「承知しました。平次郎さんの指図に従います」

と、市兵衛は言った。

二人は夜明け前の明るみがようやく射し始めたころ、忍路海岸を出立した。

海沿いの崖路をとり、一旦、小半島東側の高島《たかしま》場所へ向かった。

高島場所は忍路場所よりずっと海岸も広く、運上屋と番屋のほかに、出稼ぎ漁業者相手の茶屋や旅籠《はたご》が、海岸に沿って何軒もつらなる賑わいだった。

その高島場所をすぎたところから、山中の踏み分け道へ入り、ようやく日が昇って、山の中腹から息を呑むような群青に染まって行く海を見おろした。

その海を背にして山道をすぎ、やがてゆるやかに流れるアサリ川の沢沿いを遡って行き、ときには見晴らしのきく小高い林道を辿《たど》り、また沢沿いへくだって、右手前方に余市岳の峰を見遣りつつ、川上のコタンへと向かった。

ぴぴーぴぴー、ふいーふいー

と、周囲の山の木々で、こがらやごじゅうからと思われる山の鳥の声が、平次郎と市兵衛を追いかけるように、絶え間なく聞こえてくる。

普段、場所の番屋や運上屋で働くとき、アイヌは跣《はだし》と聞いていた。

だが、その日の平次郎は山杖《やまづえ》を携え、鹿皮の靴を履《は》いていて、岩だらけの川辺や山道を行くのも、旅慣れた素早い歩みを見せた。

市兵衛は平次郎に遅れぬよう、懸命に歩かねばならなかった。

空は晴れ、真っ白な日射しが沢の木漏《こも》れ日となって二人に降りそそぎ、木々をかすかに騒がせ吹きおろす山風が、汗ばんだ身体に心地よかった。

喉《のど》が渇くと、アサリ川の透きとおった流れを掌《てのひら》に掬《すく》い潤《うるお》した。

日が高く上った真昼に近いころ、平次郎がようやく歩みを止めて言った。

「少し休みましょう。唐木さま、腹が減っているなら干肉があります。干肉を食って待っていてください。やまべがいますので、すぐに獲ります」

「わたしもにぎり飯を作ってきました。それもいただきましょう」

「では火を起し……」

と、二人はアサリ川の岩場で荷をおろし、平次郎は両端を縛った筵を開いて、干肉や発火具などを出した。

「唐木さまは焚木《たきぎ》になる枯木を集めてください。やまべを獲るのに長くはかかりません。アイヌは得意なのです」

市兵衛が川原の枯木を拾い集めながら平次郎を見ていると、平次郎は川縁の細木の枝を払った得物を手にして、岸辺の小藪の下に流れが滞留した暗みの岩陰に身をひそめ、しばらく凝っとしていた。

川の流れと、山の鳥ののどかな囀りだけが聞こえ、それがかえって寂《しん》とした、ときの流れが止まったような気配を、あたりにもたらした。

そのとき、市兵衛も枯れ枝を拾い集める手を止め、平次郎を見守った。

それは、平次郎が手にした細木の得物を、岩陰から小藪の下の暗みを探るかのようにすっと差し延べたかに見えた。

と、ゆっくり引き戻した得物の先に魚が勢いよく跳ねていた。

平次郎は川原の市兵衛へふりかえり、それを見せて笑った。

市兵衛は平次郎の技に枯れ枝をふって、笑顔で答えた。

二人は川原で火を起し、枝に刺した二尾のやまべを焼き、干肉と市兵衛の拵《こしら》えたにぎり飯と一緒に頬張《ほおば》った。

まだうす暗い夜明け前から歩き続けた疲れと空腹を満たし、川縁のそよ風に吹かれておのれ自身が溶けていくかのように感じられた。

平次郎は市兵衛に話しかけた。

「瀬田さんが熊に出合って襲われたのは、この先だと思われます。熊は木の実やきのこ、秋には鮭や鱒、蟹《かに》なども餌《えさ》にしています。熊が人を襲うのは、餌にするためではなく、人を自分の餌場を侵す敵と思っているのです。アイヌは春の山狩りのとき、矢尻に小さなくぼみをつくり、そこにトリカブトの根から採ったブシ（猛毒）を塗った矢を射て、神の国からきた熊を獲ります。熊が子熊を連れていれば、神様としてコタンに連れて帰り、二歳の春まで大事に育て、そののち、子熊の霊を神の国へ送り届けるのです」

それから平次郎は、しばしの間をおいて続けた。

「アイヌは、自分たちの住むこの世界は、国造りの神によってつくられ、自分たち自身も神によってつくられ、生きる術も教えられたと信じているのです。わたしたち人も、この世のあらゆる物も、ラマツが離れて死ぬと、里川の源にある雲をかぶった山上の神の国か、地に開いた洞穴を通る地獄に行くのだと、アイヌは考えているのです」

「平次郎さんも、そう考えているのですか」

市兵衛が訊くと、平次郎は周囲の山谷と蝦夷の空をうっとりと眺めて言った。

「はい。わたしもコタンカラカムイ（村を造る神）によって造られたアイヌですから」

それから二人は、アサリ川の岸辺をなおも遡って、やがてアサリ川を離れ、余市岳の山裾のほうへと樺《かば》や楢《なら》、桂《かつら》、柳の林の間を進んだ。

そうして、日がだいぶ西へ傾いた夕方、湧き水と思われる山のほうからの細流の先に、二十戸ほどのコタンを認めた。

萱で屋根と壁を葺いたチセのほかに、足高の倉も数棟建てられ、火を焚いているのか、うすい煙がチセの葭簀《よしず》をかけた窓からゆっくりとのぼっていた。

コタンの向こうに、樺の林がつらなって、彼方には西日が間もなくかかりそうな余市岳の嶺《みね》が望めた。

子供らの姿が集落の中に見え、犬の吠《ほ》える声が聞こえた。

だが、集落に近づく平次郎と市兵衛に気づいた村人らが、次々と小屋から出てきて、少々不穏なざわめきが起こっていた。

村人のざわめきは、平次郎の後ろを歩んでいる、黒い菅笠をかぶった和人を認めたためと思われた。

集落の周りに広がる稗《ひえ》か粟《あわ》の畑で、髭を生やしたアイヌの男がひとり、畑仕事をしていた。

平次郎は、畑仕事をしている男へ言葉をかけ、男は手を止め、市兵衛を訝しげに見つめたまま、平次郎に言葉をかえした。

畑の傍《そば》をすぎて集落へ入ると、村人らは遠巻きに平次郎と市兵衛を囲んだ。

平次郎は村の中を行きながら、みな顔見知りらしき村人らと言葉をかけ合い、笑ったり、後ろの市兵衛のことを伝えたりしているようだった。

平次郎の言葉に、エド、とか、サムライ、とかの音が交じり、村人らのどよめきが低く起こった。

村民らはみな跣で、平次郎と同じく、男も女も頭にマタンプシ（鉢巻）を巻き、耳飾りをつけ、衿袖裾《えりそですそ》に縄模様のモレウノカという刺繍をした上着を纏っていた。

女はその上着の下に着けた長いモウル（肌着）で、肌を隠しているが、みな胸には大きな首飾りをさげていた。

村人は、相当歳をとった老人から子供まで、様々な年ごろの男女が四、五十名ほどいて、男はみな黒々とした髭を蓄え、女は口辺と手の甲、手首から肘《ひじ》まで刺青を施していた。

「思っていた以上に、大きなコタンですね」

市兵衛が言うと、平次郎は市兵衛へ肩ごしにかえした。

「このほかに狩に出ている男たちもいますから、わたしのコタンよりチセも村人もずっと多いのです。特に子供が多くて、ここはみんな子沢山なのです」

その子供らは、背負梯子に大きな荷物を担いだ市兵衛に並びかけ、物おじせず声をかけてきたり、腰に帯びた黒鞘の二刀が珍しそうに触ろうとして、手を差し出してきた。

市兵衛は言葉がわからぬので、触ってはだめだ、と子供らへ手をふって見せ、恐がらせないように笑いかけることしかできなかった。

だが、犬は見慣れぬ市兵衛の恰好を怪しんで、盛んに吠えたてた。

そのとき、行手の一戸のチセから、年配の夫婦、老女、懐に赤子を抱いた若い母親、そしてその後ろに、夫らしき大柄な男が背をかがめ、セム（前室）のセマパ（家の入口）をくぐって姿を現した。

大柄な男は、片足を引き摺《ず》るように運んでいた。

「唐木さま、あのチセから今出てきたあの人が、瀬田徹さんです。一番背の高い人です。隣の子供を懐に抱いているのが、瀬田さんの妻のレルラです。レルラの左隣が、アイヌはみな知っているフチ（祖母）のカシヌカラです。それから、このコタンの首長でありレルラの父親のハエプト、レルラの母親のアンワトモです。レルラはハエプトとアンワトモのひとり娘なのです。まずは、首長のハエプトに挨拶《あいさつ》をして、それからみなに……」

「お願いします」

市兵衛が言ったとき、市兵衛と瀬田徹の目が合った。

瀬田徹はやはりマタンプシを頭に巻き、アイヌの男のように髭を長く伸ばしていたが、目じりを下げた優しげな、愛嬌のある笑みを市兵衛に寄こした。

市兵衛は徹から目をそらさず、平次郎の後ろに従いつつ菅笠をとった。

近江屋の隆明が、会うたびににこにこして、優しくて楽しい兄さんという記憶しかございません、と言っていたことを市兵衛は思い出した。

徹は五尺七、八寸の市兵衛が、やや見あげるほどの上背があった。

濃い髭を蓄えアイヌの衣装を纏った体軀《たいく》はほっそりとし、広い肩幅がかえって精悍《せいかん》に感じさせた。

ただ、白眼になって盲《めしい》ていると思われる左目の瞼《まぶた》が垂れて半ばをふさぎ、頰から耳元にかけて古い疵痕《きずあと》があった。

そのため、愛嬌のある笑みには、曰《いわ》くありげな痛々しさが伴った。

市兵衛が改まって、侍に相対するように膝に手をあて、徹へ頭《こうべ》を垂《た》れて辞儀をし、同じく徹が膝に手をあて恭《うやうや》しく頭を垂れたが、徹の左手の中指と薬指がないのがわかった。

平次郎は、首長のハエプトへ両の掌を上にして差し出し、それを上下させて低く謡《うた》うような挨拶をし、ハエプトも同じく両掌を差し延べて上下させ、自分の髭をなでながら挨拶を交わした。

平次郎は市兵衛を、カラキイチベイサマ、エド、サムライなどと、言葉を交えてハエプトに伝えた。

ハエプトは両掌で髭をなでる仕種《しぐさ》を市兵衛に寄こし、市兵衛は平次郎の仕種を真似て、ハエプトと挨拶を交わした。

それから、首長の妻のアンワトモ、フチのカシヌカラ、赤子を上着の懐に入れて抱いたレルラと、ひとりひとりに同じ仕種を繰りかえした。

そして、ようやく瀬田徹に相対した。

「唐木市兵衛と申します。このたび、お父上瀬田宗右衛門さまのご依頼を請け、瀬田徹さんをお訪ねいたしました。瀬田徹さんにお渡しする宗右衛門さまの書状も、お預りしております」

市兵衛が言うと、懐かしそうに笑みを浮かべた徹の愛嬌のある細い隻眼《せきがん》に、ほのかな潤みが差した。

「父上の書状を、江戸からはるばるこの蝦夷まで、わたくしに届けにきてくださったのですか」

　徹は言った。

「さようです。のみならず、わたくしが瀬田徹さんに直《じか》にお会いし、宗右衛門さまのご意向をお伝えいたす事情がございます」

「唐木市兵衛どの、蝦夷のこのコタンにわたしが暮らしていることを、わが父は知っているのですか」

「瀬田さんがこちらのコタンで暮らしていることは、ご存じではありません。ですが宗右衛門さまは、瀬田某という江戸の侍が、蝦夷の忍路場所で働いている噂を、偶然、ある機会に聞かれたのです。瀬田という人物の風貌や働きぶりなどから、宗右衛門さまは瀬田徹さんに違いないと確信されました。ですが、事情があって宗右衛門さまご自身は江戸を離れることができず、代わってわたくしが、瀬田徹さんをお訪ねする依頼を請けた次第です」

「江戸を離れることができずとは、父が病《やまい》に臥《ふ》せっているとか、父の身に何かあったのでしょうか」

「そうではありません。宗右衛門さまが江戸を離れることができない事情も、お話しいたします。できれば、二人だけの折りに……」

「そうでした。わざわざこの村まで遠く江戸からこられた用が、立ち話で済むはずがありませんね」

徹は首長のハエプトへ声をかけて遣りとりを交わし、ハエプトがそれを平次郎に伝えた。

「唐木さま。今宵、首長のチセでお客を迎える宴が開かれます。お客は唐木さまです。アイヌにとって、お客はみな神がアイヌへ遣わされたものです。神が遣わされたお客に食物を惜しむことは、もっとも罪深いとされています。神に一滴の酒を捧げる儀式を行い、それから一座で酌み交わすことはアイヌの大事なしきたりです」

と、平次郎が言った。

客をもてなす宴は、首長ハエプトのチセで行われた。

ハエプトのチセの外に貯蔵用の足高倉、獲物の干棚、男女別の厠《かわや》があって、どの建物の屋根も壁も萱葺きである。

チセは、外に祭壇を設けた神座の窓を東南に向けて建てられていた。

間仕切のない広いひと部屋のほぼ中央にアペオイ（囲炉裏）を切り、床は丸太を敷き並べた上に萱束《かやたば》を敷き、それをさらに苫《とま》が覆っていた。

そのひと部屋の入口の外のセム（前室）は土間で、そこは臼《うす》や薪《まき》、漁猟具、生活用具の物置にもなっていた。

村を率いる長老、老婆らが囲炉裏の廻りに居並んで、干鮭、鹿やあざらしの干肉、まんぼうや鯨肉《くじらにく》の燻製《くんせい》を蒸し、稗や粟、様々な茸《きのこ》、山菜の雑炊が、大きな鍋から湯気を広いひと部屋にのぼらせた。

酒は濁酒を酌み交わし、莨はひと吸いずつ一座の者全員が呑み廻した。

そして、客の和人のサムライに、フチのカシヌカラのユーカラを聞かせるようにと長老らが促した。

アイヌに生まれ、アイヌの中に生いたち、雨の烟《けぶ》る宵、天地を凍らす雪の夜、みなが打ち集《つど》い語り興じた、昔の人の美しい魂の耀きは……

と、カシヌカラはアイヌの英雄を讃《たた》えて謡った。

七

その夜ふけ、村はずれの樺の林を澄みわたる星空が蔽っていた。

東の空には、まだ満月には間のある月がかかって、チセの窓に篝《かがり》の消えたコタンは、青白い月光の下で眠りにつこうとしていた。

レルラの懐に抱かれた赤ん坊は、健《すこ》やかに眠っているのに違いない。

どこか遠くの鹿の仲間を呼ぶ声が、物寂しく聞こえてきた。

林を抜けた先に銀色のすすきの原が広がり、はるか彼方《かなた》のなだらかな山肌を覆う木々の景色が、月明かりに黒く塗りこめられているかのように写っていた。

樺の林の細道に瀬田徹が運ぶ不自由な足が、ざざ、ざざ、と音をたて、その足音に合わせ、徹を追いかける影も小さくゆれていた。

木々の下葉で聞こえる虫の音が、足音が近づき停《と》まった。

「そうでしたか。明はわたしより先に逝《い》ってしまったのですか」

小さくゆれる徹の背中が、ぼそぼそと呟《つぶや》いた。

徹の後ろを歩んでいる市兵衛には、それが徹自身の記憶や思い出へ呟きかけているかのように感じられた。

「明はわたしより気が強く、すぐ向きになる弟でした。ただその分、何をするにもひた向きで一途《いちず》でした。五つ歳が離れていた所為《せい》か、子供のころ、兄弟喧嘩《げんか》は殆どしませんでした。歳が離れすぎて、喧嘩にならなかったのです。小さいときはわたしにずっとくっついて離れず、わたしはそんな明が可愛《かわい》くてね。年ごろになってわたしも明も大きくなり、兄弟で相撲をよくとりましたが、わたしのほうが先に大きくなってお り、背丈は大人並みになっても、まだ痩せっぽちだった明は、まったく敵わなかった。でも、たまにわざと負けると、つまらぬことをするなと怒って、一本気な気質でした」

徹の呟きは続いた。

「わたしがこうなったのは、自業自得です。何もかも、いたらなかったわたしの所為です。父と母を悲しませ、妻の民江を苦しめました。ですが、父が瀬田家を守るため、わたしを瀬田家より除き明をたて、民江を明の妻にしたことで、わたしは救われたのです。明は民江とよき夫婦になり、瀬田家を守ってくれるに違いない。明は優のよき父になってくれるに違いないと思いました」

「優さんは十三歳になられました。まだ幼い妹と弟のよき兄上に見えました。優さんの笑顔に、今の徹さんの面影があります」

市兵衛は徹の背中に言った。

「わたしや明のように、肥えていましたか」

「初々しくほっそりした、賢そうな少年です」

はは、と徹は嬉《うれ》しそうに笑った。

「しかしわたしは、父を失望させました。瀬田家を守らなければならなかった父にとって、わたしは無用の倅です」

「それは致し方なかったとしても、宗右衛門さまは、徹さんを人柄が穏やかで笑顔に愛敬のあるよき男だったと、自慢に思っておられました」

「そうですか」

と、徹は左の白眼の瞼が垂れ半ばふさがった痛々しい目つきを、しばし市兵衛へ向けて考えた。

徹はそれからまた、ざざ、ざざ、と細道を行き始めて言った。

「唐木さんは、わたしがこういう身体になったわけをご存じですか」

「アイヌのコタンを訪ねる山中で熊に襲われたと、平次郎さんに聞きました」

「わたしより大きな、灰色がかった茶色い熊でした。気がたっている時季だから用心するようにと、平次郎さんに言われていました。アサリ川を見おろす山中でした。あの熊と目が合ったときを今思い出しても、鳥肌がたち冷汗が出ます。突進してくる熊の早さに、到底かなわないとすぐにわかりました。あの熊の夢を見て、今でも恐ろしさに飛び起きます。刀は抜いたはずですが、何もできませんでした。最初の一撃をこの顔面に喰らい気を失ったのが、ある意味では幸運だったのかも知れません。熊は一撃で仕留めた獲物を、餌になるかならぬか、臭いを嗅《か》いだり舐《な》めたりして探っていたのだと、あとで村人に教えられました。熊はわたしのこの膝のあたりにがりがりと牙《きば》をたて、ゆっくりと餌にする場所へ運ぼうとしていたのだと思うのです」

徹は不自由な方の足を軽く打ち、市兵衛へ顔だけを向けた。

「わたしは引き摺られているときに気がつき、悲鳴をあげたかうめいたかをしたのでしょうね。熊が足を離し、わたしの血まみれの顔に鼻先を近づけ臭いを嗅いで、ざらざらした長い舌で顔を舐めたのです。それはほんの束の間だったに違いありません。どうしてそうなったのか、定かには思い出せません。ただ、熊の牙と赤い口が見えた気がしています。咄嗟《とっさ》に、熊の顎と下の牙をつかんだのです。熊が顔を荒々しくふって、邪魔な手を払い除《の》け、わたしの二本の指はそのとき食いちぎられたのです」

徹は立ち止まった。

そして、左手を顔の側へ寄せ、林の間から漏れる月明かりに曝《さら》した。

「死ぬことも生きることも、何もわからなかった。ただ無我夢中でした。脇差《わきざし》をいつ抜いていたのかも、定かではありません。今でも、どうしても思い出せないのです。わたしの指を嚙《か》みちぎった熊の黒い穴のような目と、うなり声と一緒に垂らした涎《よだれ》が滴《したた》ったのは覚えています。村人はみな、神がそうさせたのに違いないと、口をそろえて言います。しかし、熊の喉首の灰色の毛に蔽われたわきのあたりが、なぜか停まっているように見えたのです。顎をつかんだわたしの手を食い破ろうと、熊はうなりながら激しく顔をふっていたのにです。なぜ、わたしのにぎっていた脇差の切先が、熊の分厚い鎧《よろい》のような皮を貫き、喉の奥へ突き通ったのか、今でもわかりません。熊の絶叫か、もしかしてわたしの悲鳴だったのか、それもわからない。一瞬でした。熊は起きあがって、空に向かって吠えたのです。熊の喉首に突きたった脇差が見え、山の木々が見え、木々の間から蝦夷の真っ青な空が見えました。この隙に逃げなければと、転がったのは覚えています」

やがて、二人は樺の林を抜けた。

月光の下の銀色に耀くすすきの原が広がっていて、そのすすきの原の先に、一本だけの大きな樅ノ木が見えた。

徹はその樅ノ木のほうへ、すすきの原をわけてなおも歩んだ。

「気がついたら、ハエプトのチセの寝床に寝かされ、わたしの両刀と荷物が柱に吊るしてありました。ハエプトが率いる村人が漁に出かけ、たまたま起き合わせ、わたしは救われました。ハエプトの娘のレルラが、わたしの疵の手当をし、起きあがることはむろんのこと、寝がえりも打てず、碗や匙《さじ》をとって食べることも、厠へ行くことも身体を拭《ぬぐ》うこともできないわたしの世話を、つきっきりでしてくれたのです。わたしを襲った熊は、少し離れたところで斃《たお》れていたと、レルラから聞きました。レルラに支えられながらでも、起きて足を引きずってゆっくりと歩けるようになったのは、秋になってからです」

徹は、すすきの穂をなでながら言った。

「あのときレルラは、十七歳でした。アイヌの女は、大人になると唇と手の甲から肘へかけて入墨をします。見慣れないうちは、レルラの艶《つや》やかな肌に青い入墨がなんと痛々しいと思っていました。ですが、わたしの疵の手当をし、何もできないわたしの世話をしてずっと一緒にいるうちに、その入墨が、年若い女の艶やかな化粧のように見えてくるのです。着飾らなくとも、女らしく、美しく、愛らしく見えてくるのです」

すすきの原を分け、大きな樅ノ木の下まできて、徹は歩みを止めた。

すすきの原に、月の光の青い影がくっきりと写っていた。

徹は、樅ノ木を凝っと見あげた。

「レルラは、和人の言葉を話せるのです。レルラが子供のころ、コタンへ年に数度、交易にきた和人がおりました。賢いレルラは、その和人の交易人から、言葉を覚えたそうです。物覚えがよいので、和人が吃驚したと聞きました。レルラは子供のときから、カムイユーカラを巧みに語って聞かせることのできる、魂が美しく耀くフチのカシヌカラを継ぐ子と、言われているのです」

「レルラを妻にしようと、思われたのですね」

市兵衛が言うと、徹は笑った。

「少し違います。レルラが傷ついた和人を憐《あわ》れんで、夫にしてくれたのです。わたしはある日、レルラに訊ねました。なぜ、疵ついた旅の和人にすぎないわたしに、これほど親切にしてくれるのだと。レルラは言いました。アイヌにとって熊は、熊の身を借りて現れる神です。その熊に襲われても死ななかったトオルを、村の人たちは神に生かされたと思っています。父のハエプトも母のアンワトモも、フチのカシヌカラも、そう信じています、とそのように。わたしは、レルラもそう思っているのかと訊ねました。するとレルラは、こう言ったのです。今はまだわからない。わからずとも、今にそれがわかると思っています。神が教えてくれると思っています。わたしは胸が熱くなって、言葉を失っておりました。わたしは神に生かされて、ここにいるのだと知ったのです」

市兵衛はそのとき、徹に伝えるべき用はもうないのだと気づいた。この神聖な場所へきたことで、自分の用は終ったのだと思った。

それから徹は言った。

「船手頭田岡千太郎さま配下の同心に、同い年のある傍輩《ほうばい》がおりました。同じ船手頭の配下ですから、永代橋の組屋敷も同じで、父親の番代わりで船手組同心に就いたのも、ともに二十二歳のときでした。その傍輩とは幼馴染《おさななじみ》と言えるほどのつき合いはなかったのですが、同じ船手組の同心ゆえ、傍輩としてのみ接してはおりました。そう、同心に就いて一年ほどがたったころからでした。その傍輩がなぜか、わたしに面と向かって叱声《しっせい》を浴びせるようになったのです。船手頭の指図を間違えたとか、指図通りできなかったとか、務めに粗相があったとか、そういうことではありません。船手組同心としての心得や了見の相違、御船手組役所でのほんのちょっとしたふる舞いや、務め方とか考えの違いなどを理由に、それじゃあだめだとか、何を考えているんだとか、みっともないとかだらしがないとか、にやにやするなとか、ほかの傍輩と同じことをしていても、わたしにだけそのような言葉が、まるで師が弟子を叱責するような口調で投げつけられ、なんとも言えず嫌な気持ちにさせられたことを、今でも忘れてはいません」

樅ノ木を見あげる徹の背中は、物憂《ものう》げにゆれていた。

「どう考えても大したことではないのに、わたしにだけなぜなのか、合点がいきませんでした。同い年ですし、上役でも師でもありません。あのとき、わたしが一度でも、無礼だとか、黙れとか、怒りを露《あら》わにしていれば、そういうことはしなくなったのかもしれません。ですがわたしは、そんなささいなことで怒りを露わにしては大人げないと、さりげない風を装い、自分の気持ちを抑え我慢しておりました。今ふりかえっても、さしたる理由は考えられません。これといった理由がなくとも、なんとなく虫が嫌うとか好かぬとか、性が合わぬとか気に食わぬとか、傍輩の叱声はそれ式のことだったのかもしれません。ただ、その傍輩と顔を合わさなければならないと思っただけで、御船手組役所に毎朝出仕するのに、わたしは気が重くてなりませんでした」

徹は樅ノ木の下に入り、太い幹に手を触れた。

「ある日の、御役所の昼どきでした。その傍輩と二、三の者らがひそひそと何かを言い合っては、とき折りわたしのほうへうす笑いを向けてくるのです。わたしは昼の弁当を使っておりましたが、またかと気分が憂鬱《ゆううつ》になり、弁当を急いでかきこみました。勝手の流し場へ行って弁当箱と箸を洗い、少し気分を変えるつもりで御船蔵《おふなぐら》を見廻ってから御役所に戻りました。すると、傍輩らはまだ何か言い合って高笑いをしており、わたしの姿を見ると急にわざとらしく声をひそめたのです。ですが、ひそひそ話やくすくす笑いをやめず、ちらちらとわたしの様子をうかがうのもやめませんでした。わたしは不快な気持ちを抑え、昼どきがすぎるのを待つしかなかったのです。その折りでした。傍輩がひそひそ話の中で、民江という名を口にしたのが聞こえたのです。民江がな、くくく……と言って笑ったのが聞こえたのです。何を言ったのか、何を笑ったのか、今も存じません。わたしはその前年の二十四歳で、余所《よそ》の組ですが、同じ船手組同心の女《むすめ》の民江を娶《めと》り、年が明けたその年に優が生まれておりました。傍輩の口にした民江が、わたしの妻の民江かそうではないのか、それもわかりません。今でも忘れていないのは、刀をつかんで傍輩の前へ進み出て、抜き打ちに浴びせたことだけです。そのとき何か叫んだか、叫ばなかったか、なぜそれほどの怒りにかられたのか、それも覚えておりません。あれは打ち損じたのでしょうか。そこまでする胆力がなかったのでしょうか。傍輩の肩を浅く疵つけただけでしたが」

それから徹は、大木の幹に手を触れたまま、市兵衛へ見かえった。

「唐木さん、傍から見れば、なんと愚《おろ》かしいと、自分ひとりで済むことではないのだぞ、なんとわきまえのない真似《まね》を、怒鳴《どな》りかえすとか、ののしるとか、せめてそれぐらいで済ましておけばよいものをと、いくらでも言えます。ですがわたしは、傍から見るのではなく、真っすぐ見ているのです。今、唐木さんに言いたいのは、なぜあのとき、傍輩を一刀の下に斬り捨て、息の根をとめておかなかったのかということです。そうしていれば、わたしは切腹か斬首になり、弟の明は今も生きているのですからね。残念です、唐木さん。わたしは縮尻《しくじ》りました」

「その傍輩は、尾上陣介なのですか」

市兵衛が質《ただ》したとき、余市岳の嶺のほうより吹きおろした一陣の秋風が、すすきの原を吹きわたり、穂先を海原の波のようにそよがせ吹きすぎて行った。

「その決まりは、わたしがつけなければなりません」

徹は、そう言って沈黙した。

沈黙したまま、徹は一陣の秋風にそよぐすすきの原を凝っと見つめた。

第三章　江戸へ

一

レルラは激しく泣いた。

そうして、夫の徹が江戸へ旅だち、妻と子の待つ蝦夷のこのコタンにもう戻ってこないのではないかと、それを恐れ酷《ひど》く苦しんだ。

徹はマキリ（小刀）で木片を削《けず》ってイナウを作り、家の神、火の神、入口の神、木と森と山と水を祭る正しい場所に立てた。

イナウとは、神と人々の仲介となる神の憑代《よりしろ》である。

そうして、レルラと赤子を抱き締めて言った。

悲しむことも、心配することもない。わが弟が亡くなり、江戸の父と母が苦しみ、困難な目に遭《あ》っている。父と母を助けに行かなければならない。用が済めば必ずコタンに戻ってくる。

わたしはおまえの夫であり、そしてこの子の父だ。

妻と子を守るために、必ずこの故郷のコタンに戻ってくる。

市兵衛と徹、平次郎の三人は、アイヌが漁に使う丸木舟《まるきぶね》でアサリ川を下って、海へ出ることにした。

徹の旅の支度は、干肉や干鮭《ほしざけ》の食糧、発火具などの道具、それに蓆《むしろ》にくるみ両端を縛った徹の両刀を括《くく》りつけた背負子《しょいこ》を、背負縄《せおいなわ》で美しい刺繍《ししゅう》模様の入った鉢巻《はちまき》をつけた前額にかけ、さらに数本の矢を入れた矢筒をかついだ。

三本指の手には弓をつかみ、右手には徹の身の丈ほどの山杖《やまづえ》を携《たずさ》え、腰には山刀を帯《お》びた。

山杖は、先に山刀を結え槍《やり》にして使うことができ、山刀も弓矢も、アイヌの猟《りょう》には欠かせぬ道具である。

市兵衛がかついできた米俵は、世話になったハエプトに残した。

数日後の出立の早朝、コタンからアサリ川の畔《ほとり》まで、大勢の村人が徹を見送りにきた。

むろんその見送りの中に、着物の内側にくるんだ赤ん坊を、おぶい紐《ひも》で背負ったレルラがいた。

レルラの悲しみようは、見るも哀《あわ》れだった。アサリ川の畔まで、徹の腕にすがって放さず、堪《こら》えきれぬ涙が濡《ぬ》らした徹の袖《そで》は乾く間もなかった。

やがて、アサリ川の畔にきて、村人が漁猟に使う数艘《そう》の丸木舟の一艘に、平次郎を前に、市兵衛、徹の順に乗りこんだ。

櫂《かい》を掻《か》き丸木舟を川の流れへ押し出すと、川縁で別れを告げる村人らの声に、レルラの慟哭《どうこく》が交じった。

トオル、トオル……

と、レルラは呼び続けながら、川をくだって行く丸木舟を追い、川原の岩場を駆け岸辺の木々を避《よ》けたりくぐったりしながら、どこまでもついてきた。

徹もレルラの名を呼び、もうよい、というふうに手をふりかえしたが、レルラは追うのを止めなかった。

そうして、ゆるやかに曲がって行く川の流れの後方に、レルラの姿が今にも消えそうになったとき、レルラはそこにしゃがんで、背中の赤ん坊とともに俯《うつぶ》せたのだった。

市兵衛は丸木舟の櫂を漕《こ》ぎながら、川縁の木々で鳴き騒ぐ鳥の声にまぎれるように、忍び泣く徹の声を、背中で聞いていた。

日盛りのころ、丸木舟は沖を行く廻船《かいせん》の白い帆が見える海に出た。

海は穏やかで、高く澄んだ空に飛び交う鷗《かもめ》の白い影が、くっきりと見えた。

「ここから忍路場所まで徒歩で戻ります」

と、平次郎は高島場所の海岸で丸木舟を降りた。

「唐木さま、瀬田さま、この数日、よいときをすごすことができました。唐木さまと瀬田さまにご一緒でき、和人の中の侍がどういう方々なのか、アイヌのわたしにも少しわかった気がします。わたしには江戸までどれほど遠いのかわかりませんが、お二人の旅の無事を祈っています。お達者で」

「世話になりました、平次郎さん。瀬田さんと会うことができたのは、平次郎さんのおかげです。もっと難儀するかと思っていたのに、本当に助けられました。ありがとうございました。イヤイライケレ、カハト」

市兵衛が言い、徹も言った。

「平次郎さん、江戸の土産《みやげ》を買ってきます。コタンへ戻ってから、忍路場所へ平次郎さんを訪ねます。その日まで、また」

市兵衛と徹は平次郎と別れ、海岸沿いに丸木舟を漕ぎ進めた。

高島場所から忍路場所へ、半島の崖道を戻って行く平次郎の姿がぽつんと小さく見え、市兵衛と徹が櫂をふって名残《なご》りを惜《お》しむと、平次郎も気づいて手をふりかえしているのがわかった。


アイヌの丸木舟を使い、アサリ川を下り海へ出て、松前まで海路を行くことにしたのは、徹の考えだった。

足の不自由な徹が、コタンの男らと漁猟に出かけるようになって以来、すでに三度ほど、あざらしの皮やらっこの皮、鷲《わし》の羽、熊の皮などの交易に、村人らとともに丸木舟で海路松前まで出かけていた。

濃い髭《ひげ》を生やしアイヌの装いをして、アイヌの言葉を巧《たく》みに話し、アイヌとはだいぶ顔つきは違うものの、不気味な白目と顔に酷い疵痕《きずあと》が残り、足の不自由な徹を、和人は目を背《そむ》け、和人ではと疑う者はいなかったらしい。

「わたしは元船手組《ふなてぐみ》の同心です。大丈夫、無理はしません。沿岸を漕ぎ進んで、松前までならこの丸木舟でも十分行けます。任せてください」

徹は市兵衛に言った。

「瀬田さんにお任せします。なんでも指図してください」

市兵衛は答えた。

アイヌは狩猟と漁猟の民である。

蝦夷の原野や山中を鮭皮靴で何処《どこ》までも踏破し、船長四間弱（約七メートル）、船幅約一尺半（約四五センチ）、深さ一尺（約三〇センチ）、船底の厚さ三寸余（約一〇センチ）の、木の葉《こは》のような丸木舟で海原にも乗り出した。

丸木舟は櫂で漕ぎ進むだけでなく、帆柱に蓆をかけてそれを帆として巧みに操船し、沿岸ならアイヌに行けない海はなかった。

夜は沿岸の海岸や浜辺に丸木舟を引きあげ、数本の櫂の先端を束《たば》ね下方を開いて地面に立て、周りに蓆を巻きつけ仮小屋にして夜を明かした。

旅に出るときは、非常用に備えて干肉や干鮭は用意したが、発火具は必ず携えて、食物は旅先で整えるのがアイヌの旅の基本だった。

市兵衛と徹の丸木舟が、高島場所から沿岸を西へ目指したその日、天候と心地よい順風に恵まれ、下余市、上余市、古平、美国と次々と場所をすぎ、峩々《がが》とそびえる岸壁や岩場の続く、難所の神威岬を通った。

徹は、岸壁に白波が打つ神威岬に差しかかったとき、幣《ぬさ》と海路の加護の祈りを神に捧《ささ》げた。

その日は、古宇《ふるう》場所から岩内《いわない》場所へ向かう途中の、海に迫る山嶺《さんれい》の崖下の洞《ほら》で一夜を明かした。

翌日も好天が続き、早朝に出立し、岩内、磯谷、入り江の奥の歌棄、寿都《すっつ》の場所を沖合より沿岸に認め、次の島小牧《しまこまき》場所へいたるまでの、断崖がさえぎる荒磯だが、近くに海へそそぐ川があって、荒磯の間に見つけた休めそうな場所で、二日目の赤い夕陽が水平線へ落ちて行く夕刻を迎えた。

「このまま明日もこの天気が続き、順調に行けば、明後日の明るいうちには、松前の枝ヶ崎浦へ入れそうです」

夜を明かす荒磯へ丸木舟を運びあげながら、徹が市兵衛に言った。

「順調で何よりです。瀬田さんの手ほどきが適確なので、丸木舟がこれほど快適だったのかと、知ることができました。櫂を搔いて丸木舟が波を切るたびに、自分の身体が丸木舟とひとつになっているような、不思議な高揚感を覚えました」

「それは唐木さんが、丸木舟の操船をもう自分の物にしているからです。唐木さんなら、アイヌと一緒にいつでも漁猟に出られます」

徹が組んだ櫂と莚で仮小屋を立て、その間に市兵衛は海岸の枯木を拾い集めて火を熾《おこ》し、粟《あわ》を炊いた。

それから徹は山杖の先に山刀を結《ゆわ》えて槍にし、岩場の間の潮溜《しおだ》まりで捉えてきた数尾の赤めばるを、枯枝を串にして焼いた。

美しい星空の下で、二人は空腹を癒《いや》した。

暗い海から絶えず打ち寄せる波の音が聞こえ、荒磯に砕ける白波が見えた。

市兵衛は、矢藤太が旅仕度の中に、これも、と加えた大豆の煎《い》り豆をとり出して、徹に差し出した。

暗い海をぼうっと眺め、徹は煎り豆をかじりながら言った。

「この四年をコタンで生き長らえ、アイヌの暮らしが和人に奪われて行く事情を知りました。アイヌは和人がこの蝦夷にくるずっと以前より住み、自分たちが生きて行くのに要るものだけを野山や川や海から得て、神の賜物としてそれで満たされていたのです。和人は違う。貪《むさぼ》れるだけ貪ろうとする。そうしないと、和人は満足できないのです」

市兵衛は、濃い口髭《くちひげ》に蔽《おお》われた徹の横顔を見つめた。

左の白眼の半《なか》ば垂れた瞼《まぶた》と頬《ほお》の疵《きず》が、焚火《たきび》の炎で影に見えた。

「場所というのは、松前藩が家臣らにアイヌと交易する権利を与えた商い場で、侍奉公の家禄、あるいは知行所にあたります」

と、徹は続けた。

「場所の殆《ほとん》どが、アイヌも集まり藩船も行きやすい、海辺か大きな川の畔《ほとり》に設けられ、松前藩主自身がその場所をもっとも多く持ち、アイヌとの交易によって領地を営んでいるのです。ずっと昔の松前藩の場所を持った侍は、春、松前へ交易にきた和人の商船より仕入れた品物を藩船に積みこみ、侍が自ら蝦夷地の場所へ向かってアイヌと交易し、松前に戻ってその交易品を商人らに売り払った利益を知行としていたのです。それが、もっと大きな収益を目論《もくろ》む和人らが、場所の交易権を持つ侍に運上金を納めることによって、和人自らが場所に向かいアイヌとの交易のみならず、主に漁猟を行う場所請負《うけおい》制が始まりました。和人らは場所に運上屋を建て、運上屋を営む支配人、アイヌとの通辞役、会計の帳役、番人らをおいて自由に蝦夷交易を行うのを、アイヌはただ見ているしかなかった」

「アイヌと和人との交易は、いっそう盛んにはなっています」

市兵衛が言うと、徹は、はい、と物憂《ものう》げに頷《うなず》いた。

「ですが、その場所の交易が盛んになって、松前藩や商人は豊かになっても、アイヌはそうではないのです。アイヌの得るのは、米に濁酒《にごりざけ》、たばこ、また和人の使用人になって、和人の収穫物のうちのほんのわずかの報酬を得るだけで、アイヌの暮らしはそれで満たされたとしても、驚くほどの安い対価なのです」

徹はしばし煎り豆をかじり、それから言った。

「アイヌの女が、一日がかりでオヒョウの樹皮を剝《は》ぎ、また一日がかりでその内皮を裂《さ》いて、それを紡《つむ》いで繊維にするのに今度は五日。さらに織機にかけ織るのに、七日か八日はかかります。アイヌの女がその織物を和人に売って、三升《しょう》五合《ごう》の玄米か、椀《わん》に三杯ほどの酒にしかなりません。松前にわざわざ、あざらしの皮やらっこの皮、鷲《わし》の羽、熊の皮など売りに行った折り、わずかな酒と煙草《たばこ》と玄米を得たときは啞然《あぜん》としました。アイヌがそれで満たされているのだから、それでいいではないか、不満なら売らなければいいのだ、と和人は平気で言います。アイヌと暮らし、そんな和人の姿をまざまざと見せつけられ、わたしは恥ずかしくてならなかった。侍も商人も、性根は同じで……」

と、徹が言いかけたときだった。

市兵衛が徹をさえぎった。

「沖に白い帆らしき物が見えます。どうやら船が、こちらにきます」

徹もすぐに気づいて、

「そうですね。あれは漁船ではありません。小型の廻船です」

と、声を落として言った。

きっと、山のほうに月がのぼっているのだろう。わずかな月明かりが、次第に近づいてくる白い帆と、船上に蠢《うごめ》く数人の人影を映していた。

やがて、廻船は船体が見わけられるほどの、少し離れた波打ち際まで近づき、人影が碇《いかり》を投げ落とした。

波でゆれている帆が、帆柱の先の蟬《せみ》をからからと鳴らしておろされた。

人影の話し声が聞こえたが、聞きわけられなかった。

廻船から荒磯の波打ち際の岩場へ人影がのぼり、岩場伝いに市兵衛と徹のほうへくるのがわかった。

人の会話に笑い声と、ガチャガチャ、と金具の触れる音が交じった。

「唐木さん、何を話しているのか、わかりましたか」

「正確に聞きとれません。和人の言葉ではないのでは……」

「アイヌの言葉でもありません。あれはもしかして、北蝦夷のウィルタか、ニブヒの言葉かも知れません。人数は五名です」

徹が右の大きな掌を開いて見せた。

市兵衛は、背負梯子《しょいばしご》の荷物に括りつけていた二刀を包んだ莚を解《ほど》き、きゅっきゅっと音をたてて腰に差した。

徹は二尺(約六〇センチ)ほどの山刀を腰に帯び、矢筒を背負い弓を手にした。

市兵衛は松前で、偶然弥陀ノ介に会った折りに聞いた、北蝦夷の西富内場所の会所が五人の賊に襲われた話を思い出していた。

鉄砲を持った大男のおろしゃが率《ひき》い、ウィルタが三人とニブヒがひとりと、弥陀ノ介が言っていた。

同じ一味かどうかは不明だが、苫前場所の運上屋が、以前おろしゃの交じった賊に襲われた話もした。たぶん賊は、四、五人乗りぐらいの廻船をねぐらにし、と弥陀ノ介は言った。

「瀬田さん、念のためです。用心しましょう」

「心得ました」

二人は、焚火を背にして立ちあがった。

アイヌは三本の矢を、弓を握る手の、小指、薬指、中指、人差指の間に矢尻を前方へ向けて挟み、一本を弓につがえ、一本を口に咥《くわ》えて狩りをする。

だが徹は、弓をにぎる左手に薬指と中指がないため、弓とともに一本の矢だけをにぎり、一本を口に咥え、一本を弓につがえた。

五つの履物《はきもの》らしき音が、がら、がら、と荒磯を踏んで次第に近づき、焚火の明かりが、五体の男らの姿を暗がりの中から浮かびあがらせた。

五人は、横に広がってばらばらな歩みを運んでくる。

三人がおろしゃの赤い兵服に黒いかぶり物をし、腰に吊《つ》るしたおろしゃ兵の洋刀がガチャガチャと鳴っていた。

もうひとりは、唐《から》の派手な衣装をまとい唐の長槍を抱えて、頭髪《とうはつ》を編んで背中へ垂らした頭頂部の周りの毛を、つるりと剃《そ》っていた。

それら四名を、左に赤い兵服の三人、右に長槍のひとりを従える恰好《かっこう》で、分厚く黒い上衣を羽織り、黒く高い西洋のかぶり物をした大男が、鉄砲を両手で抱えていた。

灰色の髭の中のうすい唇《くちびる》を不機嫌そうに結び、灰色の青みがかった目を、市兵衛と徹に、落ち着きなく向けてきた。

これがおろしゃか、と市兵衛は思った。

市兵衛がおろしゃを見たのは、初めてだった。

荒磯に打ちつける波の音が絶えず聞こえ、砕ける白い波飛沫《なみしぶき》が吹きあがっては消えた。

二

頭《かしら》らしきおろしゃが歩みを止め、左右の四人はそれに倣《なら》った。

「サムライ、カタナ……」

おろしゃが、市兵衛の腰の刀を指差した。そして、食べる仕種《しぐさ》をして見せ、さらに
「ギン、ギン」と言った。

食物と銀貨を出せ、という意味らしい。

唐の長槍を抱えた辮髪《べんぱつ》の男が、和人の言葉を使った。

「オマエタチ、シニタクナイ。ニモツ、カネヨコセ。ミンナヨコセ。シニタクナイ。ミンナヨコセ」

辮髪は、片腕に抱えた長槍の穂先で市兵衛と徹を交互に差し、繰りかえした。

辮髪の顔つきは、和人ともアイヌとも違っている。

ほかに人がいないか用心しながらも、和人とアイヌのわずか二人とわかって高を括《くく》り、しかめっ面《つら》を見せ威嚇《いかく》した。

「だめだ。帰れ」

市兵衛は首を左右にふり、辮髪に強い語調で言いかえした。

すると、おろしゃがいきなりの怒声を海岸に響かせた。

鉄砲をかまえて銃口を市兵衛に向け、撃鉄を音をたてて起こした。

赤い兵服の三人が洋刀を抜き放ち、長槍の辮髪を真似《まね》て「シニタクナイ」と口々に繰りかえし、洋刀で威嚇した。

すかさず、徹は弓につがえた矢をきりきりと引き絞《しぼ》った。

洋刀の男らは、徹の弓矢にまったくひるまず喚《わめ》き続けている。

「瀬田さん、もはや猶予《ゆうよ》はない。行くぞ」

と、市兵衛は言った。

徹は弓を咥えたまま、うむ、とうなり声で応じた。

徹は洋刀で威嚇し喚く三人の、右へ左へと引き絞った弓矢を向けていたのが、咄嗟《とっさ》に市兵衛を鉄砲で狙ったおろしゃへ廻《めぐ》らしたのだった。

おろしゃが徹に誘われ、市兵衛から徹へ銃口を転じた。

途端、どっとおろしゃへ突進した市兵衛は、一刀を抜き放ち様に長い鉄砲の筒を星空へ打ちあげた。

かちん。どおん。

銃口より火花が、一瞬、星空に白く耀《かがや》き、海岸を照らした。

同時に、辮髪が奇声を発し突きこんできた三間（約七・二メートル）はありそうな長槍の、穂先の口金を、からん、と払いのけながらなおも踏みこみ、鉄砲を打ちあげられわきが開いたおろしゃの傍《かたわ》らを、擦り抜けざまの胴抜きに仕留めた。

そして次の一瞬間、払いのけられた長槍を素早くかえし、ぶうん、とふり廻《まわ》し市兵衛の背後へ叩きこんだ槍柄《やりづか》と辮髪の頭蓋《ずがい》を、即座に身を転じて躱《かわ》しつつふりかえった市兵衛の袈裟懸《けさがけ》が見舞った。

おろしゃは悲鳴を甲走《かんばし》らせ、胴を抱え前のめりになって、石だらけの磯に突っこみ、長槍の柄とともに打ち割られた辮髪の頭蓋からは、ぴゅうと血が噴《ふ》いた。

辮髪は、くわあ、とひと声あげただけで、布きれのように膝を折り、磯のごろごろとした岩塊に突っこみ横臥《おうが》した。

同じ一瞬、徹が放った矢は、喚声を発し真っ先に襲いかかった洋刀の喉を、矢尻がうなじへ突き出るほど深々と貫いたのだった。

洋刀は、があ、と喉を鳴らし、得物を捨て、貫かれた矢柄を両手でつかみ、あたかも引き抜こうとするかのような恰好のまま、がらら、と音をたてて仰《あお》のけにくずれ落ちて行った。

すかさず打ちかかってくる二人を、徹は後退しつつ口に咥えた矢をつがえ、きりきりと絞って放った矢は、ひとりの赤い兵服の胸に突きたった。

だが、ほぼ同時にふるった一撃は防げなかった。

ぱしっと弓が断ち割られ、弓とともににぎっていた矢が飛び散り、そこへ三人目も襲いかかってきた。

唯一、徹の幸運は、片足の自由が利かぬため後退の足が磯の岩塊にとられ、尻餅《しりもち》をついたことだった。

矢が胸に刺さったままの追い打ちの一撃は、尻餅をついた徹の額に巻いたマタンプシを裂いてはらりと落としたが、そこで力尽きて跪《ひざまず》き、徹にぐったりと凭《もた》れかかってきたのだった。

徹はその一瞬、束《つか》の間《ま》の差で打ちかかった三人目の刃《やいば》を、力尽きた賊を抱えた恰好のまま、山刀でかろうじて受け止めた。

これまでか。

と思ったところへ、三人目の背後に迫った市兵衛の一刀が、三人目の兵のかぶった黒い帽子ごと、そっ首を打ち落としたのだった。

血煙が噴きあがり、三人目の首と帽子が荒磯にころころと転がった。

徹は、噴きあがった血煙を浴びながら、力尽きてもたれかかった賊の、血と汗でぬるぬるした身体を力任せに押し退け、馬乗りになり、山刀で首を掻《か》き切った。

「瀬田さん、無事か」

市兵衛が問いかけ、徹は疲労困憊《ひろうこんぱい》したのではなく、興奮と緊張が解けた安堵《あんど》の呼気を繰りかえしながら市兵衛に言った。

「助かりました、唐木さん。わたしは無事です。それよりあれを……」

と、徹は暗がりの先を山刀で指した。

賊が乗りつけた小型の廻船の帆柱が、打ち寄せる波にゆれているのが月明かりの先にぼんやりと認められる。

その廻船のほうへ、波飛沫の吹きあがる岩場をよろけつつ戻って行く人影があった。

おろしゃの頭が、羽織った上着の長い裾と、蓬髪《ほうはつ》を海風になびかせていた。

咄嗟に市兵衛は駆け出し、徹も足を引き摺《ず》り市兵衛を追った。

おろしゃは、血が滴《したた》る腹の疵《きず》を抑え、ほうほうの体《てい》で岩場を廻船へと逃《のが》れていたのだった。

何もかもが一瞬にして起こり、あのサムライが何をしたのかおろしゃにはわからず、ただ今は、この忌《い》まわしい海岸から逃れるしかなかった。

手下のウィルタやニブヒの身など、微塵《みじん》も考えなかった。

岩場の先で、打ち寄せる波飛沫《なみしぶき》が散り、廻船の帆柱がゆれ、水押《みよし》がせりあがったり、岩場の陰に沈んだりしている。

おろしゃは元は船乗りだった。

沖へ出れば、なんとかなる。

しかし、腹の痛みを堪え、ようやく廻船の傍まできたとき、背後に和人の不気味な声が聞こえた。

「おろしゃ、これまでだ」

ふりかえると、あの恐ろしげなサムライと、その後ろにアイヌがいた。

和人が何を言ったのかわからなくとも、恐ろしい言葉に違いなかった。

サムライもアイヌも、血の滴る刀と山刀を下げているのはわかった。

この者らは悪魔か、死神の化身か、とおろしゃは怯《おび》えた。

おろしゃは母国の言葉で哀願した。

わたしは善良な小商人にすぎません。仲間の粗暴なふる舞いで誤解を招いたことは心からお詫《わ》びしますが、わたしは仲間のような粗暴なふる舞いに反対したのです。わたしはあなたがたと交易をしたかった、ただそれだけなのです。

交易ができないのなら、あなた方にこれ以上求めることは何もありません。わたしはこれから、この船で去ります。どうか、このまま去ることを許してください。どうか、どうか……

おろしゃが頭《こうべ》を垂れ、踵《きびす》をかえし船に飛び移ろうとしたとき、市兵衛はおろしゃを背後からひと突きにした。

悲鳴が海岸の崖に反響し、おろしゃの身体は暗がりを掻くように空を泳ぐと、廻船の舳《へさき》の板子へ力なく転落した。

ごうごうと唸《うな》る海が、夜の海岸を震わせていた。

今年の春の半ばごろ、五人の海賊が北蝦夷の西富内場所の会所を襲って、砂金や銀貨を奪おうとした事件が起こって以来、同じ五人と思われる海賊が、北蝦夷及び西蝦夷にかけての場所に出没して、金品を強奪する事件が数件続いていた。

一味は小型の廻船をねぐらにし、鉄砲を携《たずさ》え長槍や洋刀で武装した、おろしゃを頭とする、ウィルタ、ニブヒらの五人と知られていた。

金品の強奪だけでなく、食料のほかに熊やらっこの皮など、金目になりそうな狩猟品も奪い、場所の番人や使用人に怪我《けが》人や死人も出していた。

松前藩は、その五人の海賊が現れた知らせが場所の運上屋より入り次第、銃や弓矢で武装した番船を取り締まりに向かわせたが、後手に廻るしかない藩の取り締まりに効果があがるはずはなかった。

と言って、西蝦夷から北蝦夷までの広大な海域の周到な見廻りは到底できず、各場所の運上屋に、くれぐれも警戒をおこたらぬように、と通達する以外に松前藩に打つ手はなかった。

そんな七月の半ば、島小牧場所の運上屋より、島小牧より一里（約四キロメートル）余北の断崖下の波打ち際に放置された小型の廻船と、和人でもアイヌでもない五体の亡骸《なきがら》が崖下の荒磯に寝かされていた知らせが、松前藩にもたらされたのだった。

亡骸は五体とも、斬殺《ざんさつ》され、あるいはアイヌの弓で射られていて、中には首を落とされた者もいる無残な有り様であった。

ただ、見つかったときの五体はいまだ腐乱には至っておらず、事件が起こってから間もないのは明らかであった。

知らせを受けて検屍《けんし》に出向いた松前藩の役人は、血塗《ちまみ》れの乱戦の跡や、船や荒磯に残された道具や武器などから、物盗《ものと》りの類《たぐい》ではなく、どうやら海賊同士の遺恨がらみの刃傷沙汰《にんじょうざた》と思われる、という見たてを藩に報告した。

そして、殺害された者らがこの春より北蝦夷から西蝦夷沿岸の場所を荒し廻っていたおろしゃに率いられた五人の海賊か否かについて、定かではないとした。

そのころ市兵衛と徹は、松前城下枝ヶ崎町の大店《おおだな》廻船問屋竜田屋徳太郎の店に逗《とう》留《りゅう》していた。

市兵衛と徹が枝ヶ崎浦に着き、ふたりが枝ヶ崎町の竜田屋徳太郎の店を訪ねたとき、もう七月の半ばがすぎていた。

竜田屋徳太郎は、背負子に大きな荷を背負い、背の高い市兵衛と、市兵衛よりさらに大柄なアイヌの衣装を着けた徹を見て驚いた。

徹はもともと、アイヌ暮らしらしい濃い髭を蓄えているが、市兵衛も長い旅を思わせる案外に濃い髭面になっていた。

色白に面長な徳太郎は、福々しい笑みの奥のしたたかな商人らしい目つきで徹を見あげて言った。

「唐木さま、ご無事のお戻り、何よりでございます。となりますと、こちらのアイヌの方が、お訊《たず》ねの江戸の瀬田徹さまでございますか」

「さようです。元幕府船手組同心の瀬田徹さんです。竜田屋さんのお陰を持ちまして、瀬田徹さんと会うことができました。礼を申します。また、忍路場所の運上屋支配人の新右衛門さんにも、ご助力いただきました。こちらの瀬田徹さんは、余市岳の麓《ふもと》のコタンで暮らしておられたのです」

「よ、余市岳の、麓のコタンでございますか。ほう」

と、徳太郎は痩身《そうしん》の丸くした背をのばした。

「とにもかくにも、まずはおあがりになって、荷物を解いて長旅の疲れをゆっくり癒《いや》され、何もかもそれからでございます。江戸へお戻りになる廻船などの手配は、竜田屋にお任せ願います。もっとも早く、しかも無事に江戸へお戻りになる手だてを講じますので、それまでごゆるりと竜田屋でおすごしくださいませ。ささ、唐木さま、瀬田さま……」

徳太郎は下男らに市兵衛と徹の荷物を運ばせ、二人を店奥の、手入れの行き届いた庭の土塀越しに枝ヶ崎浦が眺められ、木立ちに小鳥が囀《さえず》る居心地のよい客座敷へ自ら案内した。

店の間の番頭と手代が、アイヌの衣装をまとった大柄な徹が、不自由な足を引き摺る様をそれとなく見守り、ひそひそと言い合った。

「あの背の高いアイヌが、もしかして江戸のお侍なのかい」

「そうじゃございませんか。でなければ、旦那さまがアイヌにあそこまで気をお使いになることはないでしょう。それにしても、旅姿がだいぶ汚れています。余ほどの長旅だったんでしょうね」

「忍路場所からだろう」

「忍路場所なら、運上屋支配人の新右衛門さんがお見えになる旅姿は、それほど長旅のご様子には見えません。忍路場所のもっと奥地の、アイヌのコタンであの江戸のお侍は暮らしていたんじゃございませんか」

「松前藩は、和人地以外の蝦夷地で和人が暮らすのを禁じているのにかい」

「禁じてはいても、取り締まることなんてできません。無理でございますよ」

「無理だね。何しろ、蝦夷の奥地は深いから。それにしても、江戸のお侍がアイヌのコタンで暮らしていたとしたら、どんな事情があったんだろう。それにあの不気味な片目で、足の具合も悪そうだが、何があったのかね」

「あのもうひとりのお侍は、アイヌのコタンで暮らしている江戸のお侍を、江戸からわざわざ連れ戻しにきたんでございましょう？　いろいろとこみ入った事情が、ありそうでございますね」

「ありそうだ。うちの旦那さまは、珍しい物やわけありの出来事にいろいろと関心がお強い方だから」

番頭と手代はそんな話を交わし、頷き合った。

市兵衛と徹が、竜田屋徳太郎の小廻り廻船で枝ヶ崎浦を出立し、青森湊へ向かったのは、そろそろ七月の中旬が終るころである。

そうして、青森湊の宿でやはり数日船待ちをし、竜田屋徳太郎の手配により、江戸は本湊町の廻船問屋加田屋彦右衛門《かだやひこえもん》所有の、千五百石積二十反帆《たんぼ》《常盤丸《ときわまる》》に乗船したのは、七月下旬のある日であった。

酒田より東廻りの航路をとって江戸へ向かう常盤丸は、青森湊を出立し、八戸湊、宮古、石巻と陸奥沖を南下し、やがて銚子、安房の小湊《こみなと》、三浦《みうら》とへて、八月半ばごろには、江戸の鉄砲洲沖に着船することになっていた。

順風の航海ならば、である。

三

八月朔日《さくじつ》（一日）は、古来、田の実りの節句と称し、新穀の実りを祝う日である。

また、徳川家康《いえやす》が駿河《するが》より江戸入城を果たした日として、将軍家の祝賀の日でもあった。

その八月八朔の、これから中秋を迎える心地よい季節の昼下がり、開け放った両引きの腰高障子《こしだかしょうじ》に、三河町三丁目、宰領屋、と記した表戸を、その侍は大股のゆっくりした歩みでくぐった。

侍は黒の菅笠《すげがさ》をかぶり、黒羽織《くろばおり》と細縞《ほそじま》の袴《はかま》に両刀を帯《お》びた大刀の鐺《こじり》が、地に着きそうなほどの短軀《たんく》ながら、分厚い胸に広い両肩の肉が盛りあがって、岩塊のような異様な体軀だった。

請人宿宰領屋の、昼前の忙しい刻限はとうにすぎていた。

数人の仕事探しの客が、壁の横木に貼り並べた求人の引札を見て廻っている前土間から、店の間、店の間続きの帳場格子が見える部屋と、引き違いの腰付障子を閉《た》てた納戸部屋へと、侍は菅笠をつけた頭をぐるりと廻らした。

店の間では、二台並んだそれぞれの文机に御仕着せの手代がつき、帳簿を開いて中年男と年増《としま》に向き合い、求人先の仕事内容をひそひそと言い聞かせ、中年男は小首をふって一々頷き、年増はあまり気乗りがしなさそうな様子であった。

帳場格子のそこの鴨居にも引札を貼った部屋では、これは御仕着せではない紺羽織の、少々年輩の番頭風が帳場格子にむっつりと向かい、帳面にさらさらと手慣れたふうに筆をすべらせている。

御仕着せの小柄な小僧が、店奥の通路から小走りに出てきて、まだ声変わりのしない声を黒羽織の侍にかけた。

「おいでなさいませ、お侍さま。口入れのご用でございますか」

侍は菅笠の下から小僧を見おろし、見おろされた小僧は、あ、と驚いて言葉を失った。

侍が、太い眉の下の窪《くぼ》んだ眼窩《がんか》に猛獣が獲物を狙うような目を光らせて小僧を睨《にら》み、鼻の穴の大きな獅子鼻《ししばな》が獲物の臭いを嗅《か》ぎ、唇《くちびる》のぶ厚い大きな口をにやりと裂いて、瓦《かわら》も嚙《か》み砕《くだ》きそうなぎらぎらした白い歯を見せたからだった。

「あの、はい……」

かろうじて言った小僧の、あとの言葉が続かない。

「小僧、返弥陀ノ介と申す。ご主人の矢藤太どのはおいでか。おいでならば取り次いでもらいたい」

「は、はい。かかか返弥陀ノ介が訪ねてきた、とお伝えいたします」

小僧は繰りかえしたが、弥陀ノ介を見あげた恰好のまま動けなかった。

帳場格子の番頭がその様子に気づき、筆をおいて、店の間へ出てきた。

「いいよ、平助《へいすけ》。わたしがお客さまのご用をおうかがいするから」

と、番頭は店の間の上がり端《はな》に着座し、白髪交じりの頭を垂れた。

弥陀ノ介は、白い歯を見せた恐ろしい笑顔で小僧に言った。

「小僧さん、驚かせて済まなかったな。もうよいぞ。こちらの番頭さんにお訊ねいたすのでな」

「おいでなさいませ。まだ慣れませんもんで、失礼いたしました。ご用件をおうかがいいたします」

番頭が改めて言った。

「返弥陀ノ介と申します。宰領屋の矢藤太どのに少々おうかがいいたしたいことがあって、突然お訪ねいたしました。矢藤太どのにお取り次を願いたい」

「あ、返弥陀ノ介さま、と申されますと、唐木市兵衛さまのお兄上さまの御目付さま御配下にて、御上の御用をお務めの……」

「さようでござる」

弥陀ノ介は、それまでに、と番頭を制するように大きな手をかざして言い、

「ですが、本日はわたくしの一存にて参りましたので、御上の御用ではありません。気にかかることがあって、矢藤太どのにおうかがいすればわかるのではと思いたちう

うかがいました。と申しましても、急ぎの用ではありません。もしおいでならば、とおうかがいいたした次第です」

「はい、承知いたしました。主人は昼前、仕事が一段落いたしましたので、三丁目の湯屋へ行っております。出かけてからもうだいぶたっております。今ごろは二階座敷で、ご近所のご隠居さんと将棋でも指しておるのでございましょう。唐木さんが見えれば、お二人でしばしば湯屋へ行き、そのままぶらりとお出かけになることも多いのですが、今は唐木さんが江戸におられませんので、ほどなく戻って参るはずでございます。そうですね、小僧に呼びに行かせます。それまでどうぞ、おあがりになってお待ちください。平助、三丁目の湯屋へ行って旦那さまにお客さまですと、呼んできておくれ」

「あいや、それには及びません」

　と、番頭へかえす間に、また奥から走り出てきた小僧の平助が、「へえい」と幼い声をあげて、店を駆け出して行った。

　それから四半刻《しはんとき》（約三〇分）後、弥陀ノ介は矢藤太と向き合い話を続けた。

「それゆえそれがしは、目覚めたまま夢幻を見ているのか、あるいは昼間から狐《きつね》にでも誑《たぶら》かされているのかと、驚きました。蝦夷の松前城下の町中で市兵衛に出くわすとは、筋がまったく通らぬ話でしたのでな」

「そりゃあ、吃驚《びっくり》しますよね。まさかまさか、こんなことは有り得ねえと、誰だって思いますとも」

矢藤太がかえし、弥陀ノ介はふむふむと頷いた。

「というわけで、市兵衛が夢幻でもなく狐が誑かしているのでもなく、本物かそうでないのか確かめねばなりませんので、大松前川という川の畔の酒亭で一杯酌《く》み交《か》わし、夢幻でも狐の誑かしでもないことを確かめたのでござる」

あはあは……

と、二人は夢幻から覚めたように高らかに笑った。

そこは町内のそば処《新富《しんとみ》》の、縁台を数台並べた前土間続きの座敷である。

客は銘々に座敷の空いた場所を占め、白地に赤い波模様を染めた華やかな前垂れの女が運んでくる、盆や桶の蒸した盛やかけのそばを食い、揚げたばかりのじいじいと音をたてる天ぷらや蒲鉾《かまぼこ》、玉子焼を肴《さかな》に酒を呑《の》んでいた。

矢藤太は、町内の顔見知りに一々会釈《えしやく》を送っている。

もう四半刻ほどで八ツ（午後二時頃）というその刻限、座敷には矢藤太と弥陀ノ介以外に二組の客がいて、のどかに酒を呑んでいた。

障子戸を少し透かした格子窓ごしに、午後のゆるやかな日が白々と射《さ》す表の小路と、人通りが見えている。

弥陀ノ介と矢藤太の銘々膳《めいめいぜん》には、あなごと芝えび、こはだ、貝柱、するめを揚げた天ぷらが、ごま油の香ばしい匂いをたて、白菜、きゅうり、なす、かぶなどの粕漬《かすづ》けの鉢《はち》が並び、ぬる燗《かん》の徳利《とっくり》と杯が添えてある。

矢藤太は、町内のそば屋の新富に弥陀ノ介を誘った。

「いや。それがしはもう昼を済ませておりますので……」

弥陀ノ介がためらうのを、

「じゃあ、あたしはゆっくり湯につかり昼がまだなんで、そこのそば屋でそばをいただきながら、返さまのお訊ねをおうかがいいたします。返さまは軽い摘《つ》まみに酒でも呑んで、つき合ってください」

と、矢藤太が先に立って新富にあがったのだった。

だが、矢藤太の注文したごま油の香《こう》ばしい天ぷらが運ばれてくると、弥陀ノ介はそれをたちまち平らげてしまい、矢藤太は急いでお代わりを注文した。

「それで返さま、市兵衛さんと松前城下で偶然出会い、市兵衛さんが蝦夷の松前城下にいたわけは、お聞きになったんでございますか」

酒を乾した杯に徳利を傾けつつ、矢藤太が言った。

「なぜ市兵衛が蝦夷にいるのだと訊ねましても、依頼人の事情もあるゆえと、子細は聞けませんでした。ただ、どうやら元は公儀に仕える江戸侍が、わけがあってはるか北の果ての蝦夷で、アイヌとともに暮らしており、その江戸侍に会って江戸へ連れ戻す仕事らしいのはわかりました。むずかしい仕事とわかってはいるが、唐木市兵衛をと名指しで頼まれた。請けるしかないと思った。市兵衛はそのように言うておりました」

「そうなんでございます。依頼なされた御公儀のお武家さまは、市兵衛さんの人柄や仕事ぶりをさる方に訊《き》かれ、是非とも市兵衛さんに頼みたいとお考えでしてね。何しろ遠い蝦夷の仕事ですから、請負人としては迷いました。しかし、市兵衛さんは引き請けると決めており、市兵衛さんらしいやと思いました」

「確かに、市兵衛らしいですな。ただその折りに、市兵衛はこうも申しました。薄墨でも兄上に言うたが、この仕事が終ったあと、兄上とわたくしに相談することがあるかも知れない、とです。相談というのが、蝦夷の仕事とかかり合いがあるとは言えないが、ないとも言えない。仕事が済んでから相談する、と申しましてな。そのときに、アイヌのコタンにいるその江戸侍が、元は公儀に仕え、話を聞く限りはよき侍だった。だから引き請けてよいと思った、とも聞いたのです」

弥陀ノ介は粕漬けのかぶを、しゃきしゃきと音をたててかじった。

「それがしが江戸へ戻ってきたのは、つい先だってです。お頭の片岡さまに蝦夷の御用の首尾をご報告したあと、松前城下で偶然、市兵衛に出くわしましたと伝えますと、お頭は市兵衛が蝦夷に向かう前に薄墨で会い、市兵衛当人から、蝦夷にいるらしい江戸の侍を訪ねる仕事を請け負ったことを聞いておられ、驚きはなさいませんでした」

「あれは両国広小路《ひろこうじ》の、納涼の夕べでございました。市兵衛さんと一緒にあたしも呼んでいただき、片岡さまと若党の小藤次さまの四人で、薄墨の高価な京料理を馳走《ちそう》になりました。その折りに、返さまが御用で蝦夷へ出張中とお聞きし、市兵衛さんが蝦夷へ向かう二日前でしたので、その偶然を意外に思ったんでございます。むろん、返さまの蝦夷の出張がどのような御用かは、詳しくはお教えいただけませんでしたが」

「うむ。しかしながらお頭《かしら》は、その折り市兵衛がお頭に、この仕事を終えて蝦夷より戻ってから相談することがあるかも知れない、と申したことをだいぶ気にかけておられるのです。市兵衛がどのような相談をしたいのか、矢藤太どのに確かめてくるようにと言われましてな。よって、それがしがこうしてお訪ねいたした次第なのでござる」

「さようで……」

と、矢藤太は杯を持ったまま頷いた。

「やはりご兄弟でございますね。弟の市兵衛さんの身をお気にかけておられる片岡さまのお気持ちは、お察しいたします。あのとき、市兵衛さんが片岡さまに相談することがあると仰《おつしや》ったのは、傍におりましたので覚えております。あたしも、市兵衛さんの性分を考えると、片岡さまに相談するというのはいかにも市兵衛さんらしいや、と思ったんでございます」

「御目付さまは、公儀に仕える旗本以下の武家の監察が御役目でござる。察するに、このたびの依頼人の公儀に仕える武家について、市兵衛にはお頭に相談したい何事かがあるのですな」

「市兵衛さんに確かめたわけではありませんが、間違いございません」

「矢藤太どのにそれがお判りなら、その何事かをお聞かせ願えませんか。矢藤太どのは仕事を請けた市兵衛の請負人ゆえ、市兵衛の代わりに、矢藤太どのよりその何事かをうかがっても差し支えないのではございませんか」

「そうでございますね。おそらく市兵衛さんは、仕事を請けた御公儀のお武家さまのおかれた少々理不尽な事情や経緯《いきさつ》が、御目付さまの監察に触れているんじゃないか、そこら辺の事情を御目付さまは質《ただ》すべきじゃないかと、そう思われたんでございます。あたし自身も同じくそう思いましたんで、市兵衛さんの気持ちがわかるんでございます」

矢藤太は徳利の酒を注《つ》ぎ、杯をゆっくりとあおった。

「その御公儀のお武家とは、どなたですか」

「はい。船手頭田岡千太郎善純さま配下の元船手組同心で、今はご隠居の瀬田宗右衛門さまでございます。瀬田家のみなさまは、代々永代橋の御船手組屋敷にお住まいでございます。宗右衛門さまのご長男は瀬田徹さま、二男は明さまでございますが……」

矢藤太が話し始め、箸をおいた弥陀ノ介は、腕組みをして凝《じ》っと聞き入った。

四

翌八月二日の早朝、北町奉行所定町廻り同心の渋井鬼三次は、御用聞の助弥と挟《はさん》箱《ばこ》をかついだ北町の紺看板《こんかんばん》に梵天帯《ぼんてんおび》の中間《ちゅうげん》を従え、南新堀一丁目の釘鉄銅物問屋伊坂屋の表戸をくぐった。

いらっしゃいませ、おいでなさいませ、と広い前土間続きの店の間にいた手代や小僧が、渋井ら三人に秋の朝の清々《すがすが》しい声をかけた。

奥の帳場格子に見覚えのある番頭の与吉郎がいて、与吉郎は渋井と目を合わすと、あっ、という表情を見せながらも、手代や小僧らの御仕着せではない着物の裾《すそ》を改めつつ、店の間の上がり端にきて手をついた。

「これはこれは渋井さま、お役目、ご苦労さまでございます。御用を承《うけたまわ》ります」

「番頭さん、また仕事の邪魔をしなきゃあならねえのは心苦しいんだが、町奉行所の御達しだ。ご主人の長右衛門さんに取り次いでくれるかい」

「はい。主人の長右衛門はおります。ただ今すぐに……」

「御用の御達しだが、店先ではお客もあってなんだから、奥の座敷のほうへ通してもらいてえ。女将《おかみ》さんと番頭さんも同席してくれ。それから、茶とかそういうものは、客できたんじゃねえから不要だ。念のためにな」

渋井の醒《さ》めた物言いに、与吉郎は顔を曇らせた。

店先の手代らは、みな寂《しん》として見守っている。

若い手代の圭ノ助に、ご主人と女将さんに御番所の御達しですとお伝えしてきなさい、と言いに行かせ、与吉郎自身が渋井らを客座敷に案内した。

渋井と助弥、御用の挟箱をかついだ中間が、五月初旬の聞きこみのときと同様、高い黒板塀が囲う庭に面した座敷に通された。

塀ぎわにざくろの木が葉を繁《しげ》らせ、ちち、ちち、と雀《すずめ》が鳴き、石灯籠《いしどうろう》や庭の一角の盆栽の棚に戯《たわむ》れて飛び交う鳥影が見える。

赤いざくろの花は、もう散っていた。

秋の日射しがやわらかな、のどかな朝だった。

主人の長右衛門は、急いで着替えてきたのか、着衣の紺紬の着方が少し乱れた感じだったし、額にうっすらとおそらく冷汗をかいていた。

後ろに女房と番頭の与吉郎が、殊勝《しゅしょう》に控えた。

「心苦しいが、奉行所の御達しだ。長右衛門さん、いいね」

ははあ、と長右衛門に続いて、女房と与吉郎が畳に手をついた。

渋井は立ちあがって、前襟《まええり》に差していた封書を抜き、達、と記した表を一度恭《うやうや》しくかざした。表の封を解いて助弥にわたし文書を開いて、

伊坂屋長右衛門、御禁制ノ鉄砲二挺《ちよう》御許無ク仕入、江戸南新堀一丁目釘鉄銅物問屋伊坂屋表店《おもてだな》搬入ヲ謀候段《はかりそうろうだん》、誠ニ不届《ふとどき》付、吟味《ぎんみ》ノ上手錠《てじよう》三十日申付……

という御達しを、渋井は淡々とした口調で読みあげた。

三月半前の五月初旬、伊坂屋の主人長右衛門が西蝦夷松前城下の廻船問屋渡島屋より仕入れた西洋式鉄砲二挺を、釘鉄銅物の仕入れに紛《まぎ》れこませて南新堀一丁目の伊坂屋に搬入を謀《はか》った処罰は、主人長右衛門に手錠三十日がくだされた。

その鉄砲二挺を注文したと思われる田安家のどなたにも、また田安家にも、今のところ評定所よりの御沙汰《おさた》はない。

「ということで、長右衛門、気の毒だが従ってもらうしかねえ。いいな」

渋井が言い、

「畏《おそ》れ入ります」

と、長右衛門は手をついたまま答え、女房のすすり泣きが聞こえた。

渋井は中間へ指図し、中間はさり気ない手順で、長右衛門が差し出した手首に手錠をはめた。

手錠は庶民に対する閏刑《じゆんけい》で、瓢箪形《ひようたんがた》の端に錠《じよう》のある鉄具を両手首にはめ、錠をおろし、間のくびれに封印をつける。

三十日のほか、五十日、百日の刑期があって、三十日と五十日は五日目ごと、百日は隔日に封印を調べ、宿預《やどあずけ》、町預もあるが、長右衛門はもっとも軽い南新堀一丁目の店ですごす刑であった。

「長右衛門さん、なんのお咎《とが》めもなしに終らせるわけにもいかないんで、我慢するしかねえ。三十日なんてすぐ終る。そういうことでな」

「いたし方ございません。わたくしひとりで終れば、よろしゅうございます。渋井さま、まことにお騒がせいたしました」

「どこの誰かは知らねえが、鉄砲を注文した客は何か言って寄こしたかい」

「いいえ。一切ご連絡はございません。ではございますが、それでよろしいんでございます。お客さまあっての商いでございますので」

「そうかい」

とだけかえし、渋井らは伊坂屋を出た。

好天が続いて心地よい秋の気配が深まる中、一日、渋井は見廻りをした。

南北両町奉行所にはそれぞれ、定廻り六名、臨時廻り六名、隠密廻り二名の廻り方がおかれ、隠密廻りの二名は別に、定廻り臨時廻りそれぞれが、江戸市中を四筋ほどに分け、代わり合って巡廻する。

町家の自身番には、住人である当番店番が交代でつめており、廻り方が、番人に町内に何事もないかと外から声をかけ、つつがないことを確かめつつ、次々と廻って行くのである。

と言っても、何かのもめ事や事件が起こらない限りは、町家の自身番を廻って行き、一日が終ることもある。

それでもその日はなんやかんやと見廻りが長引いて、とっぷり暮れた宵《よい》の六ツ半(七時頃)、渋井と助弥は、京橋北《きようばしきた》の蘭医《らんい》柳井《やない》宗秀の柳 町《やなぎちよう》の診療所を訪ねた。

宗秀は薬研《やげん》をごりごりと引いて、薬種を砕《くだ》いているところだった。

「おや、鬼《おに》しぶの旦那。どうした。御用かい」

宗秀が薬研をごりごりと引きながら、表戸に顔をのぞかせた鬼しぶに、間仕切を開け放した寄付き越しの診療部屋から声をかけた。

渋井は、浅草上野《あさくさうえの》、本所《ほんじよ》や深川の盛《さか》り場を牛耳《ぎゆうじ》る顔きき、賭場《とば》の貸元らが「あいつが現われると、闇《やみ》の鬼さえ渋面《しぶづら》になるぜ」と言い出し、江戸市中のやくざや博徒らが《鬼しぶ》と綽名《あだな》をつけたその渋面を、うす気味悪く歪《ゆが》めて見せた。

「御用じゃねえ。先生にしばらく会ってねえから、やもめ暮らしが長くて鼠《ねずみ》にかじられちゃあいねえかと、心配して様子を見にきてやったのさ」

「やもめは鬼しぶも同じだろう。だがまあ、わざわざ訪ねてきた鬼しぶの無事な姿を見て、わたしも安心したよ」

渋井の後ろで、ひょろりと背の高い助弥が軒下《のきした》に背を曲げ、「どうも」と宗秀に会釈を寄こした。

「やあ、助弥。変わりはないかい」

「変わりはありやせん、先生。お仕事中に押しかけてすんません」

「なあに。仕事は仕事だが、別に今でなくてもいいんだ。医者が退屈してぽかんとしているのも、どうかと思ってね」

渋井と助弥が表戸をくぐり、渋井は黒羽織を払って寄付きの上がり端に両刀のまま腰かけ、薬研をごりごりと引いている診療部屋の宗秀へ顔をひねった。

「先生、ちらっと行かねえかい。おらんだの無事な姿を見たら、無事を祝って一杯やりたくなった。つき合えよ」

おらんだ、とは蘭医の宗秀の綽名《あだな》である。

「いいとも。これを終らしてしまう。もう終る。楓川《もみじがわ》の弾正橋《だんじょうばし》の袂《たもと》に、煮こみ田楽を食わせる御田屋《おでんや》ができたんだ。旦那、知ってたかい」

「弾正橋の袂に、御田屋かい。知らなかったな。助弥は知ってたかい」

「いや。知りやせんでした。そんな店がありましたっけ」

「元材木置き場の明地《あきち》に建てた、掘立《ほったて》小屋みたいな店だが、薬屋の手代があんな店ですが案外美味《うま》いんですよと言っていた。行ってみるかい」

「いいじゃねえか。そろそろ夜は、御田が美味いころ合いだ。先生、袴《はかま》なんかいいからその恰好で行こうぜ」

うむ、と宗秀は薬研で砕いた薬種を薬入《くすりいれ》にさらさらと入れると、財布だけを懐《ふところ》にねじこんで土間におりた。

「こっちだ」

と、宗秀は戸締りもせず診療所を出て、柳町の表通りを楓川のほうへとった。

楓川に架かる弾正橋と橋の袂の枝垂《しだ》れ柳《やなぎ》が、ほのかな町明かりに照らされているのが見えている。

その御田屋は、楓川の流れが弾正橋をくぐって、鉄砲洲のほうへ分流する八丁堀の暗い水面へ、町明かりが所どころに散らばる寂しげな景色を背にして、川端にぽつんとした佇《たたず》まいを見せていた。

確かに、掘立小屋も同然の、みすぼらしい店だった。

それでも酒亭らしく、表戸の軒下に赤提灯が吊ってあった。

《おでん》と記した片引きの腰高障子をそっと引くと、一灯の行灯《あんどん》が灯《とも》されたうす暗い店土間に、長腰掛が二台、片側にせいぜい二、三人が胡坐《あぐら》をかけるほどの小あがりがある。

人足風体《にんそくふうてい》の先客が二人、その小あがりで向かい合って呑んでいた。

障子戸わきの竈《かまど》に大鍋をかけ、こんにゃくに豆腐、がんもどき、はんぺんを煮こんだ匂いの堪《たま》らない湯気《ゆげ》が、ゆらゆらとのぼっていた。

竈の傍らに、坊主頭《ぼうずあたま》の亭主がいた。

「おいで」

町方の黒羽織を着けた渋井を見て、少し意外そうな口ぶりで言った。

小あがりの人足らも、町方とわかる渋井と目を合わせ、こりゃどうも、というふうな素ぶりを寄こした。

背の高い助弥の髷《まげ》が、屋根裏の梁《はり》に擦《こす》りそうだった。

三人が長腰掛にかけただけで、狭い店は男らでほぼ混み合った。

「亭主、煮こみ田楽を三人分頼む。酒は熱燗《あつかん》でな」

宗秀が亭主に声をかけた。

煮こみ田楽の小鉢とちろりに杯を載せた盆が、それぞれ運ばれてきた。

「亭主、ここはいつごろできたんだい」

渋井が坊主頭の、中年の亭主に言った。

「まだ半月ほどでがんす。八丁目の材木屋の《城田屋《しろたや》》さんに、どうせ明地になっているから使ってもいいと言われやしてね。あっしも嫌いじゃねえんで、なら、お言葉に甘えて一杯呑屋でもやってみるかと思いやしたんで」

「国はどこだい」

「あ、あっしの生国ですか。えへへ、越後は新発田《しばた》の山奥でやす。兄弟の多い小百姓の倅《せがれ》がいろいろありやして、若いころ国を出て諸国を廻り廻って、一昨年《おととし》、江戸へ流れてきやした。と申しやしても、国にいられなくなったとか、そういうのじゃありやせんぜ。同じところに凝《じ》っととどまっているのが苦手な性分といいやすか、彼方此方《あちこち》流れ歩くのが性に合ってると申しやすか。まあ、親父《おやじ》さまに言わせりゃあ、おめえは辛抱が足りねえ。辛抱が足りねえ者は百姓には向かねえ。どこへでも好きなところへ行って身をたてろ、というわけでしてね。まことにありがてえことに、今は城田屋さんのご主人の世話になって、道楽も同然のこんな商売をさせてもらっておりやす」

亭主は坊主頭を擦《さす》りつつ、にこにことして言った。

「ご亭主、どういう国を流れ歩いたんだね」

宗秀が杯をあげて訊《き》いた。

「西国に九州、四国。それから、飛騨《ひだ》、信濃《しなの》。越後へは戻らず、羽州、陸奥と旅暮らしを送りやした」

「暮らしはどうしてたててきた」

渋井がまた言った。

「こう見えて、あっしはその土地その土地の風景を描くのが好きでしてね。描いた絵に、ちょいと思い浮かんだ言葉をつれづれに書き添えやすと、そういうのがお好きな方々がその土地その土地にやっぱりいらっしゃいやす。路銀やら旅の宿やらをそういう方々のお世話になって、どうにか旅暮らしを続けて、今は江戸にという次第でござ いやす」

「なるほど。じゃあ、材木屋の城田屋のご主人も、路銀やら旅の宿やらの面倒を見る、そういうのがお好きな方々のおひとりかい」

「仰る通りで。まったく、物好きにもほどがありやすよ。とまあそういうわけで、城田屋さんの居候《いそうろう》の遊び人みたいなもんでやす」

亭主はまた坊主頭をなで、にこにことして屈託《くったく》を見せなかった。

　すると宗秀が、ふと思い出したように訊いた。

「ご亭主、蝦夷へ旅をしたことはあるかい」

「ああ、蝦夷でやすか。蝦夷へは行っておりやせん。あっしは船旅というのがどうも苦手でしてね。この足で、すたすた歩いて村から村へ、土地から土地へと景色を眺めながら歩いて廻るのが性に合ってるもんで、蝦夷の奥地はそういうのがむずかしいと聞きやしてね。蝦夷の松前藩は、和人が好き勝手に蝦夷へ入るのは許してねえとかで。いずれは蝦夷にも行きてえと思っておりやすが、今は考えてる最中でやす」

　そこへ人足らが、酒と煮こみ田楽のお代わりを頼み、亭主が竈の前に戻った。

「そうか」

　宗秀はぽつんと呟《つぶや》いた。

「先生、なんで蝦夷なんですか」

　助弥が口を挟んだ。

「それなんだがな」

　と宗秀は、助弥と渋井に口調を変えて言った。

「旦那、市兵衛が今、蝦夷に行ってるのは知ってるかい」

「ああ？　市兵衛が蝦夷へだと。いや、知らねえ。なあ助弥」

「へえ、知りやせん。市兵衛さんが蝦夷へでやすか」

「誰が言ってた。矢藤太かい」

「銀座町の近江屋のご主人に、聞いた」

「銀座町の近江屋と言えば、川越《かわごえ》藩を追われたお武家の別嬪《べっぴん》のお嬢さまがお世話になっているとかの、大店両替商の近江屋かい」

「そうだ。つい先だってだ。お店の番頭さんの具合が悪くなって、往診を頼まれた。番頭さんの具合は大したことはなかったんだが、往診が終ったあと、ご主人の隆明さんと話す機会があってな。市兵衛が今蝦夷にいると聞いたのさ。どうやら、隆明さんがあるお武家と宰領屋の中立《なかだち》をし、宰領屋の矢藤太が請人になって決まった蝦夷行きらしい」

「先月の中ごろ、三河町の宰領屋に顔を出して矢藤太に聞いたんだ。ここんとこ市兵衛を見かけねえが、どうしてるってな。そしたら、今は仕事で遠出をしてる、ちょいとむずかしい仕事で、いつ戻ってくるかはわからねえと、すげねえ素ぶりで言ってやがった。矢藤太の野郎、蝦夷なら蝦夷と言えばいいものを、水臭え野郎だぜ。なあ助弥」

「そうっすねえ」

「蝦夷か。はるか遠い北の果てだ。わざわざ蝦夷まで行って、一体どんな仕事を市兵衛は請けたんだろうな」

「どこの誰から、蝦夷でどんな仕事を請けたのか、それは近江屋のご主人は言わなかったがな」

「ふうん、そうか。市兵衛は蝦夷にいるのか」

渋井がしみじみ呟き、宗秀は笑った。

「確かに蝦夷は遠いことは遠いが、それほどでもない。江戸からは、長崎のほうがもっと遠いさ」

「どっちが遠いかじゃねえ。長崎と北の果ての蝦夷じゃあ、較《くら》べられねえ。前に聞いたことがあるぜ。北蝦夷とかの海峡を渡って、もっともっとはるかに遠い果ての土地へも、行こうと思えば行けるそうじゃねえか。もしかして、市兵衛は今年中には江戸に戻ってこられねえんじゃねえか。なあ助弥」

「そうっすねえ」

と、助弥がまた言った。

第四章　十二年の青葉

一

江戸本湊町の廻船問屋加田屋彦右衛門所有の常盤丸は、青森から石巻までは順風に恵まれた。このまま好天が続けば、江戸鉄砲洲沖の着船が、八月半《なか》ばよりだいぶ早まるかと見こまれた。

ところが、陸前《りくぜん》をすぎた磐城《いわき》沖で嵐に遭《あ》い、急遽《きゅうきょ》、常陸《ひたち》の平潟湊に入船して荒波が収まるのを待って数日を費やした。

そして、平潟湊から銚子、安房の小湊、三浦をへて、常盤丸が江戸鉄砲洲沖に碇《いかり》をおろしたのは、当初の見こみより遅く、八月の半ばをすぎていた。

常盤丸が江戸に着いて、さらに日がたった八月下旬の夕方である。

地味な小楢《こなら》の小袖《こそで》と鉄色の細袴《ほそばかま》に二刀を帯び、深編笠《ふかあみがさ》をかぶった大柄な侍が、不自由らしい左足を引き摺《ず》りつつ、永代橋を深川へと渡っていた。

深編笠の侍には、永代橋から川上の三叉《みつまた》の浅瀬に囲まれた中洲と、その先の新大橋《しんおおはし》を行き交う人影が見えている。

新大橋の先の両国方面は見えないものの、八月二十八日まではまだ両国納涼の期間で、船遊びの客が打ちあげるのか、紺色に染まった夕空に白い花火がぱっと開き、ほんのしばし遅れて、鼓《つづみ》を打つような乾いた音が寂しく聞こえてくる。

川下へと目を転ずれば、河口に佃島の島影と沖にはぽつぽつと灯《とも》り始めた漁火《いさりび》が見えている。

霊岸島や本湊町の海岸には、停泊する廻船と帆柱が並んで、遠い昔も眺めた胸にひりひりと沁《し》みる懐かしい景色が、夕空の下に広がっていた。

侍は、深編笠に隠れた左目の瞼《まぶた》を触った。

指先が触れた瞼は目の半ばまで垂れ、白眼の左目では大川の景色を一切《いっさい》見ることはできない。その左目の下に、頬《ほお》から耳にかけて熊の爪に裂かれたくっきりとした疵痕《きずあと》が、指先に触れた。

侍が不自由な足を引き摺りながら永代橋を渡って行く先には、火《ひ》の見櫓《みやぐら》が深川の宵《よい》の空に高くそびえ、巣に急ぐ鳥影がいく羽もかすめていた。

移ろい行く季節が、眼下の川のように止まることなく流れて行く。

その深編笠の足の不自由な侍が、永代橋を深川へ渡ってからおよそ一刻半（約三時間）後の夜の五ツ（八時頃）すぎだった。

そろそろ人通りもまばらになった永代寺門前仲町《もんぜんなかちょう》の大通りを、摩利支天横町《まりしてんよこちょう》の料亭《吉兵衛《よしべえ》》の酒宴が果てたあとの、心地よく酔い痴《し》れた五名の侍が、一の鳥居へとだらだらとした歩みを運んでいた。

辰巳《たつみ》の羽織が線香一本が燃えつきるまでいくらで転ぶ、とそういう遊興ではなかったが、芸者をあげて、三味線太鼓《しゃみせんたいこ》が賑やかな酒宴の果てたあとだった。

何かしら懈《け》だるい気分に浸《ひた》りつつ行く五人の先の夜空に、大鳥居の一ノ鳥居がそびえている。

「秋が深まって、なんとはなしに物憂《ものう》いのう」

五人の後尾を歩むひとりが、前を行くひとりに呟《つぶや》きかけた。

前を行くひとりは、後ろへ横顔を見せ、同じく物憂そうに鼻で笑った。

「物憂いのは、秋が深まったからではなかろう。遊興のとき以外は、おぬしはいつも物憂そうではないか」

するとと、前を行くひとりより少し先を行っていたもうひとりが、歩みを止めてふりかえり、

「そうそう。平山《ひらやま》は殊《こと》に仕事を始めると、いっそう物憂そうに、ああとか、ううとか、しばしば溜息《ためいき》をついておるしな」

と、からかって言った。

「やめろ、人聞きの悪い。ご奉公第一。船手組同心のわが務めを、物憂いと思ったことなどない。おぬしこそ、船手頭の目の前ではお務め大事と見せかけておるものの、船手頭の目が届かぬと、途端に気を抜いておるのが、傍《はた》から見ていても見え見えだぞ」

「黙れ黙れ、おれがいつ気を抜いた。おぬしは自分がそうだから、他人《ひと》もそう見えるのだ。おぬしと一緒にするな」

「見えるだけではない。頭がいなくなると、おぬしはいつも、ぺろりと舌を出してにやにやしておるではないか。それを言うておるのだ」

「なんだと、無礼者が」

「無礼者はそっちだ」

「わかった。もうやめろやめろ……」

と、絡《から》み合う三人より少し先を行く二人は、声をひそませ言い交わしている。

「……それで今後、瀬田家のお沙汰《さた》をどうなさるおつもりか、田岡さまからは未だ何も聞いておらぬのか」

「何も聞いておらん。と言うて、忘れておられるのではない。どのようなお沙汰をくだすか、悩んでおられるのだと思う。あのときはああするしかなかった。良かれと思ったのだが、それがしの至らぬふる舞いの所為《せい》で、田岡さまを困らせてしまった。まことに悩ましい」

「自分を責めるな。おぬしが悪いのではない。瀬田明が御役所内で抜刀《ばっとう》し、おぬしにいきなり斬りかかった。それは、あの場にいた者がみな見ておるので明らかだ。田岡さまもそれをご承知で、瀬田家の逼塞《ひっそく》を申しつけられた。それは当然のお沙汰だった。われらが気にかかるのは、逼塞を解いたのちの瀬田家の扱いだ。明のような不届き者を出した瀬田家を、優ごとき子供に継がせ、これまで通り存続させるのはいかがなものかという声は多い」

「船手組同心に就く力ある者は、組屋敷の二男三男の中にはいくらでもおる。そういう者の中から抜擢《ばってき》して、継がせればよいと思うのだが……」

「そうなると、いよいよ瀬田家の改易《かいえき》は近いな」

「近いだろうな」

前を行くのは、船手頭田岡千太郎善純配下の船手組同心野々山鉦蔵《ののやまかねぞう》と尾上陣介の両名。後ろの三名が平山藤太《とうた》、戸川景吉郎《とがわけいきちろう》、西宮仙之助《にしみやせんのすけ》である。

船手頭田岡千太郎は、属僚三十名の同心を五組六名に分け、各組の主だった者ひとりを組頭に定め、組頭に各組同心の働きぶりを監視報告させていた。

門前仲町の大通りを行くその五名は、五組六名の各組頭で、月に一度の組頭の寄合《よりあい》が終ったあと、摩利支天横町の料亭吉兵衛で酒宴を開き、その酒宴が果てた夜ふけ、佐賀町の御船手組屋敷への戻りだった。

五名がだらだらと草履《ぞうり》を鳴らし、深まり行く秋の夜空にそびえる一ノ鳥居まできかかったとき、大鳥居の柱の陰より深編笠の侍風体がゆらりと姿を現した。

侍風体は、ずず、ずず、と引き摺る足音を鳴らしつつ往来の中央に歩みを進めると、そこで五人へ向いた。

侍風体と五人とは、まだ七、八間（約一二・六～一四・四メートル）の間があった。

最初に気づいたのは、野々山鉦蔵だった。

「なんだ、あの男。足が悪いのか」

尾上陣介も気づき、軽口を叩《たた》いた。

「ああ、妙なやつだ。ただの酔っ払いか。まさか集《たか》りではあるまいな」

だが、二人は大して怪しみもしなかった。

だらだらした歩みを止めず、後ろの三人は気づいてもいなかった。

浪人風体はかぶっていた深編笠をとり、うす暗い町明かりに相貌《そうぼう》を晒《さら》し、短い総髪を束《たば》ねて背に垂らした頭を、五人へ小さく垂れて見せた。

それでようやく五人は歩みをゆるめ、四、五間（約七・二～九メートル）まできて立ち止まった。

「どうしたんだ」

西宮仙之助が鉦蔵と陣介へ、訝《いぶか》しげに声をかけた。

「たぶん、酔っ払いの浪人者だ。われらに何か用があるらしい」

「物乞《ものご》いか集りだろう」

鉦蔵と陣介が、侍風体《ふうてい》を睨《にら》んで言った。

なんだ、ありゃ誰だ、と平山藤太と戸川景吉郎が訝しそうに言った。

「酔っ払いの集りだそうだ」

「浪人者ひとりか」

「たぶんひとりだ。ほかに人影はない」

「仲間が物陰に身をひそめているのではないか。気をつけたほうがいいぞ」

後ろの三人が、口々に言い合った。

すると、浪人風体が穏やかな口調で投げかけてきた。

「卒爾《そつじ》ながら、船手頭田岡千太郎善純さま配下、船手組同心野々山鉦蔵どの、平山藤太どの、戸川景吉郎どの、西宮仙之助どの、そして尾上陣介どのとお見受けいたす。本日は五人組組頭の方々の寄合とうかがい、酒などを召されてさぞかしよい機嫌のところに邪魔をいたす不仕付《ぶしつ》けを、何とぞお許し願いたい」

「なんだ、おぬし。二刀を帯びて、見たところ浪人者らしいが、何者だ。われらの名を誰に聞いた。無礼なふる舞いをすると許さんぞ」

鉦蔵が険《けわ》しい口調を投げた。

「そういうそちらは、野々宮鉦蔵どのだな。お久しぶりでござる。暗くて定かにはわからぬゆえ、今少し傍《そば》へ寄らしていただくゆえ、よろしいな」

浪人風体がまた、ずず、ずず、と足を引き摺り間をつめる様子を、五人は訝しげに見つめた。

十二年前の瀬田徹の面影が、五人に蘇《よみがえ》らなかったのも無理はなかった。

五尺九寸余の大柄は変わらずとも、ひょろりとした痩身《そうしん》に、左の瞼が半ば垂れた盲《めしい》た白眼と、左の頰から耳にかけて生々しい疵痕が走る風貌は、かってのよく肥《こ》えた体《たい》軀《く》と愛嬌《あいきょう》のあった笑《え》みの瀬田徹とは、まるで違っている。

しかし、最初に気づいた藤太が驚きの声をあげた。

「ああっ、瀬田か。瀬田徹ではないか」

その声で、あとの四人は急にざわついた。

風鈴そばのそばやが通りかかり、五人と浪人風体を訝しみつつ、ちりり、ちりり、と風鈴を鳴らし、永代寺門前のほうへ通りすぎて行った。

徹は、五人の中の陣介を凝《じ》っと見つめて言った。

「いかにも、瀬田徹だ。わたしは十二年でこんな身体になってしまったが、みなはあまり変わらん。みな、達者そうで何よりだ」

「徹、いつ江戸に戻った。江戸を出て、どこにいた」

鉦蔵が冷めた口調で問い質《ただ》した。

「長い年月、諸国を放浪し、今はあるところに居を定めておる。拠所無《よんどころな》い用を果たすために、数日前江戸に戻った。いや、今はきたと言うべきかな」

「徹、ずいぶん痩《や》せたな。昔はよく太っていたが、身体の具合が悪いのか」

「怪我をしたのか。歩くのが不自由そうではないか」

「それに目も悪そうだな。人相が変わっておる」

景吉郎と、仙之助、藤太がそわそわと声をかけた。

「この通り痩せ細り、足を痛めまともに歩むこともできなくなった。目はゆえあって片方が潰《つぶ》れ、今では全く見えん。そのほか、左手の指はわけあって三本しかない。だが、それ以外はいたって健《すこ》やかだ。無駄な肉が削《そ》がれて、かえって身体の切れはよくなった。鹿の動きにも負けん」

「しか？」

「というのは嘘《うそ》だ。冗談だ。はは……」

「では、佐賀町の組屋敷にいるのか」

鉦蔵がまた冷めた口調をよこした。

「わたしは瀬田家を義絶された身だ。まだ両親がいるとは言え、組屋敷に戻るわけにはいかん。ある方の世話になっておる」

「ある方とは、どこの誰だ」

「鉦蔵、それは言えん。その方に万が一にでも迷惑をかけることになっては申しわけないのでな」

「拠所無い用を果たすことが、ある方に迷惑をかけることになるのか」

「うむ。事と次第によってはだ」

そのとき、陣介が刺々《とげとげ》しく言った。

「徹、おぬし、ここでわれらを待ち伏せしていたな。われらがここを通ると、誰から聞いた」

「尾上陣介、やっと口を聞く気になったか。待ち伏せではない。鳥居の柱に凭《もた》れて、おぬしが通るのを待っていただけだ。おぬしに用があって、夕刻、尾上家を訪ねた。応対に出た下男に、今宵《こよい》は摩利支天横町の料亭吉兵衛にて組頭の寄合のため戻りが遅くなると聞いた。摩利支天横町の料亭吉兵衛は知っている。おぬしらと吉兵衛で呑《の》んだ覚えがある。と言って、おぬしらの寄合の邪魔をする気はない。寄合とおそらくそのあとは酒宴になると思われるゆえ、ここでおぬしらとともに戻るであろう陣介を待っていたのだ」

「瀬田家を除かれたただの素浪人が、胡乱《うろん》にもわが家を訪ね、しかもここでおれを待っていただと。無礼者めが。おぬしに会う用などわれらにはない。目障《めざわ》りだ。消えろ」

「陣介、今ここにいる六人は、ともに佐賀町の船手組組屋敷で生まれ育ち、年ごろもほぼ同じで、かつてはともに船手組同心に就いた傍輩《ほうばい》だ。その傍輩と十二年ぶりに会い、目障りだ消えろとは、ずい分と素気ないではないか。もしかして陣介、おれに、あるいは瀬田家の者に、会いたくない負い目でもあるのか」

「ほざけ。無頼《ぶらい》の輩《やから》にすぎぬおぬしごときに、いずれは根腐《ねぐさ》れして行く瀬田家の者ごときに、何の負い目がある。どうせ明のことを怨《うら》んで言いがかりをつける気だろうが、確かに明はおれが成敗《せいばい》した。不届きなふる舞いに及んだゆえだ。明はおれの組下だった。不届きなふる舞いに及んだ組下の者を組頭が成敗するのは、いたし方のないことではないか。それは、船手頭の田岡さまもご承知ゆえ、瀬田家に逼塞を申しつけられた。逼塞が解けたとしても、嫡男《ちゃくなん》の優が明を継いで船手組同心に就けるかどうかわからぬし、瀬田家がこののちも存続するかどうかも不明だ。明の落ち度ゆえこうせざるを得なかったと、田岡さまはご承知だ。ここにいるみなも知っておる」

「陣介、おのれに都合のよい言葉をいくら連ねても、実事は変えられん。事は御船蔵役所において、ともに船手組の組屋敷で育ったみなの目の前で起こった。みなが見ていた。おぬしが言ったことと実事が違うことを、もっともよく知っているのは陣介自身だと、口にはせずともみなが知っているぞ」

「それで弟の仇討《あだう》ちをするため、江戸に舞い戻ってきたか。だがな、兄が弟の仇討ちはできんのだ。ただの狼藉《ろうぜき》なのだ。ましてや、瀬田家を離縁になり江戸を出たおぬしは、浮浪の輩にすぎぬではないか」

しかし徹は言った。

「明の仇討ちのため、江戸に戻ってきたのではない。これをおぬしにわたしにきたのだ。受けとれ」

徹は胸元に差していた一通の折封《おりふう》を抜きとり、陣介の足下に投げた。

五人の目が、折封にそそがれた。

ぽつりぽつりと灯る町明かりしかないうす暗い中でも、折封に記された《果《はた》し状》の文字は読めた。

「果し状だと」

「そうだ。同じ船手組の組屋敷で生まれ育った傍輩四人が見ている。陣介、仕《つか》える主《あるじ》なき身なれど武士は武士。わが果し状を受けよ。鉦蔵、景吉郎、仙之助、藤太、おぬしらもよく見ておけ。おれは今こうして尾上陣介に果し合いを申し入れた。明の仇討ちではない。武士の面目を施すための果し合いだ」

「江戸を追われたおぬしに、なんの武士の面目だ」

「忘れたか、尾上陣介。十二年前の御船蔵役所で、おれはおぬしに一刀を浴びせ疵つけた。おぬしを一刀の下に斬り伏せることなど、容易《たやす》いはずだった。だが、なぜかあのときおれは打ち損じた。鉦蔵、景吉郎、仙之助、藤太、おぬしらも十二年前のあの場にいて、一部始終を見ていたな。十二年も前のことなど、とうに忘れたと言うなら、果し状を読め。すべて認《したた》めてある」

徹は陣介へ見かえった。

「おぬしは、虫が好かぬ者、気に入らぬ者を餌食《えじき》にし、容姿風貌や仕種を嘲《あざけ》り、からかい、その者の落ち度を見つけては、小言や叱責《しっせき》や怒声を浴びせた。あたかもちゃんとしろと教えてやっていると言いたげにな。十二年前のあのとき、おれはおぬしのくすくす笑いに、わざとらしく妻の民江の名を交えていたのが我慢ならず、おぬしに斬りつけた。あのときおぬしは、なぜわが妻の民江の名を口にしくすくす笑いをした」

「民江の名だと。知らぬ。そんな覚えはない」

「覚えておらぬか。陣介、覚えているのはおのれの都合のいいことだけか。まあよい。おれはあのとき、おぬしに斬りかかったが、かすかなためらいがあった。ただ一刀で斬り捨てることができなかった。今となっては、それが悔やまれてならぬ。あのときためらわず、おぬしを斬り捨てていれば、十二年がたって、明がおぬしに斬殺されずとも済んだ。陣介、あのときのおれと同じことが、明の身に起こったのだな。陣介、おぬしはむしゃくしゃ腹を晴らすため、明に怒声を浴びせたそうだな」

「おのれ、下郎が。それ以上の雑言は許さんぞ」

陣介は、佩刀《はいとう》に手をかけ身構えた。

鉦蔵、景吉郎、仙之助、藤太の四人は凝っと徹を見つめているだけだった。

「やめておけ、陣介。こちらが果し合いを申し入れているのだ。十二年前の決着をつけるためにだ。その場で存分に斬り結び、斬り捨てればよかろう。昔のおれなら、おぬしの腕では相手にならぬが、今のおれは足も目もこの様《ざま》だし、手もこの通り満足に柄《つか》をにぎれん」

徹は、三本指の左手をかざして見せた。

「果し合いには、おれは自分の見分役を同道する。鉦蔵、景吉郎、仙之助、藤太、おぬしらは陣介の見分役として同道するがよい。陣介の言い分が正しいか、おれの言い分が正しいか、剣が決める。双方合意のうえの、正々堂々、死力を尽くしての勝負だ」

陣介は抜刀の態勢のまま、何も答えず、じりじりとしていた。そのとき、

「日限と場所は」

と言ったのは、鉦蔵だった。

陣介は、あっ、という顔つきを鉦蔵に向けた。勝手に決めるな、と言いたげな素ぶ

りだった。

遺恨であれ面目のためであれ、果し合いは、双方の承諾によって場所と日限を期してやる。結果に遺憾なところはなく、仇討ちを生ずることもない。

それが武士らしいふる舞いであり、幕府も黙認していた。

「三日後の八月二十八日。夜の五ツ（八時頃）。場所は入船町洲崎《いりふねちょうすさき》。夜ふけの洲崎なら人目にはつかぬ。それでどうだ、陣介」

「三日後の八月二十八日だな。陣介、それでよいか」

鉦蔵は確かめたが、陣介は答えなかった。

二

十二年前、船手頭田岡千太郎善純属僚の船手組同心を解かれ、それ以後、江戸から姿を消した瀬田徹が江戸に舞い戻っているという噂《うわさ》は、翌日の昼すぎには永代橋御船蔵役所の同心らに知れわたっていた。

どうやら瀬田徹は、弟の瀬田明が御船蔵役所において突然の乱心により、抜刀して誰彼構わず狼藉に及んだため、やむを得ず組頭の尾上陣介が成敗したこの五月十七日夕刻の事件に遺恨を抱《いだ》き、放浪の旅より窃《ひそか》に江戸へ舞い戻ったらしい。

瀬田徹が尾上陣介に果し状を突きつけた、仇討ちではなく果し合いだ、果し合いならば尾上陣介も応じざるを得まい、と同心らの間で噂がささやかれた。

ただ、いつ、どこで、どのように果し合いが行われるのか、噂では定かではなかったし、果し状を突きつけたのではなく、江戸へ舞い戻った瀬田徹が、尾上陣介の命をつけ狙っているということではないのか、という噂もあった。

ともかく、瀬田徹が江戸に舞い戻ったなら、瀬田家と尾上家の間できっと何かがある。このままでは済まないぞ、という者もいた。

船手頭田岡千太郎にも、江戸へ戻った瀬田徹が、尾上陣介に果し状を突きつけたらしいとの噂話が耳に入り、不快の念とともに焦燥《しょうそう》を覚えた。

というのも、五月十七日夕刻、御船蔵役所で起こったあの一件は、組頭尾上陣介の報告があって、即座に瀬田明の落ち度によるものと断じ、瀬田家の逼塞と、嫡男優の瀬田家相続は追って沙汰するとした。

死者を出した事件にも関わらず、子細を調べることを怠った。

高々乱心した属僚の処置など、それで事足りる、と事を甘く見た。

ところが、後日、向井将監以下四名の船手頭が登城し、躑躅《つつじ》の間に控えていた折り、船手頭の小笠原《おがさわら》某《なにがし》に、先だって、属僚の同心瀬田明を成敗した始末で瀬田家にくだした処置は偏《かたよ》っているのではないかと、同心らの間で言われておるようですが、と指摘されたことがあった。

田岡は、瀬田明成敗の始末について不意に話しかけられ、いつの、なんの一件かわからず、しばしの間があって、あ、あれか、とようやく思い出したほど、それを大して気に留めていなかったのだ。

ただ、その場では、小笠原某に入念な聞きとりをしたうえでやむを得ずくだした処置ゆえ、と言い繕《つくろ》ったものの、それ以後、しこりのように疑念が腹に残って、なんとなく不快だった。

と言って、調べ直しを命じなかった。

すでにくだした処置が誤っていると判明しては、厄介《やっかい》な事態になり兼ねない。このままにしておくしかあるまい。

そのうち忘れるだろうと、船手頭は高《たか》を括《くく》って放っておいた。

それが六月の初めのころで、もう三月近くがたった八月下旬になったその日、江戸に舞い戻った瀬田徹が尾上陣介と果し合いをするらしいとの噂話が、同心らの間でささやかれていると聞こえたのである。

田岡は尾上陣介を屋敷に呼び、その真偽を質したところ、前夜の門前仲町一ノ鳥居での子細を聞かされ、ぞっとした。

これは拙《まず》いと思った。

果し合いになったわけが、この五月の瀬田明成敗の瀬田家にくだした処置に、船手頭に手落ちがあった、偏りがあったと支配役の若年寄さまに伝わったなら、おのれの船手頭の身分の障《さわ》りになる恐れすらあった。

田岡は陣介に言った。

「尾上、瀬田徹と果し合いなど、以《もっ》ての外《ほか》だぞ。あのとき瀬田明を斬ったおぬしは、本来ならばよくて切腹。事情によっては、斬首もあり得たのだ。あのときおぬしは、泣いて腹を切りますと詫《わ》びておったな。ついおぬしが気の毒になって、瀬田明に手をかけ今さらとりかえしがつかぬなら、事を荒だてるまでもないと思った。おぬしに目をかけ、おぬしに理があるかのように事を収めてやったのだ。それを今さら、果し合いなどと馬鹿を申すな。おぬしに同情したことを後悔させる気か。ただちに瀬田家の組屋敷に向かい、隠居の宗右衛門に、徹が江戸へ戻ってきた子細を問い質せ。穏便《おんびん》にだぞ。そうだ。その役目は、野々山鉦蔵を同道させ、野々山にやらせろ。隠居の宗右衛門は、おぬしでは何を言うても聞く耳を持たぬかも知れん。野々山が宗右衛門を問い質す間、おぬしはひたすら頭を低くして、殊勝《しゅしょう》な態《てい》を見せておれ」

「は、はい。野々山に頼みます」

「宗右衛門は、徹の居どころを知っているはずだ。とにかく、果し合いをやめ、事を荒だてずに収めるよう、宗右衛門に徹を説得させるのだ。徹が説得に応じれば、瀬田家嫡男の優をすぐさま同心見習として出仕させ、ころよい機を見はからって船手組同心に就かせる。それから、この度の明の身に起こった不慮の災難の見舞金五十両、いや百両を瀬田家に支給する用意があると伝えるのだ」

「ひゃ、百両とは。そんな大金はどのように」

「金はあてがある。御船蔵出入りの業者に出させる。おぬしは徹に会い、土下座してでも詫びを入れ、瀬田家のために事を収め、身を引いてくれと頼むのだ」

「それでも徹が応じなければ」

「それでも応じぬだと？　瀬田徹はそんな男か」

「世の道理やら通すべき筋やらと、武士の面目にこだわる面倒な男だったと、記憶しております」

「武士の面目だと？　だからおぬしとは反《そ》りが合わんのだな」

陣介は唇をへの字に結び、黙っていた。

「誰かいるか」

「誰かとは……」

「腕のたつ者だ。金になるなら、その腕を生かす勘定ができる者だ。瀬田徹が消えれば、果し合いなどない。これまで通りだ。瀬田明の一件は、いずれみな忘れる。そうだろう。排除するしかないではないか」

陣介は血走った目を泳がせ、しばし考えてから言った。

「ひとりおります。松村町《まつむらちょう》の網打場《あみうちば》で用心棒に使われている男です」

「網打場？　岡場所《おかばしょ》だな」

「はい。化け物のようなうす気味の悪い男です。一度人を斬ったところを見たことがあります。相手は地廻《じまわ》りのやくざでしたが、太刀捌《たちさば》きがわからぬほどの、恐ろしい腕前でした。歳《とし》は二十七、八歳ぐらい。金のためならなんでもやる、無頼な生き方しかできぬ男です。あの男なら、うす気味悪がって誰も近づきません。打ってつけです」

「よく存じておるな。そんな男を」

「まあ、なんとなくです。一度、酒を酌《く》み交わしたことがあります」

「そういう男なら反りが合うか。おぬしは案外、そのうす気味悪い用心棒と似た者同士なのかもな。どこの男だ。名は……」

午後、尾上陣介と野々山鉦蔵は、瀬田家の御船手組屋敷を訪ねた。

瀬田家は寂《しん》と静まりかえり、人気《ひとけ》が感じられぬほどだった。

瀬田家の逼塞はまだ続いている。

逼塞のため、表口に閉《た》てた板戸を数度叩《たた》くと、しばらくして戸内より宗右衛門らしき声がかえされた。

「どなたで……」

「野々宮鉦蔵です。船手頭田岡千太郎さまのお指図により、参りました。宗右衛門さまに、お伝えすることがあります。よろしいか」

沈黙のあと、板戸が咳《せ》きこむような音をたてて引かれ、宗右衛門が外の明かりを眩《まぶ》しそうに眉《まゆ》をひそめた。

そうして、鉦蔵と後ろに従う陣介を意外そうに見つめた。

宗右衛門は、褪《あ》せた鳶色《とびいろ》の上衣を着流し、脇差《わきざし》は帯びていたが、袴は着けていなかった。白髪交じりののびた月代《さかやき》や無精髭が目だって、六尺近い上背のある痩身に、かつての船手組同心の精気は感じられなかった。

宗右衛門は板戸の隙間《すきま》から、戸惑《とまど》い気味に言った。

「わが家の嫡男は十三歳の優です。あとはわれら老いぼれ夫婦と、身重の後家と幼い子供だけでござる。優は嫡男とは申せ、まだ見習いにすら出仕が許されておりません。老いぼれのそれがしでよろしいのか」

「船手頭は、宗右衛門さまにお伝えせよと、申されております」

「さようか。船手頭のお指図ならば、致し方あるまい。入られよ」

鉦蔵と陣介は、縁側に閉てた腰付障子に白い日が射す座敷に通され、二人は床《とこ》の間《ま》を背にして宗右衛門と対座した。

老妻が白湯の碗《わん》を整え、宗右衛門が促した。

「田岡さまのお指図をどうぞ」

「田岡さまのお指図をお伝えする前に、じつは昨夜、それがしとこの陣介、景吉郎、仙之助、それから藤太の五人が、永代寺門前仲町の一ノ鳥居に差しかかったところ、瀬田徹どのとお会いいたしました。徹どのがわれら五名と申しますか、殊にこの陣介に用があって、われらが通るのを待っておられたのです」

その束《つか》の間《ま》、宗右衛門は言葉を失い、鉦蔵を見つめていた。

「徹どのの様子は、前とはだいぶ変わっておられたが、言葉を交わすと、十二年前と変わらず……」

「ま、待ってくれ。野々山どの、瀬田徹と言われたのは、わが倅《せがれ》の徹のことですか。徹が江戸に戻っておるのですか」

声を昂《たか》ぶらせて、宗右衛門が質した。

「さようですが、もしかして、徹どのが江戸に戻っていることを、宗右衛門さまはまだご存じではないのですか」

「知らなかった。徹は今、ど、どこにおるのですか」

合点がいかぬというふうに、宗右衛門は訊《き》きかえした。

「瀬田家を義絶された身ゆえ、瀬田家に戻るわけにはいかず、ある方の世話になっていると、徹どのは申しておりました。ですが、そのある方は教えてくれませんでした。ということは、宗右衛門さまは徹どのがどこにいるかも、いまだご存じではないのですか」

「し、知らぬ。なぜだ。なぜ父のわたしに会いにこぬ。あ、まさか。徹はもしかして……」

宗右衛門は、鉦蔵の後ろに控えた陣介を睨んで言った。

「陣介どの、徹はおぬしになんの用があって、一ノ鳥居で待っていたのだ。それを聞かせてくれ」

「宗右衛門さま、それはそれがしが伝えるようにと、船手頭の御指図ですので、それがしがお伝えいたします」

鉦蔵が宗右衛門を遮《さえぎ》った。

「ならば、鉦蔵どのが教えてくれ」

「昨夜はわれらも、十二年前に江戸から姿を消した徹どのが、いきなりわれらの前に現れたので、何事かと、すぐには合点が参りませんでした。徹どのは戸惑っているわれらに言われたのです」

と、鉦蔵は門前仲町一ノ鳥居に忽然《こつぜん》と現れた徹が、陣介に果し状を突きつけた昨夜の顚末《てんまつ》をつらつら語った。そして、徹の果し状の一件は、今日になって、船手頭田岡千太郎にも聞こえ、船手頭を驚かせた。

船手頭は、いかなる理由があるにせよ、果し合いなどと、江戸市中を騒がすふる舞いは以《もっ》ての外《ほか》である。ただちに、父親の宗右衛門に伝え、陣介との果し合いを思い留まるよう説得させせよ、と鉦蔵と陣介に命じた。そのうえで、

「宗右衛門さまが徹どのを説得いたせば、嫡男優どのの早々の出仕をとりはからい、不慮の災難に遭った明どのの見舞金百両を瀬田家に……」

と、鉦蔵が言いかけた途端、宗右衛門の怒声が遮った。

「おのれら、明の理不尽な斬殺を、あくまで不慮《ふりょ》の災難と、百両の金で言い繕い隠蔽《いんぺい》を謀《はか》る魂胆か。身分低き同心風情と、馬鹿にするのもほどがある。陣介、真実を語る義なき者は武士ではない。帰れ。欺瞞《ぎまん》だらけのおぬしの不機嫌面は見とうない。鉦蔵、おぬしらもそうだ。五月のあの日、御船蔵役所において、明の身に何があったのかつぶさに見ていたのだろう。なぜ見たままを伝え、是非曲直《ぜひきょくちょく》を正さぬ。何ゆえ、まるで徹が十二年ぶりにいきなり現れ、理不尽な言いがかりをつけているかのように言うのだ。おぬしら、それでも武士か」

しかし、鉦蔵は冷やかに答えた。

「それがしは船手頭に命ぜられ、船手頭のご意向を宗右衛門さまにお伝えにきたのです。不承知なら致し方ありません。ですが、宗右衛門さまがこのまま武士の意地を通されても、瀬田家のみなさまのためにはなりますまい。ご嫡男の優どののためにも、まだ幼い妹、弟のためにも、民江どのが新しくお産みになる子のためにもなりますまい」

「鉦蔵、おぬしはそのようなわけ知りな物言いをする男なのだな。だが言うておく。われら瀬田家の者もこのまま黙ってはいない。評定所に訴えて、おぬしらの偽《いつわ》りを退《しりぞ》け、明の無念を晴らし、瀬田家の面目を施すために戦う。それがわれら瀬田家の者の総意だ」

宗右衛門は言った。

三

佐賀町の往来に出ると、鉦蔵が陣介に言った。

「まったく頑固な隠居だ。話にならん。陣介、宗右衛門に徹を説得させるのは無理だ。このままでは、明後日《あさって》の果し合いは避けられぬ。やるしかないぞ」

わかっているのかいないのか、陣介は物憂そうに黙りこんでいた。

鉦蔵は続けた。

「若いころの徹は確かに腕がたった。だが、今は見るからに痩せ衰《おとろ》えて、かつての偉《い》丈夫《じょうふ》の面影《おもかげ》はない。足も不自由で、片目も失っておる。あの様では、どこからでも隙は見つかる。あの徹を相手に、おぬしが後れをとることなどはよもやあるまい。見事正々堂々と戦い、討ち果たしてやれ。剣が決めると徹が言っていたではないか。見事徹を討ち果たして、おぬしが間違っていなかったことを天下に証してやれ。われら四人が、しっかりと見分してやる」

それから、声をひそめてささやいた。

「でないと、幼馴染《おさななじ》みのおぬしに加担して、明の乱心と言ったわれらの立場も、危くなり兼ねんのでな」

陣介は答えず、夕方七ツ（四時頃）が近い東の空にそびえる門前仲町の火の見櫓と、その秋空を鳥影がかすめて行くのを、ぼうっと見遣っていた。

それから、物憂げに鉦蔵へ向いた。

「鉦蔵、田岡さまへのご報告はおぬしに頼む。おれは田岡さまのお指図で、もうひとつ急ぎの用があるのだ。そちらの用を済ませに行ったと、田岡さまにお伝えしてくれ。そう言えばわかる」

「どこへ行くのだ」

「どこでもよかろう。一々おぬしが知る必要はない。頼んだぞ。ではな」

と踵《きびす》をかえし、陣介は背を向けた。

陣介は油堀《あぶらぼり》の土手道を行き、一色町《いっしきちょう》から伊沢町《いざわちょう》をへて東隣の松村町へとった。

ここら辺の町地の入堀は、油堀西横川《にしよこかわ》、奥川《おくがわ》、北黒江川《きたくろえがわ》と黒江川《くろえがわ》が廻《めぐ》り、川幅およそ八間から十間（約一四・四〜一八メートル）ほどである。

網打場という岡場所が、松村町内北の一画にあった。

網打場は局見世《つぼねみせ》ばかりの岡場所、と深川では知られている。

東西と北に片開きの木戸のある板塀に囲われ、間口九尺（約二七〇センチ）奥行六尺（約一八〇センチ）の、客と女郎二人の寝床ほどの棟割長屋二棟が向き合っている。

その網打場の西入り口わきの番小屋に、九竜十太郎《くりゆうじゆうたろう》と名乗る男が、網打場の用心棒と番人を兼ねて、一年半ほど前から寝起きしていた。

歳は二十八か九の、ごつい身体つきに長い顎《あご》の反った不気味な風貌だった。

当人は念流《ねんりゆう》兵法上州馬庭樋口《じようしゆうまにわひぐち》系の血筋を引く九竜家と称して、袴に両刀を帯びた侍風体を装ってはいても、正体はどこの馬の骨かもわからない流れ者だと、網打場の防ぎ役が言っていた。

ただ、腕には相当覚えがあるらしく、以前、女郎相手に刃傷《にんじよう》沙汰を起こして逃げようとした地廻りの首を、一刀の下に斬り落とした早業《はやわざ》を見やしたが、ありゃあ恐ろしいほどの腕前でやした、と防ぎ役はそうも言っていた。

陣介は防ぎ役の中立で、九竜十太郎と酒を酌み交わしたことがあった。

十太郎は、船手組同心の陣介をさも身分の高い公儀のお役人さまと思いこみ、そんな身分の高い公儀のお役人さまと酒を酌み交わすことができる喜びを、まるで子供のように隠さなかった。

「尾上さま、あっしは腕に覚えはありやす。浪人者だが、二本差しをぶった斬ったことだってありやす。あっしの腕を借りてえときがあったら、いつでも言ってくだせえ。喜んで尾上さまのお役にたてて見せやすぜ」

陣介は戯《たわむ》れに、

「ならば手間代をとらせるから、邪魔者を消してくれと頼めばやってくれるか」

と向けると、任せてくだせえ、相手はお侍でやすね、とすぐにも斬り合いを始めそうな意気ごみだった。

その折りは、十太郎のうす気味の悪さに眉をひそめたほどだったが、誰かいるか、と船手頭に訊かれたとき、あの男がいる、と陣介は思いたったのだった。

十太郎は、網打場の若い者らと番小屋で花札に興じていた。

西日が川面に赤く染まった黒江川の畔《ほとり》へ呼び出し、話を持ちかけた。

「手間代に十両をとらす。どうだ」

すると、十太郎はくすくすと笑った。そして、

「侍一匹でやすか。簡単だ。任せてくだせえ。ところで、その始末の手間代は、十両ぽっちなんでやすか。尾上さま、それじゃあ賭場《とば》の博奕《ばくち》打ちほどの値段でやすね。近

ごろは物の値段もあがって、お侍の始末は、二十五両はいただくことにしておりやす。それも小判は両替が面倒なんで、一分銀で……」

と、存外に生臭いことを言いかえされた。


瀬田宗右衛門は、居ても立ってもいられぬ気持ちだった。

すぐに妻の登代と嫁の民江を呼び、倅《せがれ》の徹がすでに江戸に戻っており、野々山鉦蔵と尾上陣介が船手頭田岡千太郎の意向を伝えにきた子細を話すと、二人はほろほろと涙を落として泣いた。

老妻の登代は、顔を袖《そで》で蔽《おお》って泣きながら言った。

「徹は今どこにいるのですか。なぜ顔を見せにきてくれぬのですか」

「わたしも聞いたときは、なぜだと思った。唐木どのも一緒のはずだ。唐木どのもなぜ何も言ってこぬとな。だが考えても見よ。徹はわが瀬田家から、われらの都合で離縁した倅なのだ。徹にすれば、倅ではあっても、気安く組屋敷に踏み入ることをはばかったに違いない。徹らしいふる舞いではないか。それに、徹は徹なりに考えていることがあると思われる」

「わたしたちに顔を見せにもこず、何を考えているのですか」

「それを確かめに、近江屋の隆明どのを訪ねる。隆明どのも季枝どのも、徹がすでに江戸に戻っていることは、わかっていると思う。隆明どのと季枝どのさえ何も言ってこないのは、きっと何らかの考えがあるゆえなのだ。すぐに出かける。登代、支度だ。戻りはいつになるかわからん」

登代は、宗右衛門の支度《したく》を手伝った。

宗右衛門は気が急《せ》いた。

永代橋を北新堀町へ渡り、南新堀町、霊岸橋から八丁堀の町家と組屋敷地を抜け、弾正橋、京橋と渡って、新両替町二丁目、すなわち銀座町の本両替商近江屋に着いたのは夕方七ツ半（五時頃）すぎであった。

近江屋の商いはすでに終っており、表店《おもてだな》の板戸が閉《た》てられ、軒《のき》に下げた分銅形《ふんどうがた》の看板が、新両替町の往来にまだつきない人通りを、素《そ》っ気《け》なく見守っている。

宗右衛門は板戸を叩いた。

表店と通り庭を隔てた奥の、主人一家の住居に通り、顔見知りの中働きの女に客座敷へ導かれた。

閉てた明障子の縁側ごしに、枯山水《かれさんすい》の瀟洒《しょうしゃ》な庭にまだ残る夕方の明かりが淡《あわ》く映って、遠くの空を渡る鴉《からす》の声が寂しげに聞こえた。ほどなく、

「ごめんなさい」

と、座敷の間仕切が引かれ、季枝が茶碗と菓子の皿を盆に載せて現れた。

「お出でなさいませ、宗右衛門さま。どうぞ」

季枝はほのかな笑みを見せつつ、茶碗と菓子をおいた。

「畏れ入ります。このような刻限に、唐突にお訊ねいたした無礼を、何とぞお許しください」

宗右衛門は、深々と頭《こうべ》を垂れた。

「先代のころからおつき合いをいただいておりますのに、そのようなお気遣いは無用になさいませ。今宵、隆明は寄合がございまして、遅くなります。それで、ご用はわたくしが承ります。よろしいですね」

「は、はい。さようでしたか。では、季枝どのに……」

「ご用がすんでから、夜食をご一緒にいただきましょう」

「あいや、そのような。とんでもございません」

「遠慮は無用です、宗右衛門さま。昼間、隆明が出かけるときに申しておりました。もしかして、宗右衛門さまがお見えになるかも知れないので、わたくしが徹さんの事情をお伝えするようにと、言われているのですよ」

「と、徹の事情と申されますと、それではやはり、徹はすでに、江戸に戻ってきているのでございますな」

「はい。徹さんは先だって、唐木さまとともに、無事江戸へ戻られました。十二年がたって様子は少しお変わりになられましたが、それ以外はとてもお健やかに見えましたよ」

「で、では、徹は近江屋さんのご厄介に、なっておるのでございますか」

言いながら、宗右衛門は目が潤《うる》むのを抑えられなかった。

「徹さんは近江屋から別のところに、三日前、移られました」

「移ったとは、どこへ。なぜ、佐賀町の組屋敷に戻らぬのでしょうか。親のわれらに、戻ったと顔を見せにこぬのでしょうか」

「宗右衛門さま。どうぞ、召しあがってください」

季枝が茶を勧めた。

宗右衛門ははやる気持ちを抑え、温かな煎茶《せんちゃ》を一服した。

「事が済むまではそのようにしたいと、徹さんがご自分で仰《おつしや》ったのです」

と、季枝は言った。

「季枝どの、お聞かせ願いたいのです。先ほど、逼塞を申しつけられているわが家に、船手組同心の野々山鉦蔵と尾上陣介と申す両名が、船手頭の命を伝えに参ったのです。わたくしはその両名から、徹がすでに江戸へ戻っており、しかも、乱心した明を成敗したと嘯《うそぶ》く尾上陣介に、徹が直《じか》に会って果し状を突きつけたと聞かされました。なぜわれらに何も知らせずそのようなことをと、驚きかつ困惑いたしました。しかしふと思ったのでございます。徹は自分ひとりで瀬田家の者とはかかわりなく、われら瀬田家の者がこうむった苦難を終らせようとしているのかと。それゆえ、江戸に戻ったことすら、父親のわたくしにも知らせぬのかと……」

「徹さんが果し状を。そうなのですか。いかにも徹さんらしい。わたくしも隆明も、果し状のことは存じませんでした。徹さんはわたくしたちにも、迷惑がかからぬようにと、何も仰いません。でも、徹さんは宗右衛門さまが仰ったようにお考えなのだろうと、わたくしも隆明も思っておりました。徹さんは、みなさんがお暮らしの組屋敷に戻らず、江戸に戻っていることさえ知らせず、ご自分がこの事態を終らせようとなさっているのですね。瀬田家の者ではないご自分が終らせれば、後々、瀬田家に難儀が及ぶことはない。これはひとりで為《な》さなければならないと、きっとそのように」

「もしかして徹は、唐木どのの厄介になっておるのでしょうか」

「はい。でも、唐木さまのお住まいは、瀬田家の方には知らせないで欲しいと、徹さんは仰いましたので、お教えできません」

季枝は、穏やかな笑みを宗右衛門へ向けている。

宗右衛門の頬に、ひと筋の涙が伝った。

宗右衛門は、しばしの間をおいて言った。

「先ほど季枝どのは、十二年がたって徹の様子が変わったと申されましたな。昼間きた船手組の同心にも、徹の様子が前とはだいぶ変わったと聞きました。徹の様子は、どのように変わっているのですか」

「左足が不自由で、歩くときに引き摺り、それから、左手もけがをなさっておられます」

「左手のけがとは、どのような」

「中指と薬指が、熊の餌になったと笑って言っておられました。蝦夷の山中で、徹さんより大きな熊に襲われ九死に一生を得ましたが、左足と左手がそのようなあり様にと。それから、左目が見えません」

「なんたることだ。そんな身体で果し状を突きつけたのか。徹は死ぬ気か」

「果し状のことは、たぶん、唐木さまにご相談なさったのに違いありません。ちょっと、胸が苦しくなりますけれど、徹さんがお決めになったことです。むざむざと討たれるために、果し合いを申し入れたのではないと思います。わたくしも隆明も、唐木さまも、徹さんをただ見守るしかありませんが」

「いくらなんでも、それでは無理だ。十二年前、わたくしは瀬田家を守るために徹を離縁いたしました。そうしてこの夏、明を失いました。愚かなわたくしの所為で、二人の倅を失い、手も足も出ない老いぼれとなり果てました」

「ご嫡男の優さんが、瀬田家を継いで行かれます。幼い孫たちも、これから生まれる命もあります。命ある限り、あとを継ぐ若い命を見守って行かれれば、よいのではございませんか」

うな垂《だ》れた宗右衛門に、季枝はそれ以上かける言葉がなかった。

四

八月二十八日、江戸市中の船宿の船が、両国納涼の最後の日を惜しむ客を乗せて、まだ明るい両国橋周辺の大川へ続々と漕《こ》ぎ出していた。

両国橋を往来する人出も多く、両国広小路の岡すずみで、早《は》や一杯やり始めてよい機嫌になっている客も少なくなかった。

その午後八ツ（二時頃）すぎ、船手頭田岡千太郎善純属僚の同心大木左次平と堀川蔵八の両名が、永富町一丁目の土物店《つちものだな》から、一丁目と三丁目の境の小路へ折れた。土物店で聞いた通り、小路を四半町（約二七・二メートル）ほど行ってすぐに安左衛門店の木戸が見つかった。

「ここだぞ」

大木左次平が堀川蔵八に声をかけ、両名は頷《うなず》いて木戸をくぐった。

二階家の割長屋が、北の藍染川《あいぞめがわ》まで通る路地を挟んで、東側に五戸、西側に三戸が向かい合う東側の三軒目が、唐木市兵衛の店と教えられた。

大木が片引きの腰高障子を軽く叩き、声をかけた。

「お頼みいたします。こちら、唐木市兵衛どのの店とうかがい、お訪ねいたしました。唐木市兵衛どのは、ご在宅でしょうか。ご在宅ならば……」

と言いかけたとき、戸内より、

「へえい、ただ今」

と、短くかえされた。

表戸が引かれ、町民風体の男が両名の様子を窺《うかが》うように言った。

「どちらさまでございましょうか」

　左次平は、町民風体だったのが意外そうな戸惑いを見せた。

「あ、あのこちらは唐木市兵衛どののお住まいとうかがって、お訪ねいたしたのですが、違っておりましたでしょうか」

「いえいえ、こちらは唐木市兵衛さまのお住まいに、間違いございません。あたしは市兵衛さんの請人をやっております、宰領屋の矢藤太と申します。請けた仕事の相談事がございまして、こちらに立ち寄っていたところでございます。唐木さまは今洗濯物をとりこんでおられますんで、あたしが代わりにというわけで。何とぞ、お名前とご用をおうかがいいたします」

「はい。それがしは船手頭田岡千太郎善純さま属僚の、船手組同心大木左次平と申します」

「同じく、堀川蔵八と申します」

　左次平と蔵八が続いて名乗り、左次平が言った。

「こちらの唐木市兵衛どののお住まいに、船手頭田岡千太郎善純さまの元属僚にてわれらの傍輩であった瀬田徹どのがおられると聞き及び、瀬田徹どのにある事柄を急ぎ知らせるためお訪ねいたしました」

「瀬田徹どのが、唐木市兵衛どののお住まいに寄寓《きぐう》なさっておられるのは、新両替町二丁目の両替商近江屋さんの季枝さまにその事柄を伝えますと、瀬田徹どのはこちらとうかがいました」

蔵八が言い添えた。

店は、表土間に三畳間の寄付き、三畳間の茶の間を兼ねた台所の間、その奥の四畳半の腰付障子が引き開けられて、表戸から四畳半の濡縁《ぬれえん》と狭い庭を囲う板塀までが見通すことができた。

二人は言いながら、矢藤太の肩ごしに、茶の間で巻紙に筆を走らせている瀬田徹を認め、蔵八が手を差して言った。

「あれは徹だ。徹、おれだ。蔵八だ」

巻紙と筆を手にした徹が表へ向き、うむ？　という表情を寄こした。

そこへ、寄付きの片側から二階へあがる板階段を軋《きし》ませ、市兵衛がとりこんだ洗濯物を抱えておりてきた。

軒下の二人はそろって、市兵衛に辞儀をした。

それから奥の四畳半に、左次平と蔵八、徹と市兵衛の両名ずつが裏庭を片側にして向き合い、茶を淹《い》れて運んできた矢藤太は市兵衛の傍《かたわ》らに座を占めた。

左次平と蔵八は、十二年ぶりに相対した徹の変わり果てた姿に、初めは息を呑んだものの、すぐに遠い面影が甦《よみがえ》り、手をとり再会を喜んだ。

三人に思い出話はいくらでもあった。

しかし、果敢《はか》なくすぎ去った秋《とき》を懐かしんでいる間はなかった。

「わざわざ会いにきてくれて、礼を言う。一献酌み交わしたいところだが、その暇がないのだ。わたしはこれからなさねばならぬ用があって、支度にかからなければならない。縁があれば、また会う機会はあると思う。済まないが、今日はこれまでにしてくれるか」

徹が言うと、左次平と蔵八は顔つきを改め、

「そうだ。われらも肝心なことを徹に伝えにきたのだった」

と、左次平が言った。

じつはな、と二人は話し始めた。

「……というわけで、人の口に戸は立てられん。それで今、役所内では瀬田徹が江戸に戻っており、尾上陣介に果し合いを申し入れたらしい、という噂がまことしやかにささやかれて持ちきりなのだ。ただ、果し合いの日限《にちげん》や場所はわからないし、真偽は定かではないものの、確実なことは調べようがなく、とにかく、噂が流れ始めた一昨日《おととい》から気になって仕方がなかった」

「徹がいつ江戸に戻ったのか、陣介に果し合いを申し入れたのは本当なのか、わからないながら、陣介は無論だが、組頭の鉦蔵や仙之助、それから景吉郎も藤太も船手頭の田岡さまに呼ばれて、一昨日から窃な相談事ばかり続けていてな。なんとなくあたふたした様子が見え、船手衆の御用の相談事とは思われない。もし御用なら、われら同心にも、田岡さまか組頭より何かお指図があって然《しか》るべきなのに、何もないのがかえって穏やかではない」

「だからというて、瀬田家のご隠居さまにそんな噂を聞きましたがと、確かめに行くのもはばかられた。それでだ……」

それは左次平が、今朝、水主《かこ》の蜂助《はちすけ》から聞いた話だった。

船手頭五人の属僚には、同心三十名ずつに、水主が五十名ほどがいた。

三十歳前の蜂助は、船手頭田岡千太郎善純に属する水主である。

まだ女房がなく、松村町の岡場所網打場の局女郎に馴染みがいた。

馴染みの器量は今ひとつながら、気だてがいいし歳も若いので、蜂助は女房にしてもいいと思っていた。

昨夜、蜂助は久しぶりに馴染みの女と戯れ、夜明け前の暗いうちに御船手組の長屋に戻るつもりで、夜ふけに馴染みと寝物語を交わした中で、網打場の番小屋に寝起きしている九竜十太郎という二本差しの用心棒の話になった。

「馬鹿でかくて、目つきのおっかない気味の悪い男でさ。二十八、九らしいからあんたと同じぐらいの年ごろでね。番小屋で昼間から開帳している賭場で、博打ばかりしていてさ。本人は武家の生まれだと言ってるけど、誰も信じちゃあいないんだよ。ただ腕っ節の強さは凄《すご》いらしいのさ。あいつを怒らしたら恐いって、みんな言ってるから……」

と、馴染みは九竜十太郎の噂話を蜂助に聞かせた。

それは一昨日、九竜十太郎が網打場の番小屋で昼間から開帳している賭場で知り合った柄の悪い地廻りに持ちかけた、少々物騒な仕事の話だった。

仕事の前金を懐にした地廻りは、蜂助の馴染みの女を相手に戯れた。

その戯れのさ中、地廻りは女が恐がるのを面白がってか、また自身も人斬りに昂《たか》ぶりを覚えるのか、これでも人を斬ったのはひとりや二人じゃねえんだぜ、と気味の悪い自慢話を始めたのだった。

戯れのひとときが済んで女が後始末をしていると、地廻りは煙管《キセル》を吹かしながら、明後日の仕事を済ませて残りの代銀を手にしたらまたくるぜ、とひくひく声を引きつらせて笑っていた。

女は明後日の仕事というのが少々気になって確かめると、地廻りは大して用心もせず、いかにも簡単な口ぶりで言った。

九竜十太郎に手を貸せと声をかけられ、ごみみてえに目障《めざわ》りな浪人者を二匹始末し、江戸の町を少しは綺麗《きれい》にしたうえに、案外いい金になる仕事を請けたと。

女は九竜十太郎の不気味な風貌を思い出し、背筋がぞっとした。

だが、そのあとに地廻りが知ったふうに続けた無駄話を聞き流していて、女はちょっとどきりとした。

どうやら明後日の、ごみみてえに目障りな浪人者をこっそり二匹始末する仕事は、佐賀町の御船手組役所の同心が九竜十太郎に依頼し、九竜十太郎が地廻りを金で誘ったらしいのがわかった。

浪人者をこっそり二匹始末するなんてそんな恐ろしいことを、九竜十太郎みたいな気味の悪い破落戸《ごろつき》に頼んだ相手が、佐賀町の御船手組役所の同心と知って、女はどきどきした。

船手組役所の同心たって、お上に仕えるお侍だろう。

そんなれっきとしたお侍が、九竜十太郎みたいな恐ろしげな破落戸に、人を始末してくれなんてさ。

それに、佐賀町の御船手組役所なら、蜂助さんの船手組じゃないの。

やっぱりこれは蜂助さんに話さなきゃあ、と女は思った。

一方の蜂助は、昨夜、馴染みの女から聞かされ、そう言えばこの一両日、御船手組役所の同心らが、組頭の尾上陣介とかつて船手組同心だった瀬田徹という浪人者が果し合いをするらしい、という噂を聞いていた。

その果し合いは、蜂助が船手組の水主に雇われる以前の遺恨がらみらしく、詳しいいきさつは知らないけれど、もしかしてそれと、地廻りが請けた仕事にかかり合いがあるんじゃねえかと蜂助も思った。

「佐賀町の御船手組同心なら、蜂助さんの御船手組だろう。お上に御奉公するお侍が、そんな無頼漢みたいな真似《まね》をするのかい」

「しねえとは言えねえ。侍の中にも性質《たち》の悪いのはいるさ。そんなもんさ」

蜂助は女に答えながらも、内心は昨夜の明後日なら明日じゃねえか、こいつはほっとけねえぜ、と胸騒ぎを覚えた。

「今朝、蜂助にその話を聞かされ、瀬田徹と尾上陣介の果し合いの裏で、窃な謀《はかりごと》が仕組まれているのは間違いないと気づいた。証拠はないが、おそらく尾上陣介が企んで、徹と見分役のどなたかを果し合いの前に亡き者にしようと謀《はか》っているとしか考えられなかった」

「しかも、果し合いの日限が今日と知って、これはもう船手組の仕事どころではない。一刻でも早く徹に伝えなければ、と思ったのだ。だが、徹が江戸に戻ってから瀬田家におらず、どこに身をひそめているのかはわかっていなかった。なら徹とかかり合いの深い、近江屋さんはご存じではないかと思い、新両替町二丁目の近江屋さんへうかがったのだ」

左次平と蔵八は言った。

「では、こちらの唐木さんの店は、近江屋さんで教えられたのだな」

「そうだ。われらは徹の傍輩で、少しでも徹に手助けしたいと思っていることを伝えると、刀自の季枝さまがわれらを信じてくだされ、唐木どのの店にと、教えてくださったのだ」

「唐木どのおひとりが、果し合いの徹側の見分役を務められるのですね。それから、徹を江戸へ連れ戻したのは唐木さんと、それも季枝さまにうかがいました」

左次平が市兵衛に言った。

「はい。徹さんは蝦夷のコタンに住んでおられました。明さんの亡くなられた経緯《いきさつ》と、お父上の瀬田宗右衛門さんのお考えを伝えに、蝦夷へ行ったのです」

市兵衛が言うと、二人は目を瞠《みは》った。

「えっ、蝦夷のコタンというと、もしかしてアイヌの村のことか。徹はアイヌの村で暮らしていたのか」

「そうだ。アイヌに命を救われたのだ。この通り……」

と、徹は中指と薬指のない左手をかざして見せた。

「これは蝦夷の山中で熊に襲われ、食いちぎられた。指二本だけで済み幸いだった。左足は熊に嚙《か》み砕《くだ》かれ、不自由の身となった。満足に動かせんし、左目も失って死にかけたわたしを、アイヌが介抱して、救ってくれたのだ」

「そ、そんな身体で、果し合いなどできるのか」

「できるさ。アイヌのコタンでも、足を引き摺って野や山を駆け、指のないこの手で弓矢を射て狩りをし、丸木舟を漕いで川や海で漁をした。戦いも猟と同じことだ。ただし、勝敗はときの運だがな」

嗚呼《ああ》、と左次平と蔵八は声をもらした。

「徹、われらも見分役に加えてくれ。今日の果し合いの場所はどこだ。ともに行く。唐木どの、陣介が無頼なやつばらを使って徹と見分役の始末にかかるなら、見分役の人数は多いほうがいいのではありませんか。われらも戦います」

しかし、徹は言った。

「左次平、蔵八、申し入れはありがたいが、やめたほうがいい。陣介の見分役には、鉦蔵と仙之助と景吉郎、それに藤太《たお》もくるだろう。みな御船手組のおぬしらの傍輩だ。わたしと陣介のどちらかが斃《たお》されても、双方にしこりを残す恐れがある。船手頭の田岡さまに、公正な判断は希《のぞ》めない。そうなれば、おぬしらが明と似たような日に遭う場合も、ないとは言えない」

「そんなことはいい。事情を知って、手を拱《こまね》いているわけにはいかない。五月のあの日、明が御船手組役所で斬られたとき、われらは傍観し沈黙した。明の初七日の法要が終った午後、おれと蔵八が田岡さまのご裁断を瀬田家に伝えに行った折りだった。お袋さまの登代さまが、涙を頰《ほお》に伝わせわれらに言われた。われらがなぜ沈黙するのか、船手頭の同じ属僚ではありませんか、仲間ではありませんかとな。後悔は先にたたずだ。そうではないか、蔵八」

「そうだ。そうだとも。われらも見分役に加えてくれ」

蔵八も言った。

「市兵衛さん、どうする」

傍らの矢藤太が、小声で質した。

市兵衛は矢藤太にひとつ頷き、徹に言った。

「徹さん、左次平さんと蔵八さんにも加わっていただいてはいかがでしょうか。今宵の果し合いの場は、弁才天吉祥寺西《べんざいてんきつしょうじにし》の洲崎、波除堤《なみよけ》の石の牓示《ほうじ》下あたりです。尾上陣介が網打場の九竜十太郎にわれらの始末を頼んだのであれば、九竜十太郎は見分役のいる果し合いの場でわれらを襲うとは考えられません。われらが果し合いの場に向かう途中のどこかで待ち受けて襲い、さっさと始末を済まして引きあげる腹でしょう。夜の五ツ（八時頃）では町家は避け、おそらく入船町から平野橋《ひらのばし》を渡った橋の袂《たもと》、あるいは石の牓示へ向かう波除堤のどこかと思われます。果し合いの場へ向かうのは、二手に分かれてはどうでしょうか」

市兵衛は、左次平と蔵八へ問いかけた。

「左次平さんと蔵八さんは、船の用意はできませんか」

「そうか。船で洲崎へ行くのか。洲崎は遠浅だが、できる限り岸辺に近づけ、足下は濡れても、波打ち際から徒歩で果し合いの場まで十分行ける。船はなんとかできる」

左次平が徹に言った。

「徹さん、見分役の左次平さんと蔵八さんとともに、洲崎の果し合いの場へ船を使って行ってください。わたしは矢藤太と永代寺門前から入船町へとり、平野橋を渡って洲崎へ向かいます。そのどこかで、九竜十太郎と仲間が現れるでしょう。九竜十太郎は浪人者二人を狙っている。いいな、矢藤太」

「いいぜ、任せな、市兵衛さん。万が一、市兵衛さんが不覚をとっても、おれが仇を討ってやるぜ」

矢藤太は、威勢《いせい》のいい口調に戻って言った。

「唐木さん、矢藤太さん、このようなわたくし事に巻きこんでしまいました。申しわけない」

徹が頭を伏せた。

「いいのです。徹さんは蝦夷の山中で熊に襲われても死ななかった。熊の身を借りて現れた神は、徹さんを生かしたのです。神が生かした徹さんを敗る者など、おりません」

と、市兵衛がほのかな笑みを見せると、徹は目頭を熱くした。

五

寛政三年（一七九一）の九月四日巳《み》の刻《こく》（午前十時）ごろ、前夜よりの大雨と南風によって洲崎に漲《みなぎ》った高潮は、吉祥寺門前の洲崎の町家と住人を一瞬に呑みこんだ。弁才天吉祥寺は、拝殿と別当所が流された。

その高潮は、行徳《ぎょうとく》から船橋《ふなばし》の塩浜《しおはま》一円を民家ごと潰し、また江戸の河川を海嘯《かいしょう》となって逆流して、洪水が関東一帯を襲った。

幕府は、吉祥寺門前から西の入船町までの、およそ二百八十五間（約五一三メートル）余の洲崎一帯のすべての茶屋や住居をとり払い、「明地にしおくべし」と命じた。よって、このあたりは久右衛門町分《きゅうえもんちょうぶん》の三左衛門《さんざえもん》屋敷の名は残っているものの、家居は一件もない。

享和《きょうわ》元年（一八〇一）、その洲崎一帯に波除堤を築き、《葛飾《かつしか》郡永代浦築地《つきじ》》の石の牓示を建てた。

その日の夕刻六ツ（六時頃）すぎ、神田永富町をでた市兵衛と矢藤太が、行徳河岸の箱崎《はこざき》橋を渡って、北新堀町から永代橋を佐賀町へ渡ったのは、深川の町家に明かりの灯る六ツ半（午後七時頃）前であった。

市兵衛は菅笠《すげがさ》を目深にかぶり、紺絣《こんがすり》の単衣《ひとえ》と下に焦《こ》げ茶の帷子《かたびら》、鉄色の細袴、黒の手甲脚絆《てっこうきゃはん》黒足袋草鞋掛に拵《こしら》えた。

片や矢藤太はそうめん絞りを頬かむりに、千筋縞《ちすじじま》の小袖を独鈷《とっこ》の博多帯《はかたおび》でぎゅっと締めて尻端折《しりはしょ》りにし、これも手甲脚絆黒足袋に草鞋掛の軽装である。

黒鞘《くろざや》の両刀を帯びた市兵衛に対し、矢藤太は脇差一本を落とし差しにして、市兵衛を前に二人は、永代寺門前仲町の大通りをとった。

暗くなっても、芸者の嬌声《きょうせい》や男らの声が賑やかな永代寺門前町の茶屋町をすぎ永代寺門前東町まできて、二人はそば屋の戸をくぐった。

六ツ半をすぎた刻限でも、このあたりのそば屋は、茶屋町で働いている若い者らが小腹を空《す》かして立ち寄って行く。

二人はかけそばを注文し、ゆっくりとすすった。

表戸を開け放った門前東町の夜空に、両国方面であがった白い花火が、音もなく咲いては消えていた。

白い花火が、次々とあがっている。

「矢藤太、両国の花火だ。今宵で両国納涼は終りだな。果敢なくて綺麗だ」

市兵衛が話しかけた。

「う、うん……」

と、そばをすする矢藤太の箸《はし》を持つ手が、細かく震えていた。

「矢藤太、無理に食わなくともいい。腹が落ち着けばそれでいいのだ」

「ちきしょう。武者震いがとまらねえぜ。もういいや。行こうぜ」

矢藤太は、碗と箸を縁台においた。

「そうか」

市兵衛は刀を帯《お》び、菅笠を着けながら言った。

それから懐の小提灯《こぢょうちん》を抜き出し、行灯《あんどん》の火を借りて明かりを灯した。

矢藤太は、四文銭《しもんせん》をちゃらちゃらと縁台に鳴らした。

「ご亭主、だ、代金をここにおくぜ」

「へえい。二人分で四十八文いただきやす」

炊事場から亭主が答える。

かけそばは一杯二十四文である。

「矢藤太、一枚多いぞ」

「え？　ひいふうみいようういつむうなあ……あ、そうか。まあいいや。この一枚はご祝儀だ」

「よかろう」

と、二人は笑みを交わし、門前東町の往来に出た。

永代寺門前東町の東隣が、俗に木場《きば》とも呼ばれる入船町で、入船町の南側の平野川に架かる平野橋を渡った先が洲崎の波除堤である。

入船町までくると、町家はもうどこも板戸を閉じ、明かりが消えている。

町内の汐見橋《しおみばし》を渡って、往来を道なりに南へ折れた。

市兵衛と矢藤太が行く後方の両国の夜空に、とき折り、白い花火がふわりと音もなく花開いては消え去った。

往来の半町（約五四・五メートル）ほど先に、橋影が認められた。

「矢藤太、平野橋だ。そろそろだぞ」

「承知だ」

矢藤太が少々上ずった声でかえした。

平野橋を波除堤へ渡って、川縁の細道ではなく、吉祥寺弁天の鳥居に通じる洲崎の海側の堤道へゆるやかに曲がって行くと、星をちりばめた夜空が、洲崎の暗い海の沖のずっと彼方《かなた》で溶け合っているかのように見えた。

その堤道を、市兵衛が行きかけたときだった。

波除堤前方の樹林より、二本差しの侍風体が堤道に大股で進み出てきた。

そうして、市兵衛のほうへぐにゃりと向きを変えた。

市兵衛の手にした小提灯が、侍風体の顔面を隠した紫の奇特頭巾《きどくずきん》を照らした。

大柄なごつい身体つきがわかった。

「よう、そこの二人、少々物を訊ねるぜ」

頭巾の下のくぐもった声が質した。

「てめえら、瀬田徹と見分役か」

市兵衛は沈黙をかえした。

「答えねえのかい。ということは、そうだってことだな」

と、いきなり抜き放ちながら続けて言った。

市兵衛は小提灯を奇特頭巾へ向けたまま、動かなかった。ただ、

「矢藤太、もうひとりいるはずだ。気をつけろ」

と、奇特頭巾へ向いたまま、矢藤太に声をかけた。

「しょ、承知だ」

矢藤太は堤道の周りを、素早く見廻した。

奇特頭巾が踏み出しながら、うめき声を震わせた。

「てめえ、瀬田徹に間違いねえな」

「瀬田徹はここにはこない。だが、おまえは知っている。網打場の九竜十太郎だな。おまえらの待ち伏せは露顕している。おまえは縮尻《しくじ》ったのだ」

市兵衛が冷やかに言いかえした。咄嗟《とっさ》、

「われぇ」

と、十太郎は怒りに任せ躍《おど》りあがった。

ぶうん、とうなる一撃が市兵衛の菅笠へふり落された。

市兵衛の投げつけた小提灯が、十太郎の刃《やいば》の風圧に煽《あお》られくるりと舞い、すかさず抜刀し様に打ちあげた市兵衛の一刀が、十太郎の一撃を跳ね飛ばした。

それを合図にしたかのように、樹林の陰から飛び出した今ひとりが、長脇差を片手上段にふりあげて矢藤太へ突進した。

「きやがったかあ」

矢藤太の抜いた脇差と、叩きこまれた長脇差が火花を散らした途端、両者は勢い余って衝突し、刃を咬《か》み合わせたまま、波除堤から洲崎を蔽う蘆荻《ろてき》の中へごろごろと転げ落ちたのだった。


その宵、果し合いの支度を調《ととの》えた尾上陣介と、見分役の野々山鉦蔵、西宮仙之助、戸川景吉郎の四人は、弁才天吉祥寺鳥居内の茶屋で、そのときを待っていた。

四人のほかに、茶屋の客はいなかった。

六ツ半前、しまいかけていた茶屋に現われた五人の侍らに、半刻ほど頼むと頼まれ、亭主は断れず、ぽつんと一軒だけ明かりをまだ境内《けいだい》に灯していた。

五人のうちのひとりが、小提灯を手にして洲崎の見張りにつき、茶屋には四人が残っていた。

八月末の秋半ばでも、夜の海風は昼間とは違い一段と冷える。

少し酒を入れて身体を温めたほうがよかろうと言い合って、四人は酒を酌み交わし始めていた。

そこへ、洲崎の見張りについていた平山藤太が茶屋に戻ってきた。

「徹らはまだ見えない。だがほどなく五ツだ。そろそろ出たほうがよいのではないか」

藤太が、陣介からほかの三人を見廻した。

「では行くか」

鉦蔵が、茶屋の縁台に腰かけむっつりとした陣介に言った。

陣介は藍地に霰小紋《あられこもん》の上衣に白襷《しろだすき》で袖を絞り、鳶色《とびいろ》の袴の股《もも》だちをとって、革足袋《かわたび》に草履。肩には紺羽織を袖を通さず羽織って、白の額鉄《ひたいがね》をつけ、黒鞘の一刀を膝に乗せていた。

襷で絞った袖の下に手首まで、下に着こんだ鎖帷子《くさりかたびら》が見えた。

陣介は黙って立ちあがり、一刀を腰に帯びた。

それに合わせ、鉦蔵ら三人も提灯を手にして縁台を立った。

「亭主、世話になった。いくらだ」

と、鉦蔵が言った。

鉦蔵と藤太が先頭を行き、陣介、後ろに仙之助と景吉郎が続いた。

四灯の提灯とその明かりに照らされた陣介が、吉祥寺弁天の鳥居をくぐり、洲崎の浜辺に打ち寄せるかすかな波音の聞こえる波除堤を、西へとった。

洲崎の浜辺から暗い海が広がって、星空が見あげられた。

一方、北方の両国方面の夜空には、とき折り小さな白い花火が果敢なくあがっていた。

「あれは、両国の花火だな」

鉦蔵が藤太に呟きかけた。

「ああ、そうさ。両国納涼は今日までだ。秋が深まって行くな」

呟きかえした藤太が、「これだ」と石の牓示を指差し、

「おりるぞ」

と、後ろの陣介へ言った。

五人は堤をくだり、人が踏み締め勝手にできた蘆荻の間の小道をわけた先の、打ち寄せる波の音がはっきり聞こえるあたりまできて、歩みを止めた。

波の音以外は一切の物音が途絶《とだ》え、四人の提灯の明かりさえも静寂に溶けてしまいそうな闇が洲崎を蔽っていた。

「もうそろそろきていいころだが……」

鉦蔵がぼそりと言った。

すると、陣介が苛《いら》だたしげに吐き捨てた。

「こんなところで長くは待たんぞ。果し合いなどと、浮浪者が武士を気どりおって。馬鹿ばかしい」

「ああ、それは陣介の勝手だ。確かに、刻限に遅れたほうの落ち度だ。だが、果し合いを恐れて逃げたと言い触らされるかもな。われらも見分役で、ここまできたのだ。もう少し待ってみよう」

鉦蔵が言ったとき、波除堤のはるか西のほうで人の声がした。

波の音にまぎれてかすかにだが、荒々しい語調と、怒声のような、叫び声のような、そして悲鳴のような声が、途切れ途切れに聞こえてきた。

また、干戈《かんか》らしき打ち合う音もそれに交じっていた。

「なんだあれは。誰か争っているようだぞ。何事だ」

「ただの喧嘩《けんか》じゃなさそうだな。斬り合いのようだが」

「われらの先客がいて、斬り合いを始めたってことか」

「まさか、徹ではあるまいな」

「徹がなぜ、あんなところで斬り合いを始めたのだ。果し合いの場はここだと、徹が言ったのだろう」

「わからんが、徹がくるのは、あちらのほうのはずだが」

仙之助と景吉郎が言い合った。

すると、陣介がいっそう苛々を募《つの》らせた。

「こんなところで果し合いなどできん。おれは引きあげるぞ。徹ごときの言うことを真に受けたおれが馬鹿だった」

「まあ待て、陣介。仙之助、景吉郎、おぬしらが行って、確かめてきてくれ」

鉦蔵が言った。

「よし、見てこよう」

と行きかけた仙之助を、藤太の声が止めた。

「きた。見ろ、船がきたぞ」

四人が蘆荻の先の、暗い洲崎の海から浜辺へと漕ぎ進む茶船と、二灯の提灯の明かりを認めた。

「間違いない。あれだ。徹が見える。お、提灯を提げているのは左次平と蔵八だぞ。徹側の見分役はあの二人か。あいつらいつの間に徹と……」

鉦蔵が不審を露《あら》わにした。

「見ろ。櫓《ろ》を漕いでおるのは水主の蜂助ではないのか」

「そうだ、蜂助だ。なぜ水主の蜂助までがいるのだ」

「おのれあの者ら、何のかかり合いがあって……」

と、陣介が憎々しげにうめいた。

ほどなく、茶船が波打ち際に船底を擦り停《と》まると、徹が真っ先に浜辺におり立ち、打ち寄せる波で濡れる足を引き摺りつつ、五人のほうへ向かってきた。

三日前と同じ、地味な小楢の小袖と鉄色の細袴に二刀を帯びて、左足を引き摺る、ざざ、ざざ、という音が不穏な気配をかきたてた。

そのあとから、提灯を手にした左次平と蔵八が荷船から飛びおり、徹の左右後方に従って、石ころだらけの浜辺を鳴らした。

やがて、陣介と周りを囲む四人、徹と左右に位置を占めた二人が、蘆荻の中の狭い明地に対峙《たいじ》した。

双方の見分役が手にする提灯の明かりが、白襷白鉢巻できりりと身支度をした陣介と、ただの通りかかりのような身軽な扮装《ふんそう》の徹を、暗がりの中にくっきりと映し出した。

先に徹が声を発した。

「尾上陣介、果し合いの申し入れをはぐらかすことなく受けたこと、まことに殊勝なり。この機会を与えられたことに、礼を言う。さりながら尾上陣介、わたしは十二年前、おぬしに怒りを覚え、腹だたしく、堪忍できず、我慢がならず、おのれの立場を忘れて、傍から見ればそれ式のことでと、愚かなと謗《そし》られることを承知でおぬしに斬りつけた。その挙句《あげく》、わたしは身分と暮らし、人の縁のすべてを失って、流浪の者となった。だがわたしは、十二年前のあのとき、おぬしに斬りつけたふる舞いを悔やんではいない。ただひとつ悔やんでいるのは、心の片隅にわずかなためらいがあって、おぬしを斬り捨てなかったことだ。あのときおぬしを斬り捨てておれば、わが弟明はおぬしに斬殺されずに済んだ。それが今、悔やまれてならぬ。陣介、十二年前は果たせなかった、腹だたしく、堪忍できず、我慢がならなかったわが存念にしまいをつけるときがきた。覚悟はよいか」

「十二年前は果たせなかっただと。腹だたしく、堪忍できず、我慢がならなかっただと。ぐたぐたと愚《ぐ》にもつかぬことを、まことに聞きづらい。徹、瀬田家を除かれたおまえは、瀬田家を名乗ることもできぬ無頼の徒にすぎん。それをいけしゃあしゃあと瀬田徹などと名乗りおって、果し合いとはおこがましい。おまえなど相手にする謂《いわ》れはないし、顔を見たくもないが、ふりかかる火《ひ》の粉《こ》は払うしかあるまい。相手になってやる」

陣介は鯉口《こいぐち》を切り、すらりと抜いて白刃を正眼に構えた。

草履を脱ぎ、革足袋で浜辺の石ころを蹴《け》散《ち》らした。

「よう言うた、陣介。何よりだ」

袴の股だちを高くとりながら、徹は言った。

三本指の左手で刀をつかみ、鯉口を切った。

ぶうん、と抜き放って上段に構え、黒足袋に草鞋の一歩を踏み出し、次の足を、がらら、と引き摺った。

しかし、上段に構え足を引き摺り迫って行く徹に対し、陣介は正眼のまま横へ横へと廻りこむ動きをとった。

左の白眼を半ば蔽う垂れた瞼と、頬から耳元へかけた疵痕が、周囲の提灯の光と影に隈《くま》どられ、異様な生々しさだった。

提灯をかざした見分役は、蘆荻の中へ退いて二人を遠巻きにした。

徹はなんの外連《けれん》もなく上段の構えで陣介へ突き進み、陣介は横へ横へ素早く廻って、徹の接近を許さなかった。

足の不自由な徹の動きは鈍く、陣介との間を縮められず、がらら、がらら、と足を引き摺り、虚《むな》しく陣介のあとを追うばかりだった。

徹の動きの鈍さを見て、陣介はわざとけたたましく笑った。

あははは……

「徹、どうした。かかってこい。打ちこんでこい。果し合いを申し入れたのはおまえだろう。おまえが望んだのに、なぜうろうろしているだけで、斬りかかってこぬ。ひとりで戯れたいのか。斬り合いが恐ろしいのか」

陣介は徹を嘲り、徹の右へ右へと廻りこんでいた動きを、急に徹には見えない左へと転じて、徹の動きを翻弄《ほんろう》した。

そこで徹は動きを止め、左、右、そしてまた左へと、徹の周りをからかうように廻る陣介の動きを、獲物を狙うかのように凝っと隻眼《せきがん》で追った。

やがて徹は、不自由な左足の膝をつき、刀を支えにして片膝づきに屈《かが》んだ。

陣介は荒い息をつきながら、そんな徹を嘲った。

「なんだ、もう終りか。もう嫌になったのか。果し合いだと。武士らしく戦えもせぬくせに、どの口で言うた」

陣介が罵声《ばせい》を浴びせた。

その瞬間、片膝づきの徹が支えにしていた一刀をふりあげ、陣介へ無造作に投げつけた。

一刀はくるくると陣介の頭上の夜空を回転し、蘆荻の向こうへ飛んで行った。

束の間、陣介が刀に目を奪われ、刀が蘆荻の中に消えるのを確かめ、徹へすぐさま目を戻したときだった。

徹は片膝づきより、獣のように夜空へ高々と躍りあがって、脇差を抜き放ちながら飛翔し、夜空を背に陣介の頭上へ一撃を浴びせかけたのだった。

片足が不自由でも、一方の足で躍動することはできる。

アイヌのコタンで暮らし、アイヌとともに山野の狩猟をするうちに、必要に迫られ、徹はそのこつを身につけていた。

わあっ、と陣介は飛び退《の》き、かあん、と徹の一撃をぎりぎりに撥《は》ねかえした。

だが、徹の身体と衝突して、徹とともに蘆荻の茎を折り葉を飛び散らし、ざざざっと横転した。

蘆荻に阻《はば》まれ、横転した両者の動きは思い通りにはならなかった。

ただ、起きあがったのは、足の不自由な徹よりも陣介が早かった。

陣介が徹より早く、体勢を立てなおしかけた。

しかしその一瞬、身を起こしながら必死に徹の薙《な》ぎ払った脇差の切先が、陣介の右の膝頭を音をたてて割った。

陣介は悲鳴を甲走《かんばし》らせ、膝を抱えて再び横転した。

蘆荻がばさばさと音をたてて折れ、葉が飛散した。

懸命に起きあがった陣介の肩口を、追いすがる徹の脇差が砕いた。

陣介が、ぶん、とふり廻した一刀は、徹のほつれ毛を散らしただけだった。

肩口を砕かれた陣介は獣のように吠《ほ》え、ひと舞いして三度《みたび》、仰《あお》のけに倒れた。

すかさず徹は、陣介を組み敷いた。

「陣介、これまでだ」

「まま、待て、待ってくれ、徹。あれは仕方がなかった。明が刀を抜いて斬りかかってきたのだ。咄嗟にああなった。ああするしかなかったのだ」

陣介は、徹の膝下で喚《わめ》いた。

「明に何を言った。ただ耐えている者を、蔑み、罵倒《ばとう》し、怒声を浴びせたのか」

「知らん。そんなことはしていない。な、何かを言ったとしても、よよ、よかれと思って言ったのだ。悪意はない。戯れて言ったこともある。みな埒《らち》もない戯れだ。もう何も覚えてはいない。戯れなど忘れた」

「よかれと思っただと。戯れを忘れただと。ならば、もう二度とよかれと思わぬよう、戯れを思い出さぬよう、おぬしを葬るしかあるまいな」

徹の刃が陣介の首筋を噛《か》み、ゆっくりと沈んで行った。


波除堤の道端で、小提灯が小さな炎をあげ始めた。

十太郎は最初の一撃を市兵衛に撥ねかえされると、二打、三打、四打、と力任せの攻撃を仕かけ反復した。

相手にひと息もつかせず、反撃の隙を与えず、相手が少しでもたじろぎを見せた一瞬の隙を突く、粗雑だが荒々しい剣法だった。

道場の稽古を積んだ剣術ではなく、あらくれの暮らしで身につけた喧嘩技に違いなく、恐ろしいほど単純な必殺剣に違いなかった。

だが、十太郎の必殺剣は、右の利腕《ききうで》よりも左の柄尻《つかじり》をとる手に力が漲《みなぎ》り、右からの打ちこみより、左へかえして浴びせかける一撃のほうに、明らかに威力の差があった。

すなわち、十太郎の左からの打ちこみを防げば、次の右へかえす束の間に、市兵衛の反撃の余地があった。

それは、五打、六打、と続いた七打目だった。

市兵衛は十太郎の右からの打ち落としを払いあげると、十太郎の左のかえしを打ち払うのではなく、身体を斜行させぎりぎりに刃の下をくぐり抜けた。

途端、即座に右へかえし市兵衛の背後へと迫る十太郎の脾腹《ひばら》へ、背中を見せたまま、間髪《かんはつ》入れず逆手に変えた一刀を深々と突き入れた。

十太郎のほんの一瞬の悲鳴が、闇を劈《つんざ》いた。

十太郎は、瞠目《どうもく》し、ときが止まったかのような一瞬の間がすぎた。

と、十太郎は声もなく市兵衛の背中へ凭《もた》れかかった。

凭れかかったまま、それからずるずると崩れ落ちて行った。

そこへ、矢藤太の助けを呼ぶ声が聞こえた。

「市兵衛さあん、た、助けてくれぇ」

波除堤から蘆荻の中へごろごろと転げ落ちた矢藤太と、十太郎と同じく奇特頭巾で顔を隠した今ひとりは、刃を咬み合わせたまま組打ちになった。

両者上になったり下になったりして、ざわざわと蘆荻をなぎ倒した。

だが、奇特頭巾は馬鹿に力が強く、矢藤太はついにねじ伏せられた。

拙《まず》いぜ、と矢藤太は焦《あせ》った。

「市兵衛さあん、た、助けてくれぇ」

と、必死に叫んだ。

しかし、上からじりじりと押しつけてくる奇特頭巾の長脇差の刃を、懸命に耐えていたものの、力はつきかけていた。

だめだこりゃ、お陀仏《だぶつ》だ、と諦めかけたときだった。

獣のようにうなって牙《きば》を剝《む》き、矢藤太の真上から蔽いかぶさってくる奇特頭巾の、後ろの夜空に現われた市兵衛が白刃を一閃《いっせん》させた。

六

瀬田徹と尾上陣介の洲崎の果し合いは、世間には殆《ほとん》ど知られなかった。

尾上陣介の亡骸《なきがら》は、見分役の傍輩らの手によって組屋敷に運ばれ、遺族と船手組同心らが、丁重《ていちよう》に葬儀を執《と》り行った。

双方承知のうえの武士の果し合いの結果に、遺憾を申したてることはない。

船手組同心らはそれを知っているゆえ、みな沈黙を守った。

両者の果し合いを見分した同心らも、その子細を語ることはなく、傍輩らに訊ねられても、両者とも死力を尽くした見事な戦いぶりだった、と答えるのみであった。

ただ、洲崎の果し合いがあった翌朝、同じ洲崎の少々離れた波除堤と堤下で、二体の斬殺体が見つかっていた。

それが黒江川の岡場所網打場の用心棒九竜十太郎と、深川界隈をうろついている地廻りの伝吉《でんきち》と後日知れた。

町方の調べはあったものの、下手人は見つからず、どうせ、無頼な者らの喧嘩沙汰に巻きこまれたのだろうと思われ、調べは進まなかった。

九月上旬のある日であった。

江戸城中之口御廊下から中之御廊下へいたる角部屋の御目付方御用所に、船手頭田岡千太郎善純がいた。

船手頭の控《ひかえ》の間は、御用所とはさほど離れていない躑躅《つつじ》之間である。

その朝五ツ（八時頃）、田岡が登城してほどなく、十人目付筆頭の片岡信正の呼び出しを御坊主が知らせにきた。

田岡が御目付片岡信正の呼び出しを受けたのは、初めてである。

十人目付筆頭の片岡信正が、御老中方のみならず、上様の信任のあつい能吏《のうり》という評判は聞いていた。

以前一度、城内で見かけたことがあり、上背があって御目付の厳格な役目ながら案外に穏やかな風貌は、うろ覚えながら覚えている。

一体なんだ……

田岡は少し不安を覚えていた。

旗本御家人以下の武家の監察役を務める御目付に、咎《とが》めを受ける粗相や瑕疵《かし》はないはずだが、呼び出しは初めてだけに気になった。

もしかして先月末の瀬田徹と船手組同心尾上陣介の果し合いの一件か、と思わないではなかった。

だがあれは、武士の双方が承知のうえでの、見分の者の前で正々堂々と行われた勝負であって、討たれた者、討った者、また双方の家への対応にも抜かりはないし、すでに支配役の若年寄さまに御報告を済ませ、了承を得ていた。

だとしたら、あくまで確認の聞き取りであろうと、深刻には考えなかった。

が、気にはなった。

朝からもやもやと頭が重く、気分も少々勝《すぐ》れなかった。

こんなときに煩《わずら》わしいことだと、田岡は後ろ衿《えり》の完骨《かんこつ》あたりを指先でとき折り揉《も》んだ。

田岡は、御用所奥を間仕切した筆頭の片岡信正が使う、今はまだ人気のない寂とした一室に導かれていた。

御用所の西隣は番方の小十人衆の番所であり、御用所の二階は徒目付衆が詰める内所になっている。

御用の聞き取りゆえ、茶などが給されるはずもない。

緊張もあって、田岡は少々喉の渇きを覚えた。

それに、中之御廊下を通る人の粛々《しゅくしゅく》とした気配も、気を張りつめさせた。

さほど待つことなく、黒紺の裃《かみしも》を着けた片岡信正が現れた。

片岡は田岡と二間半（約四・五メートル）ほどをおき対座すると、ほのかな笑みを見せて言った。

「お待たせいたした。片岡信正でござる」

田岡は片岡に手をついた。

「田岡千太郎善純でございます。永代橋御船蔵を御預かりいたし、船手頭を相務めております」

「こちらより呼び出しておきながら、お待たせし、失礼いたした。どうぞ、お直りください。林《はやし》肥後守《ひごのかみ》さまに少々お訊ねいたしておりましたもので」

そう言われて、田岡は一瞬、虚《きょ》を衝《つ》かれた気がした。

林肥後守忠英は若年寄であり、船手頭の支配役である。

先月末の瀬田徹と尾上陣介の果し合いの顚末《てんまつ》とあとの始末を、支配役の林肥後守に報告して了承を得ている。

その支配役の若年寄に訊ねる用があり、しかも田岡を呼び出したのは、御目付の呼び出しが、先日の果し合いとなんらかの関連がありそうに思われたからだ。

「御用を承ります」

田岡は目を落として言った。

「では、おうかがいいたす。今年の夏の五月十七日のことでござる。佐賀町の御船手組役所において、御船手組同心の瀬田明なる者が乱心いたし、抜刀して役所内にて乱暴狼藉を働き、それをとり押さえることがむずかしく、やむを得ず傍輩の同心によって成敗された一件についておうかがいいたす」

声は出さなかったが、田岡は再び虚を衝かれた。

先日の果し合いの一件ではと予期していたのに、それがもう四ヵ月も前の瀬田明斬殺の一件を切り出され、いきなり懐深くへ手を差し入れられたような動揺を覚えたためだった。

ただ、田岡は凝っと身を固め、動揺を表に出さぬようこらえた。

「あの瀬田明なる同心が役所内で乱心し、成敗された、すなわち斬り殺されたいきさつを、改めてお聞かせ願いますか」

片岡の冷やかな言葉が、田岡に投げられた。

「あ、はい。しかしあれは、支配役の林肥後守さまに御報告いたし、そののちの始末につきましてもすべて終っており、今、何ゆえに改めてお訊ねなのでございましょうか」

「支配役の林肥後守さまに御報告なされ、一件が落着いたしておることは、われらもすでに承知してはおります。ではござるが、乱心の末にやむを得ず斬り殺された瀬田明は、船手頭田岡千太郎どの配下の船手組同心にて、俸禄《ほうろく》は三十俵《ぴょう》三人扶持《ぶち》ではあっても徳川家の家臣、すなわち上さまの家臣であることは、われらと同じでござる。

ということは、乱心したとは申せ上さまの家臣を斬り殺したのですから、家臣が乱心した事情、その結果斬り殺された事情をおろそかにするわけには参りません」

「そ、それはもう、わたくしも、入念に聞き取りをしたうえで、成敗はやむを得なかったと判断いたし、肥後守さまにそのように御報告いたしました。肥後守さまの御了承をいただき、疎漏《そろう》なきよう慎重に、そののちの処置を配下の者に申しつけたのでございます」

「ふむ、なるほど。一家の主である明がそのようなことになった瀬田家には、どのような処置をくだされたのでござるか」

「当分の、ひ、逼塞に、その間の俸禄を、三十俵三人扶持から二十俵三人扶持にいたし……」

「確か瀬田家は、明の親の隠居夫婦、ほどなく臨月の身重の妻、十三歳の嫡男と長女二男の三兄弟と聞きました。瀬田家逼塞に、大人三名、育ち盛りの子供ら三名の一家の扶持を二十俵三人扶持に減ずる処置は、それなりに厳しい判断をくだされたのですな」

「あいや、それももう逼塞を解き、俸禄も前の通りに戻すことを、すでに決めております。ま、まだ林さまにお伝えはいたしておりませんが」

田岡はとり繕うように言った。

「さようでしたか。それはまあ瀬田家の者らも、主が斬り殺されて無念でしょうが、せめて俸禄だけでも元通りになれば、ひと息はつけるでしょうな」

それから片岡は、上体をやや前へかしげて声を落とした。

「田岡どの、ひとつお訊ねいたすが、よろしいか」

「はい。どうぞ……」

「これはわたくし一個の疑念でござるゆえ、気を悪くなされたなら、お許し願いたい。わたくし自身、瀬田明の一件があった折りに気づきべきであったにもかかわらず、やりすごしてしまった。今それを省《かえり》みて、少々悔やんでおります」

片岡は、田岡を凝っと見つめて言った。

「瀬田明乱心の折り、明は突然刀をふり廻して暴れたのでしたな。で、役所に居合わせた傍輩らは、明がなぜ乱心したのかわからなかった。たぶん、明は錯乱《さくらん》状態だったのでしょうな」

「さようです。錯乱状態は治まらず、明をこのままにはしておけない、やむを得ないということになったのでござる」

「よって瀬田明は成敗されたが、それが解《げ》せんのです。何ゆえそれでやむを得なかったのでござるか」

「は？　何ゆえとは……」

「われを見失い錯乱状態に陥ったのは、瀬田明ひとり。船手組同心は三十名。その全員が当時、御船手組役所にいなかったとしても、複数人はいたのではござらぬか。少なくとも、同心の組頭五名はいたのは間違いござらん。いや、入念にお聞き取りになられたのだから、瀬田明の傍輩らも十数名役所にいたことはご存じのはずですな」

「さ、さようでした。確かに、その……」

「それだけの両刀を携える侍がいる中、瀬田明はただひとり乱心し、錯乱状態に陥り、まるで物《もの》の怪《け》にとり憑《つ》かれたかのように、抜刀して滅多やたらに暴れ廻っていたのでしょう。ですが、それを見ていたのは、瀬田明と同じ船手組同心の組頭五名に傍輩十数名。みな両刀を携え、一旦事あらば戦場に向かう侍衆でござるな。それだけの侍衆がおりながら、錯乱状態の瀬田明ひとりをとり抑えることができなかったのか。とり抑えて、なおも暴れるなら縛りあげるかして、物の怪にとり憑かれた瀬田明が憑《ひょう》依《い》より覚めたのちに、厳しく取り調べることがなぜできなかったのか、それが解せんのです」

「瀬田明は五尺八寸余の大柄にて、よく肥えた力自慢で、その力自慢が刀をふり廻して暴れるのですから、とり抑えるのがむずかしかったのかと……」

田岡の声がしぼんだ。

「傍輩らが刀を抜いて、斬り合わなくともよいのでは。役所には六尺棒、突棒、刺股《さすまた》の捕物《とりもの》道具、縄、掛矢《かけや》、鎖、そのほか乱暴狼藉を防ぐ手だてはいくらでもあったのではござらぬか。なぜそれが侍衆にできなかったと、田岡どのは判断なされたのでござるか」

「五組の各組頭に聞き取りをいたし、異口同音にそうだった、やむを得なかったと申しましたゆえ」

「その折り役所にいた同心ひとりひとりにも、訊かれたのでしょうな」

「ひとりひとりは、組頭に調べよと命じました」

「先ほど、入念に聞き取りをしたうえでと申されましたぞ。聞き取りはご自分でなさったのでは、ござらぬのですか」

「し、調べを急いでおりましたので、組頭に入念に調べよと命じ、それで疎漏はないと思っております」

と、田岡は顔を伏せた。

間仕切ごしに軽い咳払いが聞こえ、田岡は身震いした。

間仕切ごしのそばで人が聞き耳をたてているのかと、ぞっとした。

「やむを得ず、瀬田明を斬ったのはどなたですか。ひとりでないのであれば何人でもよろしいので、その者らの名をお聞かせ願いたい」

片岡はしつこく訊ねた。

「きき、聞いておるのは……尾上陣介が……」

「尾上陣介は組頭ですな。ほかには？」

田岡は答えなかった。

「五尺八寸余の大柄にて、よく肥えた力自慢が刀をふり廻して暴れたため、やむを得ず成敗したのが尾上陣介ひとりだったので？　ふむ、尾上陣介は誰も手がつけられないほど暴れていた瀬田明を、どのように斬ったのでござるか」

「隙を見て近づき、成敗したと、聞いております」

「瀬田明の乱暴狼藉は、尾上陣介が隙を見て近づけるほどだったのですな」

田岡はまた、沈黙をかえした。

その沈黙を埋めるように、片岡が言った。

「田岡どの、念のために今一度お訊ねいたす。五月の十七日、瀬田明乱心により成敗したことは、間違いなかったのでござるな。乱心の場にいた傍輩らで手をつくし、瀬田明をとり抑えることはできなかったと、やむを得ず瀬田明を斬り捨てたことはいたし方なかったと、田岡どのがそのように裁断をくだしたのでござるな。瀬田明が刀を抜いたのは、乱心以外になんの理由もない、瀬田明になんぞやむにやまれぬそうせざるを得ぬ謂れがあって、刀を抜いて誰ぞに斬りかかったふる舞いを、その誰ぞをかばって瀬田明乱心によって成敗、ということにしたのでは、決してござらぬのですな」

「決して、決してそのようなことは、ごご、ございません」

　田岡は頭を激しく左右にふった。

　ふりすぎて、重い頭がずきずきするほどだった。

　片岡は、ふむふむと考える間をおいた。

「では今ひとつ、おうかがいいたします。先月二十八日、弁才天吉祥寺の洲崎にて果し合いがあったご存じの一件でござる。わが手の者が訊きこみをいたしたところ、あの果し合いの一手は、船手組同心尾上陣介。相手の一手は瀬田徹。尾上陣介は田岡どのの属僚ゆえ、申すまでもござらんが、瀬田徹も覚えてはおられるでしょうな。瀬田徹は尾上陣介と同じく元は船手組同心にて、船手頭だった田岡どのの属僚でした。くどくなるのをあえて申しますと、瀬田徹は瀬田明の兄であり、今は隠居の身の瀬田宗右衛門の倅にて、十二年前までは、瀬田宗右衛門を継いで船手組同心に就いておりました。ただし、十二年前、瀬田徹は船手組同心を解かれ、そののち瀬田家より離縁され、江戸を去り放浪の身となりました。田岡どの、十二年前、瀬田徹を船手組同心から、いかなる理由で解かれたのでござるか」

「そ、その理由は、もう遠い昔ゆえ……」

と、田岡は消え入りそうな声をもらした。

「先月、尾上陣介に果し状を差し出し、果し合いを申し入れたのは、十二年ぶりに江戸へ戻った瀬田徹でしたな。属僚の尾上陣介と、元属僚の瀬田徹が十二年の歳月を隔てて果し合いをするわけを、属僚の尾上陣介に質されましたか。もしかして両名の果し合いは、尾上陣介が瀬田明を乱心により成敗した一件とかかり合いがあったのではございませんか」

「あ、あれは両名が承知のうえ、力をつくして勝負したのですから、わたくしが何ゆえ、と遺憾を差し挟む余地はございません。わ、わたくしは、尾上と瀬田徹が果し合いをする噂を聞き、御奉公こそが大事ゆえ、果し合いはするなと尾上に申しました。御奉公に専心し、船手組同心の務めを果たせとでございます。ですからわたくしは果し合いをするわけも、瀬田徹が江戸に戻っていた事すらも、存じませんでしたし、質しもいたしませんでした。にもかかわらず両名の果し合いは行われ、尾上陣介は落命いたしました。こうなったからには、これも定めだったのでござるゆえ、両名が果し合いをする事情を知らぬわたくしには、いたし方ないことと申すほかございません」

片岡は案外に愛想《あいそ》のいい笑みを田岡に向け、

「さようでしたか。わかりました」

と、穏やかに言った。

「ただ今おうかがいしたいことは、それだけでござる。朝早くお呼びたていたして、申しわけござらん。どうぞ、お引きとりくだされ」

田岡は御目付御用所より、中之口御廊下を躑躅之間へ戻った。

中之口御廊下の御納戸口をすぎ、御徒番所の角から御台所前御廊下を西方へ曲がって、御納戸前御廊下をへて、躑躅之間へといたる幅二間の御廊下が続く。

それにしても、片岡が切れ者の御目付と噂に聞いていたほどでもなかった、あれ式の男か、と田岡は思った。

確かに、しつこいことはしつこかった。

だが、しつこい者と切れ者とは違う。

聞き取りが始まる前の一抹《いちまつ》の不安は、もう消えていた。

あれぐらいなら躱《かわ》せる、と気にもならなくなった。

ただ、だからと言って油断はならない。

御目付の役目は、旗本御家人の監察役である。

支配役の若年寄林肥後守さまに、今朝の聞き取りの子細をお伝えし、よしなにと、お頼みしておいたほうがよさそうだ、とも思った。

田岡は、御呉服之間の火ノ番衆の前をすぎ、御台所《みだいどころ》前御廊下から、南方の御納戸《おなんど》前廊下と北方の東御椽へ折れる角に差しかかっていた。

御台所前御廊下と東御椽には縁廊下が沿っていて、縁廊下ごしに金木犀《きんもくせい》の灌木《かんぼく》が繁る中庭を矩形に囲い、目白《めじろ》が心地よげに囀《さえず》っている。

御坊主が袱紗《ふくさ》に包んだ香炉《こうろ》を掌に乗せ、田岡に黙礼を寄こして通りすぎて行く。

香のかおりが、田岡の鼻腔《びこう》をくすぐった。

林さまにはどういう贈答をお使いすればよいかの、こういうときゆえ、このたびは奮発せねばの、と田岡はあれこれ考えた。

そのとき、香のかおりが鼻腔を急につうんとつき、田岡の側頭にぴしっと痛撃が走った。途端、ゆらりと周りの景色が廻り始め、痛っ、いたたた、と頭を抱えたが、足がもつれ宙に浮いて、正常な体勢を保てなかった。

それとともに、田岡は意識がふっとうすれて行くのを感じた。

そばを通りかかった侍が、驚いた顔つきで田岡を見つめ、それから田岡へ手を差しのべているかのように見えたのが最後だった。

膝から崩れ落ちながら、田岡は縁廊下側へごろりと横転した。

御呉服之間の前にいた火の番衆が走り寄り、田岡の名を叫びながら支えようとしたが間に合わなかった。

田岡は横転の勢いのまま中庭へ転落し、中庭に敷きつめた那智黒《なちぐろ》の玉砂利《たまじゃり》を飛び散らした。

御台所前御廊下は大騒ぎとなり、人を呼ぶ声が飛び交った。

目白が激しく囀って、木々の周りをばたばたと乱舞した。

しかし、田岡にはもう何も聞こえていなかった。

半刻後、城中で田岡の容態を診たてた御典医《ごてんい》が冷やかに言った。

「卒中でございます。もはや手のつくしようはございません」

翌朝日の出前、田岡千太郎善純は没した。

享年四十八であった。

終章　帰郷

徹は、八月二十八日の果し合いの夜の翌日より、再び近江屋の隆明と季枝の世話になり、用意された居宅の一室で日を送っていた。

江戸へ戻ってたちまち日がすぎ、あと何日かでひと月になろうとしている。

しかし徹は、父宗右衛門と母登代とも、民江と瀬田家嫡男の優、姪《めい》の良枝と甥《おい》の真とも、一度も顔を合わせていなかった。

徹は、瀬田家を離縁となっているおのれの立場、御船手組同心の瀬田家の人々の立場を慮《おもんぱか》って、江戸へ戻ってから、佐賀町の御船手組屋敷を訪ねなかった。

のみならず、尾上陣介との果し合いを終えるまで、自分が江戸に戻っていることさえ、近江屋の隆明と季枝にも、また市兵衛にも、瀬田家には伝えぬようにと頼んでいた。

「徹兄さん、そこまでしなくても」

と言った隆明に、徹は答えた。

「父や母に会いたい。生まれ育った組屋敷に戻りたくて胸は張り裂けそうだ。だが、わたしがあの組屋敷に足を踏み入れれば、瀬田家にさらに厳しい波風が吹きかねない。明を亡くし瀬田家の人々をこのような苦しい立場に追いこんだのは、元は十二年前のわたしの愚かなふる舞いの所為《せい》だ。これ以上、瀬田家の人々を苦しめたくはない。わたしが尾上陣介に斃《たお》されたなら、どうか父や母に伝えてほしい。徹はお先に逝《い》きました。何とぞこれが人の世の定めと受け入れ、これ以後は遺恨を捨て、優や良枝や真、民江どのと生まれる子の行く末のみを思いお暮らしくださいと」

徹が陣介を斃した報《しら》せは、八月二十八日当夜、陣介の亡骸《なきがら》を見分役の、鉦蔵、景吉郎、仙之助、藤太の四人が佐賀町の御船手組屋敷に運び、組屋敷中や船手頭の田岡千太郎にも知れわたった。

船手頭の田岡千太郎は、だからやめよとあれだけ言うたのだ、と忌々《いまいま》しげに吐き捨てた。けれども、

「すぎたことは仕方がない。もう終った。これ以上騒ぐな」

と命じ、それ以後は沈黙した。

尾上家の親族の中には、このまま済ますのはいかがなものか、と仇討《あだう》ちの動きを見

せる者もいたそうだが、それは尾上家の面目を落としかねないゆえ断じて止めるべきだという声に押されたらしいと、徹はあとで知った。

宗右衛門は、隆明が徹と陣介の果し合いの顚末《てんまつ》を改めて知らせにきたとき、目を潤《うる》ませて言った。

「でかした。明の無念を晴らし、瀬田家の面目が施《ほどこ》せました。まずは徹をねぎらいたい。われらは、徹といつ会うことができるのでしょうか。徹に会って、これからのことを、相談せねばなりません。徹をまずは瀬田家に復縁させ……」

そう言いかけた宗右衛門を、隆明は止めた。

「徹兄さんがこののちどうなさるのか、徹兄さんには兄さんのお考えがおありのようです。わたくしもまだうかがってはおりません。徹兄さんはご両親や瀬田家のみなさんに会いたいと思っていらっしゃいます。ただ、御船手組の瀬田家の今後のこともあるので、今少しときをおいたほうがよいとお考えなのです。と申しましても、そう遠い先ではなく、よいころを見計らい、瀬田家のみなさまを近江屋にお招きして、宴《うたげ》を催《もよお》すつもりでおります。その折りに、徹兄さんと先々のことなどをお話し合いになれば、よろしいのではありませんか」

隆明はそう言って、残念がる宗右衛門をなだめた。

しかし、その九月の上旬、船手頭・田岡千太郎善純が、江戸城中で斃れ、急死する出来事が起こった。

慌《あわ》ただしく、田岡千太郎の葬儀並びに初七日の法要が行われた。

その四十九日の中陰までの間に、新たな船手頭に小浜忠左衛門《こはまちゅうざえもん》が任じられた。

船手頭・小浜忠左衛門は、船手頭に就くと早速瀬田家の逼塞《ひっそく》を解き、瀬田優の船手組同心の見習出仕を許したのだった。

そうしてそれは、佐賀町の御船手組屋敷の尾上家が陣介の四十九日の喪に服している九月下旬のある日だった。

近江屋の居宅に、瀬田宗右衛門と登代夫婦、間もなく臨月を迎える民江、十三歳の嫡男の優、七歳の良枝と四歳の真の、瀬田家の人々六名が招かれた。

隆明と季枝は、瀬田家の人々が徹と会う喜びと、行く末のことを心行くまで徹と話し合う機会を、瀬田家の人々のために設けたのだった。

その折り徹が、老いた父母に、夫を喪った身重の民江に、瀬田家を継ぐ優に、幼い良枝と真ら瀬田家の人々に、すぎ去った歳月をどのように語って聞かせ、こののちの日々に、何を望み何を望まなかったのか、それを知るのは徹と瀬田家の人々だけであった。

そのあと、近江屋の隆明と季枝が開いたささやかな酒宴の場で、宗右衛門は隆明と季枝に深々と頭《こうべ》を垂れて言った。

「お陰さまで、値打ちのあるときを持つことができました。これでわれら瀬田家の者は、前を向いて生きて行けます。近江屋さんには感謝の言葉もありません。心より礼を申します」

その同じ日の夕刻だった。

蘭医の宗秀、渋井と助弥と矢藤太、それに市兵衛の五人が、楓川《もみじがわ》の弾正橋の袂《たもと》に先だってできた、旨《うま》い煮こみ田楽を食わせると評判の、掘立《ほつたて》小屋も同然の御田屋《おでんや》にいた。

御田屋はその宵《よい》も、弾正橋をくぐる楓川が、鉄砲洲のほうへ分流する八丁堀の暗い水面を背にして、町明かりが所どころに散らばる寂しげな景色の中の川端にぽつんとした佇《たたず》まいを見せていた。

それでも、腰高障子《こしだかしようじ》一枚の表戸の軒下《のきした》に、酒亭らしく赤提灯《あかちようちん》が吊《つ》ってある。

腰高障子に《おでん》と書いた表引戸を市兵衛ら五人がくぐると、一灯の行灯《あんどん》が灯《とも》るうす暗い店土間に長腰掛が二台、片側の小あがりにせいぜい二、三人が胡坐《あぐら》をかけられるほどの狭っ苦しい店は、もう肩の触れ合う混み具合である。

障子戸わきの竈《かまど》に大鍋をかけ、こんにゃくに豆腐、がんもどき、はんぺんを煮こんだ匂《にお》いが堪《たま》らない湯気《ゆげ》が、ゆらゆらとのぼっていた。竈の傍らの坊主頭にねじり鉢巻をした中年の亭主が、にこにこして、

「おや、いらっしゃい」

と、のどかな口ぶりを寄こした。

「亭主、煮こみ田楽を五人分頼む。秋も深まって、酒は熱燗《あつかん》でな」

宗秀が亭主に声をかけた。

「あいよ。ふけ行く秋に熱燗が恋しくなりやすね」

亭主がなれた口ぶりでかえし、煮こみ田楽の小鉢と、うすい湯気ののぼるちろりに杯を載せた小盆が、それぞれ運ばれてきた。

渋井が亭主に戯《たわむ》れて言った。

「亭主、材木屋の城田屋の物好きがまだ続いてたな。おれはここを通りかかるたびに、元の明地《あきち》に戻ってんじゃねえかなと、はらはらしてるんだぜ」

「そいつはご心配おかけしやした。こうしてどうにかこうにか、続けさせてもらっておりやす。まったく、城田屋さんもどういう了見なんでしょうね。どうせ明地だから好きに使っていいよと言われりゃあ、好きに使うしかありやせんから」

あはは、と亭主は開けっぱなしに笑って、

「こちらの今宵初めてお見えのお侍さんとご主人に、注《つ》がせていただきやす」

と、市兵衛と矢藤太の杯に酌をした。

「唐木市兵衛です。宗秀先生と渋井の旦那と助弥の呑《の》み仲間です。よろしく」

「ご亭主、あたしは神田三河町の請人宿の矢藤太ってんだ。この店に色っぽい酌婦が要るなら、いつでも世話するぜ」

「色っぺえ酌婦なら、ひとりぐらいいてもいいかな。考えときやす」

亭主はまた開けっ放しに笑い、竈のほうへ戻った。

「それで市兵衛、おらんだから市兵衛が仕事で蝦夷に出かけているらしいと聞いて、おれも助弥も意外に思ったというか、ちょいと驚いたというか、北の果ての遠い国で算盤侍の市兵衛に一体どんな仕事だったのか、早くおめえに会って聞きたかったんだ。良一郎《りよういちろう》も、市兵衛さんが蝦夷にですか、と目を丸くしていやがった。なあ、助弥」

「へい。あっしも良一郎さんも吃驚《びつくり》ですよ。でね、矢藤太さんが知ってんじゃねえかと、先日、宰領屋の矢藤太さんを訪ねたんですが、あいにく矢藤太さんが留守で話が聞けず、旦那もあっしも気になって仕方がなかったんですぜ」

「いや、この蝦夷の仕事はね、あたしも初めてだったんで、旦那と助弥にも、それから先生にも話したくてうずうずしていたんだけどさ。相手はお武家さんで、いろいろとむずかしい事情があって、話せなかったのさ」

矢藤太は言いながら、はんぺんをかじり、杯を乾《ほ》して続けた。

「そもそもが、あたしだって市兵衛さんと一緒に蝦夷へ行きたかった。けどあんな北の果ての海の向こうの蝦夷まで、行けないよ。いつ江戸に帰ってこられるかわからないし、帰ってこられないかもしれないじゃないか。そしたら宰領屋はどうなっちまうんだい、親父さん夫婦も子供もいないが、女房や使用人はどうなっちまうんだいと、気になるじゃないか。で、市兵衛さん、おれは蝦夷には行けないよと言ったら、矢藤太任せろと市兵衛さんが言ってくれたんで、市兵衛さんに任せたのさ。市兵衛さんじゃなきゃあできない仕事だったし、依頼人も市兵衛さんに、という意向だったしさ」

「市兵衛さんにか。なるほどな。市兵衛、わたしは近江屋の隆明さんに聞いて、市兵衛なら蝦夷へでも行きそうだなと思ったよ。どういう仕事かは聞けなかったがな。むずかしい仕事だったんだろうな」

宗秀が、市兵衛の杯に一杯注いで言った。

「請けた依頼は単純なのですが、蝦夷はわたしには初めての土地でしたので、それが困難でした。幸い、とてもよい案内人に出会えたので、思っていた以上に上手く行きました」

「市兵衛さん、蝦夷ってえのは大体、どういう国なんでやすか」

と、今度は助弥が市兵衛の杯に酌をして言った。

「江戸から東廻りで羽州へ向かう廻船《かいせん》に乗って、陸奥の国からさらに海を越えて行く遠い北の国だ。寒い国なので米は収穫できないが、海の幸、山の幸が豊富に獲《と》れるし、材木や砂金も採れる豊かな土地だ。松前藩が蝦夷を治めていて、多くの和人が蝦夷交易に出かけている。越前の北前船が毎年蝦夷へ行き、鰊粕《にしんかす》を大量に買いつけ、それを西廻り航路で西国や上方に輸送して、莫大《ばくだい》な利益をあげている。蝦夷の鰊漁で採れる鰊粕は、米のみならず、菜種油の菜種や木綿《もめん》の綿栽培、藍《あい》の栽培などのとても良い肥料と評判なのだ」

「はあ、菜種とか綿とか藍とかの……」

「その蝦夷よりさらに北の海に樺太という大きな島があって、その樺太の北蝦夷にも和人は交易所を作って交易を行っている。樺太の西の海峡を越えた土地は、アムール川という大きな川が流れていて、そこはウィルタという民《たみ》の住む国なのだ。そこからは果てしない大地が西へ西へと続いて、気が遠くなるほど長い時をかけて、船ではなく徒《かち》でおろしゃという国まで行けるのだ」

「か、徒でおろしゃでやすか。おろしゃと言やあ、旦那、例の西洋の鉄砲のおろしゃじゃありやせんか」

助弥が渋井に話しかけ、渋井がううむとうなった。

「まさか、市兵衛さん、おろしゃまで行かれたんでやすか」

「おろしゃまで行ったら、当分は帰ってはこられない。わたしが江戸を出たのは六月の初めで、江戸に戻ったのは八月の下旬だ」

「で、市兵衛は蝦夷のどこへ行ったんだい」

それは渋井が言った。

「西蝦夷のおしょろという交易場から、アサリ川という川沿いをさかのぼって、余市岳の麓のコタンへ行った」

「コタン？　コタンって言ったらおめえ……」

「アイヌの集落だ」

ええっ、と助弥が調子はずれの声をあげた。

「おめえ、ほ、本当にアイヌの集落へ行ったのかい。松前藩は和人がアイヌの集落へ入えるのは禁じてるんじゃねえのかい」

渋井がわざとらしく、声をひそめた。

「そうらしいが、事情があってそうせざるを得なかった。それに松前藩は禁じていても、広大な蝦夷の大地を見張ることなどできない」

「い、市兵衛さん、アイヌのそのコタンに、何をしに行ったんで……」

「だからそれは言えないのだ」

「あ、そうか」

「なんというコタンなのだ。名前も言えないのか」

と、宗秀がまた市兵衛の杯に注《つ》いで言った。

「そのコタンはアイヌの人々の間では、カムイユーカラを巧《たく》みに語って聞かせることのできる魂《たましい》が美しく耀《かがや》くフチのいるコタン、と呼ばれています」

市兵衛が答えると、みなが不思議そうな表情を浮かべた。

竈のそばで遣《や》りとりを聞いていた亭主も、ほうっ、という顔つきになった。

「アイヌは集落の名を、特定の名ではなく、そんなふうに呼ぶようです。わたしはそう教えられました」

「誰に」

「通辞役を果たして、道案内をしてくれた平次郎と和人名で呼ばれていたアイヌです。平次郎に助けられて、こんなに早く江戸へ戻ってこられました」

それから市兵衛は、カムイユーカラを巧みに語って聞かせることのできる魂が美しく耀くフチのいるコタンで見聞きしたアイヌの村の様子、自然に囲まれ自然とともに生きる村人の暮らしぶり、狩猟と漁猟、耕作、神とともに常にあるアイヌの民の敬虔《けいけん》な祈りや祭、生き方や考え方や知恵や死生観について、徹と平次郎から教えられた話を語って聞かせた。

宗秀も渋井も助弥も矢藤太も、そしてしまいには御田屋の亭主も加わって、市兵衛の話は夜ふけまで続いたのだった。


それからひと月余がすぎた十月の末、北の国の蝦夷に早くも雪が降った。

余市岳の頂《いただき》も山裾《やますそ》の一面の野も、人々が暮らす麓《ふもと》のコタンの茅《かや》の屋根も、コタンのはずれにそびえる樅《もみ》の巨木も、美しい雪化粧に彩《いろど》られた。

澄んだ夜空にきらめく星明かりの下、ひとりのアイヌの男が、カムイユーカラを巧みに語って聞かせることのできる魂が美しく耀くフチのいるコタンに、長い旅の果てに戻ってきたのだった。

男は、鹿皮の靴を履《は》いた足を、ざわ、ざわ、と引き摺《ず》り、山のほうからの細流に架《か》けた丸木橋を渡って、コタンの彼方《かなた》につらなる樺《かば》の林の黒い影を懐かしく眺めつつ、雪道をたどっていた。

男の腰には山刀がさがり、身の丈ほどの山杖《やまづえ》を携《たずさ》えていた。

背負縄で刺繍《ししゆう》模様の入った鉢巻をつけた前額にかけた背負子には、長い旅の諸道具と蓆《むしろ》にくるんで両端を縛った和人の両刀、さらに数本の矢を入れた矢筒を背負子に括りつけ、弓は三本指の左手につかんでいた。

男は旅の途中の狩には欠かせない弓矢を、松前城下に住む顔見知りのアイヌから手に入れていた。

コタンはまだ寝静まってはおらず、窓のほのかな明かりがちらちらと見えた。

ただ、澄んだ夜空の星明かりの下で、寂《しん》と静まりかえり、犬の声も聞こえてこなかった。

やがて男はコタンに入り、そのチセを目指した。

そのチセの窓を蔽《おお》う葭簀《よしず》と茣蓙《ござ》の隙間から、アペオイ（囲炉裏《いろり》）の明かりがかすかな光の玉のようにこぼれていた。

男はようやく戻った安堵《あんど》の吐息をつき、心浮きたつおのれの胸の鼓動を聞いた。

ざざ、ざざ、と足を引き摺り、セマパ（家の入口）、チセアパ（部屋の入口）をくぐると、囲炉裏の火がゆれるハラキソ（左座）にいた妻のレルラが、大きな目を見開いて、戸口に立った男を凝《じ》っと見あげた。

レルラの膝の傍《かたわ》らには赤ん坊がお坐《すわ》りをしていて、ぱっちりと見開いた大きな目で不思議そうに、母親と同じように父親を見あげていた。

「レルラ」

男は妻の名を呼んだ。

「トオル」

妻も夫の名を呼びかえしたが、あふれる涙で言葉が続かなかった。

レルラは涙をこぼしながら、なんとも愛らしい青い入墨《いれずみ》のある口辺をやわらかくゆるめ、艶《つや》やかな入墨の入った腕に赤ん坊を抱えて立ちあがると、徹の胸にほっそりとした身体《からだ》を預けたのだった。

徹はレルラと娘を、長い両腕に抱きかかえた。

そして、妻と娘の温《ぬく》もりを両腕の中にかかえて思った。

わたしはおまえの夫であり、この子の父だ。妻と子を守るために、この故郷のコタンに戻ってきたと。

蝦夷の侍

一〇〇字書評

切り取り線

購買動機（新聞、雑誌名を記入するか、あるいは○をつけてください）	
□（　　　　　　　　　　　　）の広告を見て	
□（　　　　　　　　　　　　）の書評を見て	
□ 知人のすすめで	□ タイトルに惹かれて
□ カバーが良かったから	□ 内容が面白そうだから
□ 好きな作家だから	□ 好きな分野の本だから

・最近、最も感銘を受けた作品名をお書き下さい

・あなたのお好きな作家名をお書き下さい

・その他、ご要望がありましたらお書き下さい

住所	〒				
氏名		職業		年齢	
Eメール	※携帯には配信できません	新刊情報等のメール配信を 希望する・しない			

この本の感想を、編集部までお寄せいただけたらありがたく存じます。今後の企画の参考にさせていただきます。Eメールでも結構です。

いただいた「一〇〇字書評」は、新聞・雑誌等に紹介させていただくことがあります。その場合はお礼として特製図書カードを差し上げます。

前ページの原稿用紙に書評をお書きの上、切り取り、左記までお送り下さい。宛先の住所は不要です。

なお、ご記入いただいたお名前、ご住所等は、書評紹介の事前了解、謝礼のお届けのためだけに利用し、そのほかの目的のために利用することはありません。

〒一〇一－八七〇一
祥伝社文庫編集長　清水寿明
電話　〇三（三二六五）二〇八〇

祥伝社ホームページの「ブックレビュー」からも、書き込めます。
www.shodensha.co.jp/bookreview

祥伝社文庫

蝦夷《えぞ》の侍《さむらい》 風《かぜ》の市兵衛《いちべえ》 弐《に》

令和 6 年10月20日　初版第 1 刷発行

著　者　辻堂《つじどう》 魁《かい》
発行者　辻　浩明
発行所　祥伝社《しょうでんしゃ》
東京都千代田区神田神保町 3-3
〒 101-8701
電話　03（3265）2081（販売）
電話　03（3265）2080（編集）
電話　03（3265）3622（製作）
www.shodensha.co.jp

印刷所　堀内印刷
製本所　ナショナル製本
カバーフォーマットデザイン　中原達治

 ISBN978-4-396-35084-0 C0193

祥伝社文庫の好評既刊

辻堂 魁　遠雷　風の市兵衛⑬

市兵衛への依頼は攫《さら》われた元京都町奉行の倅《せがれ》の奪還。その母親こそ初恋の相手、お吹《すい》だったことから……。

辻堂 魁　科野秘帖《しなのひちょう》　風の市兵衛⑭

「父の仇を討つ助っ人を」との依頼。だが当の宗秀は仁《じん》の町医者。何と信濃《しなの》を揺るがした大事件が絡んでいた！

辻堂 魁　夕影《ゆうかげ》　風の市兵衛⑮

貸元の父を殺され、利権抗争に巻き込まれた三姉妹。彼女らが命を懸けてまで貫こうとしたものとは⁉

辻堂 魁　秋しぐれ　風の市兵衛⑯

元力士がひっそりと江戸に戻ってきた。一方、市兵衛は、御徒組旗本のお勝手建て直しを依頼されたが……。

辻堂 魁　うつけ者の値打ち　風の市兵衛⑰

藩を追われ、用心棒に成り下がった下級武士。愚直ゆえに過去の罪を一人で背負い込む姿を見て市兵衛は……。

辻堂 魁　待つ春や　風の市兵衛⑱

公儀《こうぎ》御鳥見《おとりみ》役を斬殺したのは一体？　藩に捕らえられた依頼主の友を、市兵衛は救えるのか？　圧巻の剣戟‼

祥伝社文庫の好評既刊

辻堂　魁
遠き潮騒《しおさい》　風の市兵衛⑲
失踪した弥陀ノ介の友が銚子湊で目撃された。そこでは幕領米の抜け荷が噂され、役人だった友は忽然と消え……。

辻堂　魁
架け橋　風の市兵衛⑳
海賊のはびこる伊豆沖から市兵衛へ助けを乞う声が。声の主はなんと弥陀ノ介の前から忽然と消えた女だった。

辻堂　魁
曉天《ぎようてん》の志　風の市兵衛　弐《に》㉑
市中を脅かす連続首切り強盗の恐怖が迫るや、市兵衛は……。大人気シリーズ新たなる旅立ちの第一弾！

辻堂　魁
修羅《しゆら》の契《ちぎ》り　風の市兵衛　弐《に》㉒
病弱の妻の薬礼のため人斬りになった男を斬った市兵衛。男の子供たちを引きとり、共に暮らし始めたのだが……。

辻堂　魁
銀花《ぎんか》　風の市兵衛　弐《に》㉓
政争に巻き込まれた市兵衛、北へ――。そこでは改革派を名乗る邪悪集団が私欲を貪り、市兵衛暗殺に牙を剝いた！

辻堂　魁
縁《えにし》の川　風の市兵衛　弐《に》㉔
《鬼しぶ》の息子・良一郎と幼馴染みの小春が大坂へ欠け落ち!?　市兵衛が大坂へ向かうと不審な両替商の噂が…。